诗想者

HIPOEM

生活，还有诗

山河做证

——古道上的中国文脉

聂作平 著

GUANGXI NORMAL UNIVERSITY PRESS
广西师范大学出版社
·桂林·

山河做证
Shanhe Zuozheng

图书在版编目（CIP）数据

山河做证 : 古道上的中国文脉 / 聂作平著. -- 桂林 : 广西师范大学出版社，2024.4
ISBN 978-7-5598-6717-9

Ⅰ. ①山… Ⅱ. ①聂… Ⅲ. ①随笔—作品集—中国—当代 Ⅳ. ①I267.1

中国国家版本馆 CIP 数据核字（2024）第 018632 号

广西师范大学出版社出版发行
（广西桂林市五里店路 9 号　邮政编码：541004
网址：http://www.bbtpress.com）
出版人：黄轩庄
全国新华书店经销
广西广大印务有限责任公司印刷
（桂林市临桂区秧塘工业园西城大道北侧广西师范大学出版社集团有限公司创意产业园内　邮政编码：541199）
开本：880 mm × 1 230 mm　1/32
印张：9.75　　字数：220 千
2024 年 4 月第 1 版　　2024 年 4 月第 1 次印刷
定价：78.00 元

目　录

逃向成都：
杜甫的入川之路

一个陌生人的来信改变了杜甫的后半生。

斯时，杜甫48岁。说是后半生，其实，已进入生命的最后11年。

那是唐肃宗乾元二年，即公元759年。时值初冬，杜甫客居秦州（今属天水市）。三个多月前，立秋次日，杜甫写了一首五律，题为《立秋后题》。在伤感光阴易逝、人生倏忽之余，杜甫还透露出他在那些内外孤苦的日子里做出的一个重大决定——换一种活法。

准确地说，他打算辞去华州司功参军这个令他感到愤怒更感到绝望的职位。如同那群伐檀的奴隶唱出的心声一样，杜甫也要"逝将去女（汝），适彼乐土"。

杜甫想象中的乐土，就是秦州。

孰料，大道多歧，世事难卜。仅仅三个月后，杜甫却急急忙忙地离开秦州前往同谷（今属陇南市）。在同谷仅一个月，又不得不在严寒的冬日起程，赶赴成都。从秦州到同谷，从同谷到成都，入川路上，饥饿、寒冷、屈辱、悲伤、绝望……它们如同一条条黑色的小蛇，咬噬着两鬓飞霜、瘦得只剩一把骨头的诗圣……

从华州到秦州

每一个优秀的诗人，都用作品为后人留下了一幅他的肖像。这肖像，既是精神的，也是物质的。比如李白，他的作品让我认定他骨骼清奇、举止飘逸。至于杜甫，他那一系列忧国忧民的作品和沉郁顿挫的诗风，让我一直以为他如同成都杜甫草堂里叶毓山先生雕刻的铜像那般清瘦、忧郁，似乎每一道皱纹里都潜伏着过多的风霜与困苦。如是，在读欧阳修、宋祁等人所撰的《新唐书·杜甫传》时，发现其中对杜甫的评价竟是“旷放不自检，好论天下大事，高而不切”，未免有几分惊讶。

仔细思量，却不得不同意欧、宋等人的高屋建瓴。因为，小官员家庭出身的杜甫，尽管本质上是多愁善感的文人，却自幼就怀抱“致君尧舜上，再使风俗淳”的远大政治理想。这理想的四处碰壁和他本人的不容于时，都让他显得有几分迂阔和不合时宜。

十余年前，我在开封城外一片零乱破旧的民居间，找到了一个叫作吹台的地方。那是开封城墙东南部的一座不起眼的土台，因春秋时大音乐家师旷曾在此吹奏古乐而得名。吹台上，有一座小小的三贤祠。祠里，安放着三尊塑像，那就是如今家喻户晓的三位唐代大诗人：李白、高适、杜甫。

吹台见证了杜甫意气风发的激情岁月。那还是号称盛世的天宝年间，32 岁的杜甫、40 岁的高适和 43 岁的李白订交于开封，他们“酒酣登吹台，慷慨怀古”。那时，年轻的杜甫相信，依凭他的才华、气略和胆识，他必将有一个灿烂前程。

几年后，为了想象中的灿烂前程，杜甫来到国都长安，参加了唐玄宗下旨举行的制举考试。然而，主持考试的李林甫却以“野无遗贤”为由，一个也没录取。杜甫在诗里记录此事说：“主上顷见征，欻然欲求伸。青冥却垂翅，蹭蹬无纵鳞。”（皇上渴求人才，我也有为国做事的心愿。却只能像鹏鸟那样折翅，像跃龙门的鲤鱼那样到处碰壁。）

自那以后，为了求得一官半职，以期实现政治理想，原本高傲的杜甫不得不一次又一次放低身段，以诗文干谒权贵，希望得到他们的赏识和举荐。

理想高蹈入云，现实呼啸坠地。755 年，杜甫上《三大礼赋》四年多后，朝廷才授予他从九品下的河西尉，与其说任用，不如说敷衍。这个卑微的、必须直接欺压底层百姓的职位，杜甫拒绝接受。这是一个重要细节，从这个细节可以看出他和他的朋友高适的不同。高适也痛恨出任县尉，并写下了“拜迎官长心欲碎，鞭挞黎庶令人悲”的诗句，但恨归恨，他到底还是赴任了。这种往好里说叫能屈能伸，往坏里说叫得过且过的性格，显然要比杜甫的固执更合时宜。后来高适飞黄腾达，成为唐代诗人中仕途最得意的人，这又一次证明了性格即命运的道理。

后朝廷改授杜甫为同属芝麻官的右卫率府兵曹参军，杜甫只得委屈地接受。回忆这段经历时，原本自负“读书破万卷，下笔如有神”的杜甫无比辛酸地总结说：“朝扣富儿门，暮随肥马尘。残杯与冷炙，到处潜悲辛。”

安史之乱爆发后，唐玄宗逃往四川，唐肃宗即位。杜甫闻讯，舍妻抛子，从间道前往行在凤翔。大约是被他的忠诚打动，唐肃宗任命他为左拾遗，这也是后世称杜甫为杜拾遗的由来。

左拾遗级别为从八品上，比兵曹参军高不了多少。但是，拾遗属于谏诤官，相当于现代的纪检干部，负有向皇帝进谏的责任，级别虽低，却因接近中枢而前途远大。

这大概是杜甫离他的政治理想最近的时候了。然而不久宰相房琯在平叛中兵败，唐肃宗将其免职，杜甫站出来为房琯说话。“帝怒，诏三司杂问。”幸好，另一位宰相张镐说：“甫若抵罪，绝言者路。”杜甫这才侥幸没有被下狱，于次年被贬为华州司功参军，从皇上身边被赶到华州（今属渭南市）做一个管理户政、田宅和杂徭的地方佐官。

被贬为华州司功参军后，杜甫回了一趟他的老家河南。沿途所至，兵荒马乱，民不聊生，既悲且痛的杜甫写下了他最具现实主义光辉的“三吏”与“三别”。

此时，长安虽已收复，安史之乱却还在继续，大唐早已不复开元盛世的繁荣。至于杜甫，他年近半百，体弱多病（40岁后，杜甫即患风疾。这是一种心血管问题引起的重病，会导致眩晕、痉挛、肢体麻木甚至半身不遂）。更重要的是，他对仕途已然绝望。他渐渐明白，今生今世，“致君尧舜”的理想压根儿就是一个笑话。

他想换一种生活方式。他想找一个平静的地方归隐，在耕读中了此残生。

理想的归隐之地在哪里呢？杜甫想到了长安以西的秦州。

就像朱东润先生说的那样：“杜甫对于围城的生活是有所认识的，何况大乱之中的佐贰官更是一饱不易呢？因此他决定挂冠出走。走向哪里去呢？向东是中原大战的战场，当然去不得。向南是襄阳的大道，也不够安全。向北的危险不多，但是正是回纥出兵来往的大道，‘田家正恐惧，麦倒桑枝折’，也不够妥当。”

既然东、南、北三个方向都去不得，那就只有向西一个选项了。

今天，从西安到天水，不过 300 公里路途。汽车 3 小时，高铁只需 100 分钟。但在杜甫所处的农耕时代，至少要跋涉十几天。再加上高大的陇山屏藩其间，当关中和中原兵火弥漫时，秦州却是一块富足而宁静的土地。

当然，更重要的是，秦州还有亲朋。亲人即侄儿杜佐，朋友即赞公和尚。

于是，杜甫匆匆赶往秦州。

发源于鸟鼠山的渭河是黄河的最大支流，东柯河则是渭河众多支流中名不见经传的一条。在麦积区东柯河注入渭河附近，我驱车溯流而上。车行约 10 公里，便是三国时的战略要地街亭。在街亭，众多遗迹以杜甫之名而存在：草堂、诗圣阁，还有据说是杜甫亲手栽种的古槐。

原来，杜甫的侄儿杜佐就住在这里，这也是杜甫在秦州暂住过的地方之一，唐时叫东柯谷。在杜甫眼里，东柯谷无疑是一个风景殊胜的宜居之地，他一再在诗中写到这个只有几十户人家的东柯河畔的小村庄：“东柯好崖谷，不与众峰群”，“满谷山云起，侵篱涧水悬”，“对门藤盖瓦，映竹水穿沙。瘦地翻宜粟，阳坡可种瓜”。

当地朋友告诉我，为了纪念杜甫在东柯的短暂居留，这里曾建有全国最早的草堂之一，惜乎已毁。草堂遗址旁，后来建起一所子美小学。一眼原名白水涧的泉水，更名为子美泉。

对杜甫来说，在秦州的三个月，确实让他难得地舒心、安宁。一个证据是，90 来天里，他写了 97 首诗，几乎一天一首。

然而，三个月后，他却打算离开秦州。

他离开的原因，千百年来有各种揣测。其实，最真实最深刻，也最让人尴尬的原因只有一个——贫穷。

随杜甫前往秦州的，除了夫人，尚有两个儿子、三个女儿、弟弟杜占以及仆人杜安。一家数口，坐吃山空，何况杜甫本身宦囊不丰。至于他原想依靠的侄儿杜佐以及旧交赞公和尚，再加上到秦州后新订交的隐士阮昉等人，他们除了给杜甫送些菜蔬瓜果，也没有能力进行更大的救济。杜甫忧心忡忡地写道："翠柏苦犹食，晨霞高可餐。世人共卤莽，吾道属艰难。不爨井晨冻，无衣床夜寒。囊空恐羞涩，留得一钱看。"

就在忧贫畏老之际，一个陌生人突然来信了。杜甫没有记下陌生人的名字，只是在诗里称他佳主人："邑有佳主人，情如已会面。来书语绝妙，远客惊深眷。"

这个神秘的佳主人到底是谁，历来有多种说法。总而言之，他是杜甫的超级粉丝，虽然素未谋面，却热情地邀请杜甫去他所在的同谷。

杜甫欣喜若狂，甚至迫切得连夜就要出发。

前往同谷的路

同谷就是今天的甘肃成县。

如今从天水到成县，距离还不到 200 公里。但这 200 公里，杜甫一家却走了整整一个月。其中的重要原因，就是刚出发不久，拉车的马儿就在渡河时骨折了。杜甫在诗中记录：“水寒长冰横，我马骨正折。”

离开秦州前往同谷，是759年农历十月底，地处北方的陇右地区已经非常寒冷，山间的小河，早晚结上了一层薄冰。

1200多年后的又一个深秋，我驾车从天水市南下。在天水镇附近，我把车停下来，爬上了公路旁一座枯叶摇落的小山。极目眺望，一条又瘦又浅的河流缓缓淌过，不少地方露出补丁般的滩涂。河边，白色的芦花在风中舞动。这条河叫作西汉水，那一年，杜甫家的马儿就是在涉过它时骨折的。这个地方，杜甫在他的诗里有明确记载：铁堂峡。

铁堂峡因两岸富含铁矿，岩壁呈铁青色而得名。两列山峰平行远去，两山之间，便是西汉水。

西汉水是嘉陵江的支流，虽然本身并不宽也不长，在历史上却极为重要。秦国就是从西汉水流域起家并一步步向东发展，最终剪灭六国，一统天下的。至于《诗经》里脍炙人口的“蒹葭苍苍，白露为霜。所谓伊人，在水一方”，据说也诞生于西汉水。

穿过铁堂峡，顺着西汉水奔赴嘉陵江的方向而行，不到20公里——对杜甫一家来说，这20公里足以让他们奔波一整天——就是另一个曾经赫赫有名的地方：盐官。

抵达盐官前，我曾多次想象1200多年前杜甫行经此地时，在他诗中描绘过的场景：“卤中草木白，青者官盐烟。官作既有程，煮盐烟在川。汲井岁搰搰，出车日连连。”

但我没看到杜甫时代汲卤煮盐的盛况。没看到煮盐的青烟，没看到被卤气熏得发白的草木，没看到汲卤的工匠和运盐的马车。我只看到一座普通的西北镇子。

盐官这个名字，顾名思义，和盐以及管理盐政的机构有关。盐官原名卤城，盖因这里有高浓度的卤水自地下涌出。《水经注疏》称它“盐井水与岸齐”，出产的食盐“味与海盐同”。在甘肃诗人包苞的带领下，我走进了一座古色古香的庭院，那就是盐井祠。院内，有一口用雕栏围绕的古井。据记载，早在2000多年前的东周时期，这里就拉开了煮卤制盐的序幕。

陇右一带，是秦国的龙兴之地。从最初秦非子为周王牧马，进而侧身诸侯之列，到最后秦一统天下，盐官的盐曾起过重要作用。

科技欠缺、交通闭塞的古代，食盐对一个国家和地区有着举足轻重的战略意义。我国的食盐资源，东部有海盐，西北有湖盐，四川有井盐，但放眼关中和陇右大片区域，生产食盐的地方只有两个，一个是漳县，一个就是盐官。

盐官丰富的盐卤为秦人的兴旺提供了两个得天独厚的条件。其一，与秦人相邻的其他方国或部落，绝大多数都没掌握食盐资源，但食盐又是生活必需品，得用粮食或其他东西交换，秦人因此致富。其二，盐官有大量从地下涌出的卤水，史料记载其中一口卤池“广阔十余丈，池水浩瀚，色碧味咸，四时不涸不溢。饮马于此立见肥壮”。像人一样，骡马也需要食盐，这样养出的骡马才膘肥体壮——《史记》的说法是：“马大蕃息”。历史上，盐官骡马就以膘色好、个头高、力气大、性情温和著称。直到20世纪80年代，盐官都是西北地区最大的骡马交易市场。交易者除了甘肃本地人，更有从四川、陕西、宁夏、青海远道而来者。这里的骡马交易，按方志的说法，可以远溯到秦时。

我找到了作为骡马交易市场的一片空地。大约天气太冷，市场上空无一人，只有一些塑料袋被风吹到树上墙头，发出呜呜呜的怪声。交易市场另一边的街上，卖卤肉的铺子里，一口大锅盛满了热气腾腾的肉。相邻的关帝庙，门槛上坐着两个面色忧郁的老头，一边抽着鼻子用力嗅着旁边飘来的肉香，一边用我听不懂的方言有一句没一句地说闲话。

就在盐官附近，杜甫还路过了另一处著名的古迹，并与他平生最崇敬的偶像邂逅。

“六出祁山”，“九伐中原”，《三国演义》的说法深入民间，也使得祁山盛名在外。然究其事实，诸葛亮北伐时，只有两次从祁山出兵。不过，在陇右的天水、礼县一带，三国遗迹至今比比皆是，诸如诸葛亮收服姜维的天水关，被纸上谈兵的马谡丢失的街亭，蜀军射杀曹魏名将张郃的木门道。

沿十天高速南下，从盐官到西和县长道镇，20 多公里的路途中，右边窗外，近处是几乎干涸的西汉水，远处是一线沉沉的祁山。山脚下，西汉水冲积成一个狭长的坝子，一座黄褐色的山状若城堡，兀立河畔，这就是昔年诸葛亮屯兵的祁山堡。

沿着石阶而上，山顶是祭祀诸葛亮的武侯祠，最早修建于晋朝时期。那就是说，当杜甫沿着西汉水河谷前往同谷时，他既然遥遥地望见了高高在上的祁山堡，多半会停车暂歇，慢慢步入武侯祠。

“诸葛大名垂宇宙”，一生中，杜甫都对诸葛亮抱着充分的敬仰与羡慕。同为文人，诸葛亮开府持节，统率三军，号令天下；自己却为了一口热饭、一件寒衣而拖家带口地奔走乞食。想必，面对诸葛亮神情严峻的塑像，杜甫心中会泛起一丝丝苦涩与惆怅。

从秦州到同谷，从同谷到成都，杜甫一共写了 24 首纪行诗。因此我们今天才得以对他的入川之路了如指掌。耐人寻味的是，关于祁山堡和武侯祠，他没有留下什么文字。

也许，有一些沉重和难堪，远非笔墨能表达。

同谷悲歌

非常巧的是，我和杜甫到达同谷的季节一样，都是严寒的冬月之初。

如前所述，唐代的同谷，即今天陇南市所辖成县。

一大早出城后，我顺着山谷来到距离城区三四公里的凤凰山麓。山谷里，青泥河斗折蛇行，河面结着薄冰。一个苗条的村妇在河边浣衣，布衣荆钗，却有姣好的容颜，唯独手指冻得像粗短的红萝卜。河畔一侧，便是始建于北宋的杜公祠，又称成县杜甫草堂或杜少陵祠。

入祠，除了一个烤着火打瞌睡的工作人员，只有三五只雪后出来觅食的乌鸦，落在满面风霜的杜甫塑像前。

1200 多年前，杜甫也是冒着寒风来到这里的。他原本带着希望而来，甚至，可以想象的是，当旅途艰难时，他会自信地安慰妻儿和兄弟："忍一忍吧，到了同谷就好了。那里良田万顷，盛产山药，山上的蜂蜜也很多，就连冬天也有鲜笋。更何况，好心的佳主人还会大力资助我们呢。"

然而，很快，杜甫就从希望的巅峰跌落到绝望的深谷。那个没有留下名字的所谓佳主人，要么根本没露面，要么略微敷衍一下就消失了。我猜他写信给杜甫时，只想过过嘴瘾，表现一下自己的大方，没想到天真的诗人居然信以为真，真的拖家带口投奔他来了。

翻脸如翻书的佳主人，一下子把杜甫一家推入了绝境。在秦州虽然也艰难，但毕竟多少还有些积蓄，且实在面临冻饿之虞，杜佐、赞公和尚和阮昉总不会看着他惨死吧？人生地不熟的同谷，却让老杜呼天不应，叫地不灵。

在同谷的绝望生活持续了将近一个月。尽管杜甫毕生苦难无尽，然最惨者无过同谷岁月。要是评比中国十大苦难诗人，杜甫必定榜上有名，而同谷生活就是他苦难岁月的极点。

在同谷期间，杜甫写下了他一生中最重要的作品之一——《同谷七歌》。朱东润称之为“千古少有的诗篇”，冯至称之为“响彻云霄的悲歌”。它既是奇崛雄浑的绝唱，也是对长歌当哭的最好注解。

杜甫在凤凰山麓的飞龙峡口搭建了简陋的茅舍以避风雨。还不到50岁的杜甫此时已是鹤骨鸡肤，老态龙钟，“白头乱发垂过耳”。家中无食，他只得随一个养猴子的老人到山里捡橡栗。橡栗又叫橡实、橡子，是壳斗科中栎属植物的果实，富含淀粉，可食用。唐诗里时见歌咏，是穷苦人家的食物。

天寒日暮，北风呼啸，衣不蔽体的杜甫在陡峭的山坡上四处寻找橡栗，他的手脚都长了冻疮，脸也被山风吹得皴裂，像一枚皱巴巴的山核桃。杜甫哀叹：“呜呼一歌兮歌已哀，悲风为我从天来。”

除了橡栗，一种叫黄独的植物也被杜甫一家用来糊口。黄独本是药材，它的根茎蒸熟后可当芋头充饥。杜甫扛着一把白木柄的小锄到山上挖黄独，大雪封山后，根本找不到黄独的苗叶，自然也无法挖到。当又累又饿的杜甫拖着沉重的病体回到家，山谷清寂，他听到从四壁漏风的茅屋里，隐隐传来孩子们因饥饿而发出的呻吟与哀号。杜甫一家的窘境甚至让新认识的邻居也为他担忧，害怕他们一家饿死在山里。一天，杜甫邂逅了从前认识的一个读书人。可是，都是穷人，谁也没法从自己的嘴里分他人一杯羹。两人谈起过去的好时光，瞬间泪湿双眼。

杜甫亲历过小儿子饿死的人间惨剧。那是陇右之行前几年，他不得不接受朝廷任命的兵曹参军后，从京城回到奉先（今陕西蒲城）探望寄居在那里的妻儿。谁知刚到家门口，就听到一阵伤心的痛哭：他的小儿子因饥饿而夭折了。看看憔悴的老妻和刚刚咽气的幼子，再想想京师的歌舞升平，权贵的肥马轻裘，杜甫在他五百字的长诗里写下了愤怒的诗句："朱门酒肉臭，路有冻死骨。"

绝望中的杜甫更加思念那些天各一方的亲人。杜甫有四个兄弟，除了杜占跟随在侧，其他三个兄弟远在河南和山东。如同杜甫一样，他们也时运不济，为了生活而迹若转蓬。杜甫还有一个妹妹，寡居多年，儿子年幼，杜甫和她已经十几年没见面了。

草堂所在的孤村，没有几户人家。严冬时节，风多云急，雨雪晦暝，狐狸在村子里跑来跑去，发出凄凉而怪异的叫声。中宵梦醒，杜甫不由问自己："我生何为在穷谷？"然而，回应他的，只有从屋顶刮过的大风和窗外潺潺流过的青泥河的雪水……

大山那边是成都

就像海明威借老渔夫之口说出的那样：一个人并不是生来要给打败的。同理，杜甫也绝不会眼睁睁地看着一家老小在同谷城外冻饿而死。

杜甫又一次想到了远行。

这一次，他的目的地是成都。首先，成都乃“天府之国”，“水旱从人，不知饥馑”。不论秦州还是同谷，都无法望其项背。其次，他有不少老朋友在成都及周边做官。比如早年一起痛饮剧谈的高适，任彭州刺史；比如早年有交往的裴冕，任成都府尹。

腊月初一，当同谷的富室都在准备年货、热热闹闹过新年时，杜甫一家悄然踏上了南行的山路。对同谷这个伤心之地，杜甫在他的诗里，甚至没有留下任何一个人的名字。这是一次狼狈的逃离，也是一次为了不坐以待毙的艰难挣扎。

2015年冬天，我在天水、陇南、汉中、广元诸地行走，寻访杜甫曾经的脚印。这条沿用了两三千年的入川之路，大部分地段穿行于西秦岭中。绵延达1600公里的秦岭纵横数省，到了甘肃境内，山势相对较低，且有不少垭口和沟谷可以相通。后来修建的陇海铁路、十天高速和成兰铁路的不少路段就与古蜀道重合或相伴而行。

那时，沟通十堰和天水的十天高速刚刚通车。习惯了四川和南方高速上车流不息的喧嚣与繁华后，十天高速陇南段的落寞与寂静让我惊讶。一个偌大的服务区里，常常只有我一辆车，而服务区出售的食物，只有最简单的泡面。成县至成都大约600公里，自驾也就5个多小时。可对杜甫来说，这路途仍然迢遥，尤其是还要一步一步地翻越横亘在路上的无数座巍峨大山。

自成县出发，驶过十天高速徽县服务区后，山势愈加高大，嘉陵江支流洛河穿行于峡谷，隐约听到了水声。前方，便是杜甫一家离开同谷后翻越的第一座大山——木皮岭。这个有几分古怪的名字，得自山岭上四处生长的木兰。木兰又叫辛夷，它的树皮可入药。起伏于徽县西南的木皮岭，自古就是从陇南的徽、成入蜀的必经之地。在杜甫经行100多年后的唐朝末年，黄巢之乱时，唐僖宗部下王铎曾在木皮岭上设关布兵，拱卫陇右。

因为时间短暂，我不能步行登山，只好放慢车速并找地方停下来。但我无法看清层层叠叠的山上，如今是否还生长着木兰树。我只能看到盘山路一头扎进林子，当它从远处的垭口钻出来时，已经细小得如同一条挂在青山上的随时可能被山风吹进云端的灰线。

与木皮岭相接的是另一座更著名的山——青泥岭。青泥岭的名声，源自杜甫一生敬重的兄长李白。李白在他的《蜀道难》里描写青泥岭说："青泥何盘盘，百步九折萦岩峦。扪参历井仰胁息，以手抚膺坐长叹。"究其实质，李白虽然生长于蜀道上的江油，但他并不曾沿着蜀道入过陇秦，他肯定也没到过青泥岭和木皮岭。他对蜀道之难的描写，来自纸上的阅读和天才的想象，而非杜甫那样一步一叩的亲身经历。

不知道艰难行走于木皮岭的杜甫是否会想起李白的诗篇，纵然会想起，恐怕也只是一闪而过。因为，木皮岭峻拔险要，大冬天里，杜甫爬了一会儿，就已满身大汗，更要命的是，他还听到远处的林子里，间或传来虎豹的啸声。战战栗栗之际，杜甫的感受是："对此欲何适？默伤垂老魂。"

秦岭既是中国南北方的分界线，也是黄河与长江的分水岭。苍山如海的秦岭，发源出无数条大大小小的河流。困居同谷凤凰村时，杜甫的草屋前面是青泥河。当他向成都进发，准备翻越木皮岭之前，在一个叫栗亭的地方停留了几天。栗亭在北魏时曾设县，如今叫栗川镇。栗川镇外，洛河的支流潺潺而过。栗川镇下属的村子中，有一个名叫杜公村。村里，明代所建的杜公祠遗址犹存。相距不远的木皮岭山麓，洛河岸边的石壁上镌刻着"宛在中央，少陵钓台"八个大字。当地人坚信，杜甫曾经在这里钓过鱼。鸟儿飞过，天空不留痕迹；诗圣经过，留下了雪泥鸿爪。

千辛万苦翻过高大的木皮岭后，杜甫一家来到了洛河河谷，在那里，他们渡过了白沙渡。渡口位于绝壁下，天色已黄昏，一家人小心翼翼地依次上船。那匹驮着行李的老马向着北方也就是同谷的方向高声长嘶，马的叫声，立即引来了山林里猿猴的一阵哀鸣。

多年的漂泊，使杜甫积累了足够多的旅行经验。尽管天快黑了，但他没有停下来寻找住宿点。一方面，可能山中本就没地方住；另一方面，他计算过日程，当天必须渡过另一个渡口，这样才能保证以后每一天的旅程都在合理的掌控中。这就是他诗中所说的“山行有常程”。

过了白沙渡，还来不及喘一口气，一家人又继续在山路上跋涉。这是农历腊月初八的晚上，天上有一轮淡淡的上弦月，清冷的光辉照耀着这些急急如丧家之犬的人，冷眼旁观他们为了有一条活路而昼夜兼程。

如果说杜甫和他的弟弟甚至杜甫的夫人都还能咬牙坚持，在又困又饿的夜里冒险行走山路的话，那么杜甫的几个孩子——大的不过十来岁，小的只有五六岁，放在今天，都还是向父母撒娇，需要父母悉心照顾的小学生——他们稚嫩的生命，又如何经受得起这样的艰难之旅呢？

次日拂晓，一家人终于来到了嘉陵江上游的水会渡。上弦月早就落了，杜甫只能听到哗哗哗的水声，却看不清江面到底有多宽。忐忑中，经验丰富的船夫一边在黑暗中整理船桨，一边笑着唱起了山歌。这歌声和笑声让杜甫稍微感到一丝踏实。渡过嘉陵江，杜甫舍舟登岸。晨光熹微，山风凛冽，他看到船上和岸边的石头上，都笼了一层白霜。爬到山腰，杜甫回头再看时，渡口不见了，只见一些星星闪烁在低垂的天幕，既遥远，又邻近。

渡过水会渡，杜甫便离开了陇右，秦州远了，同谷也远了。他沿着古老的蜀道从今天的陕西略阳向四川广元前行。三四天后，抵达了四川的边境——五盘。

杜甫笔下的五盘，就是今天川陕交界处的七盘关，又名棋盘关。七盘关自古以来就是四川北上陕西的交通枢纽，号称“西秦第一关”。但是，出于种种原因，七盘关曾有过多次迁移。不过，其大体位置，总在广元与宁强之间。如今，由陕入川，从陕南的宁强穿过一条幽长的隧道后，便是四川广元。

杜甫行经七盘关时，他抬头能看到刚刚绕行而下的细长的栈道；低头俯视，能看到清澈的江流中倒映着葱茏的林木，甚至还能看到游鱼。鸟儿在树上歌唱，当地人住在鸟巢般简陋的屋子里。种种与他此前生活已有相当差异的事物，让杜甫突然生出一种劫后余生的淡淡喜悦。

这喜悦，将随着成都的越来越近而越加浓厚。

发源于甘南的白龙江是嘉陵江的另一条重要支流，全长近 600 公里，于广元昭化东门外注入嘉陵江。两江汇合处，从战国以来便是一个渡口，名曰桔柏渡，乃沟通四川与北方的金牛古道上的要津。

昭化同样是一座历史悠久的城池。战国时期，这里是苴国都城，名曰葭萌。后来又成为中国最早推行郡县制的县治地之一。三国时，被诸葛亮称赞“志虑忠纯”的费祎开府于此，他在一次酒宴中被魏国降将刺死，其墓地至今还保存于城外。对杜甫来说，更能引发他无限感慨的可能还不是费祎或三国旧事，而是创造过“开元全盛日”的唐玄宗，在安史之乱后逃往成都时，也是从桔柏渡渡过嘉陵江，经过昭化后南下的。既亲历了“小邑犹藏万家室”的盛世，又见证了盛世的创造者狼狈奔逃中涉过的渡口，当杜甫行走在用竹子建造的索桥上，严冬的江风把他的衣袂吹得上下翻飞时，诗圣对于他的时代和他本人的命运，想必会有更多深刻而恒久的觉悟。

从地理上说，四川是一个闭塞之地。东南西北四个方向，要么是大山，要么是高原。从北方南下的杜甫进入盆地的必经之地，便是连绵不断的大剑山中的一道“山门”，即剑门。穿过剑门后，山才会变得低缓，并次第变为高丘和低山，直到变为一马平川的平原。

剑门天下险，从远处望去，连绵的绝壁忽然中断，两崖相对，“如门之辟，如剑之植”，故而称作剑门。大凡从剑门入川的旅人，无不惊叹于山川的险壮，骚人墨客，无不作诗以记。此前，唐玄宗幸蜀，逃亡之际过剑门，也不忘作诗一首。至于杜甫的陇蜀纪行，《剑门》当然是不可或缺的。

与大多数描写剑门险壮的诗作不同，杜甫这个刚刚经历了安史之乱的诗人，由剑门的险壮联想到了割据与战争。他在诗里浪漫地写道，如果有可能的话，他不惜得罪造物的上天，也要把这些阻隔天下的层峦叠嶂一一削平。

当个人与家人的生命不再面临时刻可能来袭的死亡威胁时，杜甫又开始忧国忧民了。尽管他的王朝从不曾给过他青云直上的机会，他却毕生死心塌地地爱着日渐衰败的王朝。直到赴川11年后，当他困居湖湘，大病将死，在漂荡的客船上写下最后的诗篇时，杜甫仍然为他的王朝担忧，一往情深地吟出：“公孙仍恃险，侯景未生擒。书信中原阔，干戈北斗深……”

腊月底，一年中最隆重最热烈的春节即将到来之际，经过20多天跋涉，杜甫终于从同谷来到成都。他疲倦的双眼，望见了一座与他此前生活过或游历过的地方迥然不同的城市。杜甫看惯了流离失所和饥寒交迫的眼睛，惊讶于成都的繁华与安详。为此，他在成都岁月里创作的第一首诗，就写下了这种淡淡的惊讶：“曾城填华屋，季冬树木苍。喧然名都会，吹箫间笙簧。”

在亲友帮助下，杜甫在成都西门外的浣花溪畔建起了几间草房，开始了他一生中相对稳定的五年多的川中生活。当杜甫坐在冬日的阳光下，看着远远近近的树木依然苍翠，花朵依然娇艳时，他百感交集地梳理着这一年的回忆。“一岁四行役”，为了谋生，从关中赶往秦州，从秦州赶往东柯，从东柯赶往同谷，从同谷赶往成都。如今，浮萍般的狼狈日子终于可以告一个段落了。

对不到60岁就去世的杜甫来说，48岁是他一生中最艰难的一年。但按冯至先生的说法，这也是他创作成就最高的一年。朱东润先生则说：“乾元二年是一座大关，在这年以前杜甫的诗还没有超过唐代其他的诗人；在这年以后，唐代的诗人便很少有超过杜甫的了。”

这一年，从东都洛阳回到华州司功参军任上的途中，杜甫看到了更多的底层的苦难，从而写下了“三吏”与“三别”。及至从华州任上辞职，乞食于秦州同谷，及至带着家小辗转于西秦岭的千山万壑中并多次面临举家冻饿而死的窘境时，他已从低级官员沦为底层的一员，他对底层的苦难、对命运的多舛也就有了切肤的感受。从那以后，哪怕是生活在相对稳定的年代里，杜甫依然始终对底层抱有一种深切的悲悯。这悲悯，是自挽，是自觉，是自救。

多年来，我无数次徘徊于杜甫留在成都的草堂。那座与唐时的杜家茅屋全然不同的园子，让我产生了重走杜甫入川之路的念头。为了纪念这个以诗作史的逝者，我为他和他的园子写下一首诗：

一个老人在秋风中聆听。一座巨大的园子
一些林木和鸟儿，秋天的风在越过这座城市
但没有人能比秋风飞得更高
也没有人能比老人的秋天更老

烽火向南，大路朝西
一个老人和他的毛驴、草堂
以及鲜花，以及疾病
他咳嗽的声音穿越了唐代
花园里，蜜蜂追逐着花香包围的过去

在浣花溪边散步、皱眉
用狼毫书写家书
遗嘱和借据
秋天的风啊，它要比秋天更加深入人心
这座园子，这座埋葬着诗歌和秋风的园子
它为何表情全无，内心阴冷

一个逝者和一座废园有什么关系
一个唐代的老人和一群当代的游人有什么关系
多少年来，我们热爱着这样的遗址
想想唐代，那是多么遥远的路程
围墙之外，市声升起
旧时的太阳和今天的太阳升起
而我们，我们是一些来不及删改的病句

几人相忆在江楼：杜甫的蜀中生活

十多年前，为写一部小书，我多次出没于那方草木葳蕤的园子。那时还没有无人机，我却多次想象过从高空俯拍的情景：四面高楼的包围中，青黛的林表漫不经心，古色古香的楼阁像浮在绿海中的岛屿。当然还有点缀其间的一口口池塘，它们总是倒映着无限生机：睡莲，菖蒲，斑竹，朴树，以及看风景的人和被当成风景看的人。

经历了1200多年时光，荒郊野岭的几间茅屋，终于被后人用敬仰和缅怀，蝶化为这方游人如织的园子。

它，就是成都杜甫草堂。

自759年冬抵达成都，到765年五月离开，这是杜甫的川中岁月。其间，除因战乱移居梓州（今三台县）、阆州（今阆中市）近两年，大多时候，他都居于成都草堂。

这是诗人苦难的一生中难得的优游岁月。尽管贫穷的警报从未彻底解除，由治而乱的现实也从未如想象中安稳，但是，无论如何，这是相对平静的几年，杜甫枯瘦的双手终于触摸到了久违的幸福。诗酒外，他常做一些短途旅行，从而在四川——如果不把他仓促离开成都东下计算在内的话——主要是川西和川北，留下了星星点点的屐痕和永垂不朽的辞章。

以草堂为圆心

张爱玲说，生命是一袭华美的袍，爬满了虱子。对老杜而言，他的生命之袍远离华美，虱子却数不胜数。这些虱子名叫失意、疾病、贫穷、潦倒。他的一生就像午夜划过天幕的流星，虽然以耗尽生命为代价获得了一次耀眼的闪光，却没有人去赏识和热爱。这个星空下寂寞的老人，他给后世留下的，除了沉郁顿挫的诗歌，就只有三座纪念他的草堂。

令川人自豪的是，杜甫漂泊的足迹印满半个中国，但纪念他的三座最重要的草堂都在巴蜀，分别位于成都，三台，奉节（今属重庆市）。三座草堂，记录的都是杜甫的晚年生活。而成都杜甫草堂，无疑是所有草堂（包括当代新建）的龙头。诗人冯至曾感叹："人们提到杜甫时，尽可以忽略了杜甫的生地和死地，却总忘不了成都的草堂。"

由于和严武交厚，杜甫由秦州到成都，给人的错觉是冲着严武去的。其实，杜甫入川时，严武还没调到成都。他投奔的主要对象是裴冕，裴冕时任成都尹兼剑南西川节度使（严武后来也任此职）。

初到成都，杜甫一家暂寓草堂寺。草堂寺是草堂东侧的一座古庙。20 多年前初游草堂时，我曾以为草堂寺是借了草堂的名。其实，草堂寺的历史远比草堂悠久。早在杜甫结庐水滨之前几百年的西晋，草堂寺就梵音缭绕了。

杜甫时代的草堂寺地处郊外，香火不盛，他在写给时任彭州刺史的早年知交高适的诗中说："古寺僧牢落，空房客寓居。"斯时，高适听说杜甫来川，猜测杜甫借住草堂寺，依靠和尚生活，所谓"僧饭屡过门"。为此，杜甫回诗纠正："故人供禄米，邻舍与园蔬。"这个供禄米的故人，就是裴冕。

自李冰修建都江堰后，成都平原渐渐成为不知饥馑的天府之国，沃野千里的平原上，河流密如血管，从高寒雪山滚滚而下的流水长久地滋润着大地。诸多河流中，就长度、水量而言，浣花溪微不足道。然而，这却是一条注定要被中国文学史铭记的小河。

次年春，在裴冕支持下，杜甫于浣花溪畔营建草堂，他写诗说："浣花溪水水西头，主人为卜林塘幽。"草堂距城十多里，林木幽深，溪水深流，是一个宜于隐居的好地方。漂泊多年的杜甫像衔枝筑巢的燕子，苦心经营草堂。帮助修建草堂的，裴冕之外，还有杜甫的表弟王十五。杜甫还写信给多位友人，向他们讨要竹子、树苗和瓷碗。

草堂既成，当老婆孩子暂时没有冻饿之虞时，杜甫的政治理想又在心灵深处潜滋暗长。只是，经历了太多挫折，看惯了官场险恶的杜甫年近半百，已是不折不扣的老人，他不再对现实抱有不切实际的幻想，他只是借助对古人的缅怀隐忍地倾诉着自己的心事。这古人，就是被中国人视为智慧化身的诸葛亮。

杜甫草堂与武侯祠是成都最重要的文化地标，直线距离只有两公里。今天，无论草堂还是武侯祠，都处在车马喧嚣的中心城区。但在杜甫所处的时代，锦江南岸的武侯祠，还是位于人烟稀少的郊外。

760 年春天，49 岁的杜甫第一次踩着满阶青草，走进了柏木森森的武侯祠。曾经，他怀着“致君尧舜上，再使风俗淳”的政治理想，奔走于长安豪门之间，“朝扣富儿门，暮随肥马尘”。这一切屈辱和辛酸，原本都是为了求得一展政治抱负的机会，但最终，可怜的老杜只当了几天无权无势的左拾遗。因此，当面对武侯祠中肃穆庄严的诸葛亮塑像，遥想同是文人的诸葛亮留下的赫赫功名时，他感慨万千，写下了名篇《蜀相》：

> 丞相祠堂何处寻？锦官城外柏森森。
> 映阶碧草自春色，隔叶黄鹂空好音。
> 三顾频烦天下计，两朝开济老臣心。
> 出师未捷身先死，长使英雄泪满襟。

平静的生活只过了几个月又生风波。秋天，裴冕被调去长安，杜甫失去了“供禄米”的故人。他想到了另一个朋友，那就是高适。他以诗作笺，渴望老友施以援手：“百年已过半，秋至转饥寒。为问彭州牧，何时救急难？”

也许是两年前在同谷孤苦无依、啼饥号寒留下的后遗症，杜甫不仅给高适写诗，还亲自前往彭州。可惜高适还没来得及帮助他，就调任蜀州（今崇州市）了。于是，杜甫又追到蜀州，并在高适的刺史府小住。

崇州市区有一座风光旖旎的园子，亭台楼阁，天光云影，收在一池深碧的寒水中，这就是罨画池。史料载，罨画池在唐代就是官署园林，当时设有驿站，称为东亭。唐以来，杜甫、陆游、杨慎等名家都在这里留下了诗文。

高适是崇州最高长官，杜甫又在崇州盘桓多日，他们流连于东亭亦是意料中事。杜甫写诗称赞老朋友“当代论才子，如公复几人”，并感叹“行色秋将晚，交情老更亲”。杜甫告别高适回草堂后，冬天蜡梅开时，同样任职于崇州的杜甫的另一位友人裴迪在东亭宴客，想起秋天时与杜甫的聚会，便写了一首诗寄给杜甫。杜甫回诗感叹“江边一树垂垂发，朝夕催人自白头”，明人王世贞将此诗推为“古今咏梅第一”。

值得一提的是，与杜甫唱和的裴迪也是王维的至交。早年，他隐居终南山，王维称他裴秀才，并说他“复值接舆醉，狂歌五柳前”，是一个佯狂遁世之人。然而，年华流逝，栖身林泉的隐者竟不得不为了五斗米宦游蜀中。

西河和金马河从崇州境内斜斜淌过，流向成都南边的一个重要枢纽——新津。在新津县城五津镇（今新津区五津街道），岷江的几条支流次第交汇。一个阴雨的冬日，我小心翼翼地踩着糊满青苔的石阶，爬上江畔一座草木葱郁的小山。山顶是一块杂草过腰的平地。极目远眺，远处的新津城区、近处的金马河以及建于唐朝开元年间的通济堰尽收眼底。1200 多年前，杜甫也曾登临过这个名叫修觉山的小地方。

杜甫两次到新津，其中一次是 761 年春天。成都平原的春天常常寒风扑面，以阴以雨，但风定日斜后，迎春、海棠、桃李以及油菜花竞相开放，热烈的花事足以把春寒烘暖。这个春天，大约是得到了高适的救济，杜甫心情不错。他写下了脍炙人口的《春夜喜雨》，又在游览修觉山时，因“野寺江天豁，山扉花竹幽”的景象而生出诗人的骄傲：“诗应有神助，吾得及春游。”

杜诗载，修觉山上有一座寺庙，就叫修觉寺。但我寻了大半座山，寺庙始终无影踪。途中，接近山顶的坳上有一户人家，门前挂着警示牌：“内有大狗，闲人免进。若被咬伤，概不负责。”

从修觉山下来，我去了一个叫江源的小镇（今江源街道）。人烟稠密的成都平原，大凡不过10公里必然有场镇，江源就是无数小镇中极寻常的一个。与其他小镇不同的是，在唐朝，江源是唐兴县治所在。

茅屋为秋风所破那年秋天，杜甫游历了青城山后由蜀州来到唐兴，为县令王潜写下《唐兴县客馆记》。这是杜甫不多的散文之一，这种相当于应用文的碑记，主要用于歌颂。歌颂王潜的原因，在于杜甫生计艰难，希望得到王潜资助。

如今的江源和唐朝有关的痕迹只余下了与唐兴有关的两个地名：一是唐兴西街，一是唐兴社区。

从唐兴回到草堂后，深冬的一天，领兵在外平叛的高适突然来访（高适在外平叛，也是杜甫一时贫困无依的原因），杜甫既感故交情深，又惭草堂地僻路远，食无兼味。

也是在这年冬天，一个令杜甫万分兴奋的消息传来：与他交厚的严武由东川节度使调任成都尹兼西川节度使。

严武是武人，性情粗暴凶悍，比如他的手下章彝（也是杜甫的朋友）因小事没让他满意，他竟将其召到成都乱棍打死。不过，严武对杜甫倒是给予了无微不至的照顾。

唐朝的节度使是坐镇一方的封疆大吏，但严武纡尊降贵前往草堂，有时还令手下给杜甫送来酒食。杜甫生活所需，大抵由严武供给。秀才人情纸半张，杜甫回报严武的，唯有一首首因感激而不无夸张的诗作。比如他借老农之口盛赞严武治蜀有方，“酒酣夸新尹，畜眼未见有”，意思是自从我睁了眼睛以来，就没见过这么好的领导啊。

几个月后，唐肃宗去世，严武被召回京。杜甫依依不舍，从成都一直送到绵州（今绵阳市）。就在这时，剑南兵马使徐知道叛乱，杜甫无法归家，由是开启了他浪迹川北的旅程。

浪迹川北

深冬的四川盆地，阳光比金子还珍贵，因而有蜀犬吠日之说。偏偏那天是个大晴天。下午，我爬上了牛首山——如今它叫梓州公园。牛首山顶的小广场上，高大的杜甫塑像屹立在温暖的阳光下。在他脚边，摆放整齐的菊花开出了明亮的花朵，轻风吹过，像一朵朵跳动的火焰。塑像旁边的一座仿古建筑，便是后人为纪念杜甫的梓州岁月兴建的梓州杜甫草堂。

最初，杜甫暂居梓州，乃为避乱。意外的是，当战乱基本平息，他的好友高适代严武任成都尹兼西川节度使时，他不仅没回成都，反而将家小也接到梓州。

在梓州，杜甫的主要依靠是他的发小、时任梓州从事兼监察御史的路六及梓州刺史章彝。

763 年，杜甫 52 岁了。彼时，长达八年的安史之乱已近尾声。春天，官军收复河南河北的消息传来，杜甫欣喜若狂。骨子里充满浪漫情怀的诗人开始想象，他即将告别托身异乡的颠沛流离的生活，回到老家河南。由是，他写下了生平第一快诗，也就是收录于中学课本的《闻官军收河南河北》。

然而，大道多歧，世事难料。杜甫写下这首热情洋溢的诗时，完全没有预料到此后的人生还会更加艰难，命运还会更加难以捉摸，而他，这个毕生怀念故乡的人，终将死在远离故乡的他乡。

梓州即今三台，它是唐时东川节度使驻地和梓州州治。作为历史悠久的古城，三台县城至今保留着一段城墙和东门城楼。只不过，城墙被扒去了一大截，矮矮的。至于东门城楼，变成了生意清淡的茶园。城门前的全国重点文物保护碑前，两个乡下妇女在卖菜。看到我走近，她们一齐期盼地问："买青菜吗？新鲜的。"至于杜甫留在这里的屐痕，更是早已消失于时光的长河之中。

浪迹川北的一年多，杜甫先后安家梓州和阆州。其间，还游历了多个地方，有时为送别，有时为探望朋友，有时为游览山水。

因三星堆而闻名的广汉，唐时称为汉州。这是成都平原腹地一座宁静的小城，小城中，有一座看上去与罨画池颇为相似的园林，一样的古木苍藤，一样的深池碧水。如今，园林是供市民休憩的公园，坝坝舞的歌声、川剧座唱的琴声混杂在一起，散发出人间烟火的喧嚣，俗气而温暖。唐时，它的名字叫房公西湖。763 年春天，当杜甫来到房公西湖，与友人泛舟湖上时，他的内心深处一定有无数感慨如同春草一样滋生。

因为，西湖的疏浚者房琯，不仅是杜甫的老友，也是杜甫政治生涯急转直下的诱因：房琯因失误被唐肃宗贬黜，杜甫以左拾遗身份上书相救，肃宗震怒。若非宰相张镐施以援手，杜甫生死难卜。最终，他被贬往华州，从此远离政治中心，也渐渐断绝了政治理想。至于房琯，他在早年的得意后，也经历了多次贬谪。疏浚并重建汉州西湖，是在他任汉州刺史时期。不过，“人生不相见，动如参与商”，当杜甫来到汉州时，房琯前脚刚走。房琯的接任者王某热情接待了杜甫，他们共同享用了房琯喂养在湖中的鹅。

方志记载，房湖公园中部那方狭长的水面即唐时房公西湖，一座半岛形的土山将它分为东西两部。湖西，后人建有纪念房琯的琯园，里面陈列着一块心形红砂石，称为房公石，据说是房琯开凿西湖时留下的。

杜甫游湖几个月后，噩耗传来：房琯在回京路上，病逝于阆中。于是，杜甫赶往阆中凭吊老友，并为他写下一篇祭文。这是杜甫第二次来阆中，对这座山环水绕的古城，杜甫感叹“阆州城南天下稀”。

曲折而行的嘉陵江，把半岛形的阆中古城揽在怀里。古城对面有一列青翠的山峰，称为锦屏山。山上，一座红墙碧瓦的建筑掩映在树林深处，这就是杜少陵祠堂。

为吊祭房琯来阆，杜甫住了三个月，直到夫人捎信说女儿生病，他才回到梓州。763 年深冬，他第三次也是最后一次来阆。这一次，他带着家小，打算从这里离开四川。

杜甫在阆中三次短暂居留，第一次纯游历，第三次为取道，只有第二次是小住，其家人并未随行，估计他不大可能在阆中修房造屋。因此，阆中没有草堂，只有祠堂。草堂为诗人遮风避雨，像蜗牛的壳一样为他提供一个小小的、异乡的家，而祠堂，则是诗圣业已成为煌煌星斗时，后人用以寄托敬仰的缅怀之地。

就在杜甫即将从阆中出发离川之际，一封信让他喜出望外：严武再度任成都尹兼剑南节度使，并邀他回成都。杜甫写诗感叹“殊方又喜故人来，重镇还须济世才”，并表示“不成向南国，复作游西川”。

行前，他来到房琯墓前，向这位长眠他乡的故交告别，房琯的客死多半让敏感的诗人联想到了自身浮萍般的命运：

他乡复行役，驻马别孤坟。
近泪无干土，低空有断云。
对棋陪谢傅，把剑觅徐君。
唯见林花落，莺啼送客闻。

重回草堂

后人把杜甫称为杜拾遗，是因他出任过左拾遗；后人又把他称为杜工部，是因他还出任过检校工部员外郎。后者，正是由于严武的举荐。

764年，53岁的杜甫挈妇将雏，重返成都。当年六月，严武表荐杜甫为检校工部员外郎，这是一个相当于今天副司长级别的虚职，实际的职位是节度使参谋，也就是严武的幕僚。垂暮之年，为了报答严武的信任与帮衬，杜甫从草堂搬到节度使府，听鼓应差，赞襄参谋。当时，吐蕃势力已达川西，对成都威胁甚大。杜甫一面协助严武训练士卒，一面写了《东西两川说》，向严武提出筹边之策。两人原本是诗友，这时虽为上下级，但严武大抵还是把杜甫看作客人。公余，他们把酒临风或是泛舟湖上，常有诗作唱和。

意外的是，仅仅半年，杜甫就辞职回了草堂。这一天，是765年正月初三，杜甫54岁。他特意写了一首诗记录此事，叹息道：

“白头趋幕府，深觉负平生。”

是什么原因使杜甫离开幕府并永别官场呢？有人认为他在幕府遭到年轻同僚的妒忌，有人认为他不甘心做一个地位低下的幕僚（尽管严武为他争取到了工部员外郎的虚衔）。其实，还有一种可能是，诗人杜甫与军将严武是完全不同的两类人。严武骄横粗暴却热爱诗歌，杜甫表面稳重实则不乏诗人的狂狷与放浪。两人做朋友可以，做上下级难免日渐生隙。有一种说法是，在严武这个庇护者面前，杜甫酒后放狂，直呼严武父名，严武十分生气，以致想杀他。

千年后的猜测或许难以贴近当时当日，但杜甫任幕僚期间，一首描写值夜班的诗，隐隐流露出了诗人并不快乐：

清秋幕府井梧寒，独宿江城蜡炬残。
永夜角声悲自语，中天月色好谁看。
风尘荏苒音书绝，关塞萧条行路难。
已忍伶俜十年事，强移栖息一枝安。

诗人总是敏感的。秋夜的月光，庭院井边的梧桐，值班室闪烁的蜡炬，隐隐传来的城楼鼓角，这些事物都让诗人心生悲凉。想起音书断绝的亲人，想起关山阻隔的故乡，想起已然不可企及的政治理想，当然更有自安史之乱以来，十年飞逝，却只能暂时安身幕僚的窘迫。这一切，都让杜甫意绪难平。才下眉头，却上心头。

不愉快的幕僚生涯终结后，杜甫和严武又从上下级变成诗友、酒友。杜甫写诗请他来草堂做客，严武似乎没有再来。当成都平原杂花生树的暮春临近时，39 岁的严武暴病身亡。

765 年春天是杜甫在成都度过的最后一个春天，他将最后一次看到“两个黄鹂鸣翠柳，一行白鹭上青天”的安宁景象。这样的安宁，以后只有在回忆中重现了。

由于草堂修建已六年，中间既被秋风所破，又有一年多无人居住，杜甫对草堂进行了一次大修。当初，杜甫在堂前栽种了不少竹子。竹子滥贱易长，至今成都平原农舍前后，仍多大片大片的竹林。六年前栽种的竹子，早就“笼竹和烟滴露梢”了，这时终于派上用场。那个春天的早晨，杜甫请人一气砍了上千竿竹子。一则竹林太厚，草堂光线不好，阴沉得让人“甚疑鬼物凭”；当然，更重要的是要用竹子做修葺草堂的材料。

孰料，草堂刚刚修葺一新，杜甫就不得不与之永远告别。当严武去世的噩耗传来，杜甫意识到，偌大的蜀中已经没有人能够庇护他，救助他，让他在艰难苦恨的日子里营造一方可供诗意驻足的小天地了。

他也终于明白，天下没有不散的筵席，六年相对安稳的蜀中岁月就此画上了一个句号。为了生存，他只能离开。当他离开时，原本属于异乡的西蜀，已成为令他眷恋的第二故乡。

古人说，世间难堪之事，莫过于英雄末路，美人迟暮。其实，依我看，还得加一条：诗人落魄。彼时，诗人已老，身多疾病。向后看，以往的辛酸凝成往事和泪水；向前看，世事茫茫，未来的路渺不可知。“万事已黄发，残生随白鸥”，诗人唯有告别西川，继续漂泊。谁也无从知道，命运的潮水，将把浮萍般的诗人卷向哪一个角落……

天地沙鸥：
重走杜甫晚岁漂泊路

是的，羁旅即将结束了。

这是唐代宗大历五年（770）秋冬之际，一只漂荡在江上的客船里，如同一朵烛火被风雨浇灭之前，忍不住用最后的闪烁抚慰自身的光芒一样，自知大限将至的杜甫完成了生命的绝唱——《风疾舟中伏枕书怀三十六韵奉呈湖南亲友》。

1200 多年过去了，当我分别于盛夏和深秋两度来到洞庭湖时，我看到浩荡的大水奔涌翻腾，不知疲倦地扑打着堤岸；我看到水落石出，瘦长的芦苇在风中摇摆，如雪的芦花被下山的夕阳染成一片不真实的绯红。时过境迁，没有人知道诗圣最后的客船到底停泊在哪里。仅仅记得，他迈向人生尽头的履痕，留在了湖湘大地。

残生随白鸥

765年四月，严武暴死，杜甫失去平生最大的依靠。他决定离开成都，离开业已生活了六年的巴蜀。后人一直认为，六年客蜀乃是杜甫一生中相对安稳的幸福岁月。但从杜甫辞别蓉城之际写就的《去蜀》却不难看出：梁园虽好，终是他乡；锦城虽乐，无以忘乡。在成都和梓州等地的闲适生活中，他仍然无比渴望回到关中。关中既是京师所在，距他的老家河南也近。是故，杜甫离川，向荆楚而行，其初心乃是北返关中或河南。然而怀念故乡的杜甫，最终却死在遥远的异乡。

“窗含西岭千秋雪，门泊东吴万里船。”浣花溪畔的客船，曾让杜甫想象过它们的行踪：顺着玉带般绕过成都的锦江，于彭山进岷江，自岷江而下，在戎州（今宜宾市）入长江，从而出三峡，抵荆楚，直至江南。

杜甫的客船就沿着这条路线由北而南，自西向东。

嘉州（今乐山市）是杜甫行经的第一座重镇。嘉州素以山水闻名，宋人邵博说：“天下山水之观在蜀，蜀之胜曰嘉州，州之胜曰凌云寺。”这座独步川中的凌云寺即乐山大佛所在的大佛寺，不过，杜甫没看到高达70余米的大佛。尽管凌云寺比杜甫还老一岁，且大佛也于他出生前一年就开始开凿，但一直要到他死后30多年才竣工。是故，嘉州给杜甫的最深印象是老夫聊发少年狂式的剧饮——在那里，他与堂兄相遇。

发源于凉山腹地的马边河是岷江第三大支流，于清溪镇注入岷江。作为进出凉山的水陆码头，清溪是一座历史悠久的古镇。我站在古镇中心一栋四层楼的楼顶远眺，淅沥的春雨把一片片厚重的青瓦屋顶打湿了，若有若无的阳光洒在上面，有一种青铜般的反光。

那个月色纯净的夏夜，杜甫的客船就泊在清溪镇外。很显然，1000多年前，清溪还是极为荒凉的边远之地。杜甫泊舟的地方，尽管邻近市镇，却因山深林茂，竟有老虎出没，杜甫诗言“月明游子静，畏虎不得语”。不能说话，月色又明亮撩人，杜甫只好枯坐中宵，憧憬着与亲人相聚于荆楚的美好时光。

岷江的顺水将杜甫送到了戎州。戎州城下，金沙江接纳了岷江，始称长江。农历六月，戎州郊野的一种果实成熟了，那就是唐人十分喜爱的荔枝。这是杜甫第一次品尝荔枝，他用欢快的语气写道：“重碧拈春酒，轻红擘荔枝。”今天的宜宾，已不产荔枝，即便偶有，其味也相当酸涩。这说明，杜甫时代，中国大地气温要比今天高，这也符合竺可桢的相关论断。

戎州往下是泸州，在泸州，沱江汇入长江，再往下是渝州（今重庆市）。很有意思的是，杜甫晚年的出川路线，与他毕生最敬重的兄长李白年轻时的出川路线相重合。李白诗云“夜发清溪向三峡，思君不见下渝州”，杜甫则说“万事已黄发，残生随白鸥”。其间的差异，不仅是诗仙的飘逸与诗圣的凝重，更是心怀天下的少年游与心如止水的暮年返乡之间的万千迥异。

长江流入重庆的涪陵、万州一带后，山势渐次雄伟，江面愈加狭窄。“收帆下急水，卷幔逐回滩”，岷江和长江上游平缓地段的舒适写意不见了，杜甫的客船被滚滚野水一鼓作气地送到了忠州（今重庆忠县）。

由于三峡蓄水，长江回流，忠县老城三分之二以上已被淹没，新县城只好靠后重建。依山傍水，从城里看出去，宽阔的长江平静如湖，杜甫担心、畏惧的河滩早已沉入黑暗的江底。

杜甫一族侄杜某时任忠州刺史，按理，他应该对风尘仆仆的族叔予以热情关照。但是，杜诗的只言片语却透露出一个辛酸的秘密：族侄虽然也请杜甫喝酒吃饭，还在席间令人吟唱他的诗，但这一切都是礼貌的冷淡，杜甫一家甚至不得不住在一座破败的寺庙里。

寺名龙兴寺，方志说，又叫治平寺，位于老城东门外。如同老城一样，如今也是一片荡漾的碧波。

群山之间的忠州是一座小城，尽管当时管辖方圆五个县，但五个县的总人口也才 6700 户，还不如现在一个乡镇。市场小，供应不足，外地运来的米甫一上市，市民就争相购买；治安不好，城门早早关闭。住在年久失修的庙舍里，夜半梦回，杜甫听到远处林子里传来老虎的一阵阵咆哮。

其情其景，令杜甫心情抑郁。雪上加霜的是，小住忠州期间，他又遇到两桩伤心事。

话说严武死后，他的灵柩取道岷江、长江，拟由荆楚运回长安。在忠州，杜甫与之不期而遇。终其一生，严武是待杜甫最厚的至交兼庇护人。他的灵柩路过，杜甫自然前往拜谒。令他感慨的是，严母依然像从前那样和蔼可亲，而严武的部下却换了一副面孔。人情冷暖，如鱼饮水。杜甫伤心地哭了一场，作诗一首为念。

仍然是在忠州，一个噩耗传来，高适去世了。唐代诗人中，高适仕途通达，曾出任过节度使和刑部侍郎之类的要职，并受封渤海县侯。《旧唐书》称：“有唐以来，诗人之达者，唯适而已。”与毕生沉沦下僚的杜甫相比，无疑是霄壤之别。然而，两人青年时即订交，诗酒酬酢几十年，如今生死忽别，幽明异路，这对老病的杜甫无疑是一次沉重打击。在群山围困的小城，追忆与高适、李白漫游汴州（今开封市）时酒酣登吹台，慷慨悲歌、临风怀古的青春风雅，对照如今的家山万里、残躯老病，杜甫又一次体悟到了生命的无常与人世的荒诞。

自忠县顺流而下三百里，是长江边的另一座小城云阳。杜甫时代，它叫云安。如同忠县老城被淹没一样，云阳老城如今也沉入了江底。新城依山而建，错落有致。我沿着崭新空荡的大街，拐两个弯，穿过一条隧道，再经过一座雄伟的大桥，便来到了长江南岸。翠黛的山崖下，排着一些古色古香的建筑。建筑前的广场上，一尊高大的雕像面江而立，乃是蜀汉名将张飞。这些建筑，即异地迁来复建的张飞庙。在中国，三国故事深入人心，张飞更是妇孺皆知的名人。云阳张飞庙，据说始建于蜀汉末期，原在下游30公里的江畔。

纪念猛将的祠庙里，后人也给了文弱书生杜甫一席之地，就是庙里的杜鹃亭。杜甫九月到云安，在此度过了秋冬。是时，杜甫居住在严县令为他提供的一座临江的房子里。他听说蜀中战乱又起，既怀念“万里桥西宅，百花潭北庄”的浣花草堂，又希望早日放舟出峡。然而，那年天气寒冷，云阳不时下雪，杜甫沉疴在身，滞留难行。年后，天气和暖，野花铺满江岸，杜甫听到了一阵熟悉的鸟叫。他知道，春天来了。那鸟，便是四川乡间每年春天都会飞到高枝上昼夜长鸣的杜鹃。

为了纪念杜甫的云安岁月，后人修建了杜鹃亭。如同整座张飞庙一样，杜鹃亭也掩映在山崖下的绿荫中。亭前，一尊杜甫雕像：头部上扬，胡须略翘，手握书卷，清瘦的身子似风中苦竹。凄凉哀愁的杜甫，恰好与横眉怒目的张飞形成鲜明对比。

万里沧浪外

我在草堂镇下了沪蓉高速，顺着一条泥泞土路沿江而行。路在半山腰，与路相伴的是三三两两的农舍，比路更高的是果园和林地，比路更低的是浑浊的长江。行驶十多公里后，峰回路转，我终于看到了著名的白帝城。

尽管早有思想准备，但眼前的白帝城还是让我略感吃惊。因为，在杜甫之前数百年和杜甫之后上千年，白帝城都是一座雄踞山巅的壮丽城堡。李白说它在彩云之间，杜甫则极言其高，“白帝城中云出门，白帝城下雨翻盆”。但我看到的，竟是江中一座由廊桥连接的孤岛。与夹岸山峰相比，恍如一个微不足道的土馒头。

面目全非的这一切，缘于三峡大坝截流后的高峡出平湖。

白帝城另一侧，便是三峡的入口，即“众水会涪万，瞿塘争一门”的夔门，夔门所在的瞿塘峡，是三峡第一峡。尚在成都时，杜甫就曾多次想象过，他的回乡之路将是“即从巴峡穿巫峡，便下襄阳向洛阳”。

老杜恐怕没有预计到，他在这座峡谷中的小城，一住就是一年又十个月。当他第二次看到菊花怒放时，忍不住为这漫长的回乡路凄然泪下：“丛菊两开他日泪，孤舟一系故园心。”

400 年后，陆游溯江入蜀，顺道在夔州（今奉节县）探访杜甫居留时的遗迹。陆游认为，杜甫在这里居住近两年，是因为“爱其山川不忍去”。事实上，综合更多情况来看，陆游是在为他热爱的诗圣作装点语。杜甫并非“爱其山川不忍去”，而是为时局和生计所迫，不能去，不敢去。其时，吐蕃、回纥连番内犯，京师危急，关中震动。另一方面，自从在云安染疾，杜甫一直在病中。至于经济上，夔州都督柏贞节对他非常照顾，频分月俸，使杜甫衣食无忧。

在夔州，杜甫先后居住了四个地方。第一个地方即他诗中说的西阁。他在西阁住了几个月，到次年，即767年春天，搬到赤甲。西阁具体在什么地方，已不可考。

从孤岛白帝城坐船渡过长江支流草堂河，便到了瞿塘关。瞿塘关所依附的山，便是赤甲山。与赤甲山隔着长江对峙的，是杜诗中提到的白盐山。如今，两座山看起来并不算高峻，在杜甫时代，却是“赤甲白盐俱刺天，闾阎缭绕接山巅”。

瀼西是杜甫在夔州的第三个居所。瀼的意思，陆游解释说：“土人谓山间之流通江者曰瀼。”就是说，川东一带的方言把从山上流下来注入江中的溪沟称为瀼。在夔州，有东瀼水和西瀼水。考证可知，东瀼水即前面提过的草堂河。如今的草堂河水量丰盈，河面宽阔，但那是河水回流之故。没有三峡大坝时，它只是一条深陷山谷的小溪。与之相比，距其几公里的西瀼水（今梅溪河）则要稍宽。杜甫在赤甲居住一段时间后，搬到瀼西。他在那里修筑了几间房子，人称瀼西草堂。

移居瀼西，是为了照料果园。到夔州一年后的767年暮春，杜甫在瀼西买下40亩果园。果园与草堂一溪之隔，杜甫前往果园劳作时，须得摇船而过，所谓“清晨向小园。碧溪摇艇阔”。

今天，奉节以产柑橘知名。我行驶于临江的盘山公路上，窗外不时出现高低错落的果园，尚未成熟的柑橘挤满枝头。追溯历史，奉节柑橘的种植可以推到汉朝。杜甫的果园里，也有大量柑橘，他赞美自家柑橘“园甘长成时，三寸如黄金”。柑橘之外，尚有桃子、李子、花椒，以及松树、栀子和藤萝，加在一起足有上千株。

东屯是杜甫在夔州的第四个居所。原本只是一条山涧的东瀼水，后人称为草堂河，三峡蓄水后，河面宽阔，当地人又把它称为草堂湖。白帝镇像一座伸入湖中的半岛，一条喧嚣杂乱的街道沿湖而建。拥挤的房屋中，有一道宽大的铁门，里面是草堂中学。有一种说法认为，东屯旧址就在草堂中学内。据说，校园里原有杜甫祠，还有一块断为三截的清朝末年立的重建草堂碑。然而，疫情期间，学校放假，铁门紧闭，门前排满三轮车。另有一种说法却认为，东屯其实不在草堂中学，而是在沿草堂河上溯两三公里的一个叫上坝的地方。

杜甫移居东屯，缘于对他关照有加的柏贞节把位于东屯的100顷公田交由他管理，以解决他一家的衣食问题。这片公田，最早由白帝城的修筑者、东汉初年据蜀的军阀公孙述开垦，杜甫描写说：“东屯大江北，百顷平若案。六月青稻多，千畦碧泉乱。”夔州一带，群山连绵，难得有一片较为平整而肥沃的土地，并且，山上清泉不断，正是水稻所需的最佳水源。杜甫又说：“东屯复瀼西，一种住青溪。来往皆茅屋，淹留为稻畦。”意指他在瀼西和东屯，都有茅屋居住，为了管理公田，移居东屯。

总之，杜甫就像一个辛勤的小地主那样，带着一众仆役（他称之为“隶人”），往来于瀼西和东屯之间，种植水稻，打理果树，管理菜园，采摘草药，砍伐树木……周而复始的农事，让人想起种豆南山的陶渊明，或是黄州垦荒的苏东坡。中国这三位最优秀的诗人，同时也是三位称职的农夫。白天，他们在大地上劳作；夜晚，他们在诗笺上耕耘。

有了柏贞节的照料，应该说，杜甫一家的生活水平至少达到小康。但是，对杜甫来讲，夔州仍是不宜久居的异乡，并且，与成都比还有诸多不如人意处。

首先，夔州天气炎热。比如他到夔州的766年，夔州一带春旱连夏旱，数月未雨，江水枯竭，“水中无行舟”。杜甫本是北人，从未经历过南方暑热，他烦闷不已，晚上点根蜡烛也热不可耐，束根腰带竟如缠芒刺。令人感动的是，当杜甫困于暑热时，他却念及征夫戍子，感叹他们在烈日下劳作，更加酷热难当。其情其理，依然是《茅屋为秋风所破歌》所传达的浓烈的仁者情怀。

其次，生活条件艰苦。比如夔州虽滨大江，但江岸陡峭，无法饮用江水，而夔俗不打井。当地人把竹子一剖为二，制成竹笕，一根根地连接起来，将泉水自山上引下。这年，山上石头倒塌，竹笕被打断了。一个叫信行的隶人不得不来回走了40里山路去寻找并修补。杜甫在家中又是担心又是内疚，等到信行回来，杜甫急忙把自己最喜欢吃的瓜和饼分与他。

再次，与杜甫之前生活过的关中或成都相比，夔州无疑闭塞落后。当地的一些习惯，诸如“家家养乌鬼，顿顿食黄鱼”，令杜甫颇感不适。一方面他赞美夔州雄奇的山水，另一方面又对恶劣的风俗深恶痛绝，他总结为“形胜有余风土恶”。

更重要的是，杜甫虽然只有五十六七岁，放在今天，还是标准的中年，但他已老态龙钟，百病缠身。之前，他就患上了肺病、糖尿病和风疾。到夔州次年，他的耳朵也聋了。

一如穷人也有自己的欢乐，老病的诗人也努力将窘迫的日子经营得略有声色。

但有余暇，杜甫就在夔州城周边行走。今天我所看到的长江边的白帝城、瞿塘关以及两岸的山林涧流，都是诗圣熟悉的。大多时候，他策杖而行，有时也骑马。有一次，他酒后心血来潮，纵马狂奔，以致不慎摔倒。

夔州治所，秦朝时称为鱼复，唐朝贞观年间改名奉节。奉节，或者说鱼复古城，原本修筑于赤甲山上。东汉初年，公孙述据蜀，将治所从赤甲山移到白帝山，并修筑了白帝城。今天，白帝城不过江水中一座狭小的孤岛，过去它却是一座周长达7里的坚固城池。

夔州既有三峡之险，又有白帝之坚，是故顾祖禹认为它“府控带二川，限隔五溪，据荆楚之上游，为巴蜀之喉吭”。三国时，刘备伐吴，大败而归，退至夔州，改奉节为永安，并在白帝城内的永安宫向诸葛亮托孤，而后驾崩。

对同为文人却出将入相，建立了不世功勋的诸葛亮，杜甫一直怀有一种复杂的情感。这情感，包含了艳羡、敬佩和失落，以及在此基础上的自怜自伤。居成都时，他的草堂与武侯祠比邻，那座柏木森森的院子是他经常光顾的地方。如今，他困于夔州，诸葛亮君臣的祠庙又近在咫尺，诸葛亮便成为他一再歌咏的对象。他在赞美诸葛亮“三分割据纡筹策”的同时，也感慨“运移汉祚终难复”。敬天畏命的背后，隐隐透露出杜甫对于襟抱未开的自我辩解、自我宽慰。

秋天来了，夔州一带的长江两岸，风寒林肃，常有猿猴在高处悲鸣，如泣如诉，众山皆响。如同郦道元记录的渔歌：“巴东三峡巫峡长，猿鸣三声泪沾裳。”8年前，李白也曾听到过三峡的猿声。猿啼同样凄苦，李白却快活无比，因为他遇上大赦被免去了流放夜郎的处罚，故而“两岸猿声啼不住，轻舟已过万重山”。与此同时，杜甫从华州弃官回家，带着家小流寓秦州。狼狈不堪的杜甫一直为李白担忧，一连三个晚上都梦见他。

与李白相反，同样的猿啼带给杜甫的却是一腔悲愁与哀怨。斯时的杜甫老病在身，壮志未酬，生计日拙，不得不依靠柏贞节这样的小军阀混饭吃。更兼战乱不休，国事蜩螗，北望长安，家山难返。于是乎，猿猴的悲啼触动了诗人敏感而自尊的神经，故而下泪，故而掩袂。他在诗中不断写到猿啼：“风急天高猿啸哀”“听猿实下三声泪”……

如今，三峡水位上涨，礁石与风浪密布的峡江已成一潭静水，两岸壁立的群峰因之平缓。公路盘旋入山，人家村落，比比皆是，猿猴只好逃往更深的大山。沿途，我看到两家办丧事的农户，面目相似的嵌有白瓷砖的农舍前，一些人点燃纸钱，一些人吹响唢呐，一些人围桌打牌。曾经的猿啼，化为乌有。

老病有孤舟

769 年，杜甫度过了他人生中最寒冷的冬天——以后，再不会有寒冷，也不会有冬天了。那个冬天，地处南方、原本温暖的潭州（今长沙市）总是下雪，大雪一场接一场，杜甫想用酒精温暖自己，却发现囊中羞涩。想向店家赊酒，亦未如愿，只好枯坐家中。杜甫的家，是一只雇来的客船。杜甫的最后岁月，大抵在船上度过。

意味深长的是，他对晚年静好岁月的规划也是从一条客船开始的。话题得从杜甫的弟弟杜观说起。

杜甫有四个弟弟，即杜颖、杜观、杜丰和杜占，五兄弟成年后天各一方，音问常断。每念及此，杜甫未尝不感叹：“有弟皆分散，无家问死生。”“十年朝夕泪，衣袖不曾干。”四个弟弟里，杜占后来跟随他自秦州逃向成都并居川中。杜甫离川时，杜占很可能并未随行，但到底留在了成都还是去了他处，史料语焉不详。一种说法是，成都华阳一带的杜姓，就是杜占后裔。杜颖和杜观长期流落山东，杜丰则“独在江左，近三四载寂无消息”。

杜甫客居夔州时，杜观忽然来信，并随后来到夔州。兄弟俩约定：杜观返回蓝田迎接家小，而后在江陵与杜甫相会。江陵地处长江之滨，又距长江支流汉水不远，是由荆楚通往关中的要津。因此，当关中又一次陷入战乱，而杜甫回关中的愿望无法实现时，他希望和弟弟一起，暂居江陵，一俟战乱平息，就可从荆襄大道北返。

于是，杜甫把亲手打理的40亩果园和草堂都送给了一个他称为南卿兄的朋友，并于768年正月买舟东下。正是在前往江陵的客船上，杜甫想象了他的晚年生活：在江陵暂居一阵，待时局稳定，即返北方，与兄弟们团聚，从此像隐居杜陵的蒋诩和隐居东陵的邵平那样，不问世事，唯与兄弟们杯酒相娱。

杜甫与杜观约定暂住江陵，除了因为江陵地处荆襄大道，交通方便，还有另一个重要原因，那就是杜甫的堂弟杜位在荆南节度使兼江陵尹卫伯玉手下任行军司马。至于卫伯玉本人，也与杜甫系旧交。期望得到杜位和卫伯玉的照顾，乃是杜甫卜居江陵的题中之义。

768年暮春的一场细雨里，杜甫一家冒雨走进了杜位宅邸。接下来半年里的诗作真实地反映了诗圣的生活。那些看题目即可知是应酬文字的诗作表明，因为卫伯玉，也因为杜位，江陵官场对曾做过左拾遗的“著名诗人”上请下迎，而杜甫也拖着老病之躯四处应酬。除了酒桌上推杯换盏，还少不了写一些应景的奉迎文字。

然而，深秋时节，杜甫决定离开。他的一首五律，透露了离开的缘由：“羁旅知交态，淹留见俗情。衰颜聊自哂，小吏最相轻。”诗人做客既久，长期寄人篱下，故而对人情世故特别敏感。他所依靠的那些权贵，或许出于礼节，或许出于其他原因，对诗人多少保持着一份或真或假的尊重。但权贵手下那些最会察言观色的小吏，却往往对诗人不恭不敬。其间的尴尬与恼火，恰如杜甫另一首诗所痛陈的那样："苦摇求食尾，常曝报恩腮。结舌防谗柄，探肠有祸胎。"

窃以为，杜甫的一生，几乎就是寄人篱下的一生。只不过，有时从这道篱跳到那道篱而已。篱不同，诗人糟糕的命运与凉薄的世态却始终一致。

居江陵半年后，杜甫乘舟东下。这一次，他来到了洞庭湖畔的岳阳。

一个酷热的夏日午后，我和湖南作家贺学群兄又一次来到岳阳楼。尽管头顶烈日高悬，景区依然人头攒动。凭高凌远，但见碧波荡漾，衔远山、吞长江的气势如唐如宋。上一次到岳阳楼是数年前，时逢冬季，水落湖瘦，黄叶飞扬，断雁悲鸣西风。

杜甫登临岳阳楼，也是冬季。那是一次百感交集的凭栏，杜甫吟成了他平生最优秀的作品之一：

昔闻洞庭水，今上岳阳楼。
吴楚东南坼，乾坤日夜浮。
亲朋无一字，老病有孤舟。
戎马关山北，凭轩涕泗流。

如今的岳阳楼景区与杜甫相关的，除了这首诗，还有湖畔一座小小的亭子，以及亭子里用玻璃罩着的一块石碑。石刻的碑文终会被湮没，木石的亭子也终将倒塌，唯有方块字写就的诗篇，才能融进来者的滚滚血脉。

洞庭湖是湘江的终点，因此，杜甫离开岳阳后的行踪便与日夜北流的湘江纠结在一起。

杜甫在江陵被小吏所轻，如汪灏所说，“久客，无人不相轻，而小吏为最”。现在，他想去衡州（今衡阳市）投奔一位青年时订交的老友，那就是湖南观察使韦之晋。

沿着湘江，我一路寻访诗圣的漂泊之路。时光荏苒，一梦千年，大多数地方，不仅遗迹早就消失，甚至地名也已改变，至多留下方志里的简略文字或是后人修造的纪念性建筑。

白沙驿是杜甫当年泊舟的地方，如今属于营田镇。湘江由南向北，从镇子东边流过。码头上，停靠着不少船只，以货船和挖沙船为主。杜甫的泊舟之处，大概就在左近。那是一个初春的黄昏，杜甫自洞庭湖、青草湖而来，连日不见人烟，荒郊野岭中的白沙驿，对他是一种淡淡的安慰。他看见湖边的大堤上春草初萌，月亮从东天升起，照着烟波淡扫的水面。

不过，今天的营田，已经找不到任何与杜甫相关的东西了。营田既是一个镇，又是岳阳下辖的屈原管理区机关驻地，所以当地人常把营田叫作屈原。镇上到处可见与屈原相关的名称：屈原中学、屈原小学、屈原法院、屈原医院……原来，营田位于湘江和汨罗江之间，而被余光中称为“蓝墨水的上游”的汨罗江，众所周知，是屈原自尽处。距营田只有十多公里的江畔，建有纪念屈原的屈子祠。

杜诗中，有一首题为《祠南夕望》。有人认为，杜甫写的是湘夫人祠，也有人通过诗中提到和屈原有关的山鬼，认为是屈原祠。不过，无论如何，我如今看到的屈子祠都不是杜甫看到的那一座。它们一建于汉，一建于清。当年，差不多穷途末路的诗圣行经屈子祠时，想到这位同样报国无门的先贤，他心里到底是多了一份宽慰，还是添了一份忧伤？

营田上游的乔口比营田更小，不过从杜甫的唐朝到今天，它一直叫乔口——乔江在这里注入湘江，故而得名。

我在一条叫古正街的老街上，看到了杜甫客栈的店招。走进杜甫客栈附近的小巷，有一家杜甫茶亭。过了杜甫茶亭，小巷尽头有一座亭子，名曰杜甫亭。杜甫亭里，竖了几块碑，连同亭基的石壁上，都刻着杜诗。亭子外，有一条长廊，长廊下，是用木头搭建的小广场。骄阳似火，空无一人，唯有一筛子花生正在接受烈日暴晒。长廊外，一池湖水清碧。湖东，便是杜甫泊舟的乔江。

到达乔口时，春色已深，树木开花，群蜂狂舞，燕子忙着啄泥筑巢，春意盎然，日落时却冷风萧萧。杜甫感慨自己本想回长安，谁知道现在却背道而驰，“漠漠旧京远，迟迟归路赊”。

杜甫亭附近的另一条巷子里，坐落着始建于宋朝的乔江书院。书院里附有小小的三贤祠，三尊像立于大堂，乃是屈原、贾谊、杜甫。书院空无一人，老旧的板壁散发出刺鼻的霉味，像一本尘封已久的线装书。中国文化史上的三位著名人物，怀着相同的“致君尧舜上”的理想，理想却带给他们各不相同的灾难。我想，用杜甫的话来说，乃是“怅望千秋一洒泪，萧条异代不同时”。

乔口下游是荆湘重镇潭州。杜甫在这里短暂停留，他登岳麓山，造访道林寺和麓山寺。至于今天已成长沙地标的岳麓书院，杜甫时代，它还在未来的母腹孕育。

如同三贤祠把屈原、贾谊和杜甫并列一样，很显然，当毕生不得志的杜甫漂泊于湖湘大地时，他最容易想到的古人就是与之命运相似的屈原和贾谊。贾谊曾被贬长沙，据记载，自西汉到当代，他在长沙的故居已重修 64 次。毫无悬念地，杜甫前往贾谊故居凭吊并作诗："贾傅才未有，褚公书绝伦。高名前后事，回首一伤神。"

古人总是怀念更古的人——与他们命运相近的人、遭遇相似的人、理想相仿的人——这种不绝如缕的怀念，既是一种苍凉的自励，也是吾道不孤的坚持和倔强。

命运对杜甫异常残酷。当他千里迢迢来到衡州时才得知，韦之晋已调潭州，很可能他们的客船就在湘江的某一方水域擦肩而过。杜甫滞留衡州期间，更大的噩耗传来，韦之晋去世了。

杜甫只得怏怏而返，再次系舟潭州。种种迹象表明，从 769 年夏天到 770 年四月，足足大半年时间里，杜甫一直寓居长沙。他的寓所，就是那条泊于湘江的木船。他的诗作，既描写过从船上看到春花盛开、燕子飞来舟中，也感叹过船居难以忍受的暑热。此外，他还在船上接待过不少朋友。

朋友中，有一个充满传奇色彩，即苏涣。苏涣系四川眉山人，少时尚武，善用白弩，经常抢劫商旅。商人苦之，骂他是"白跖"，意为操白弩的强盗。后来，苏涣幡然醒悟，折节读书，中进士，任御史。杜甫流落潭州时，苏涣也在潭州。有一天，苏涣坐着轿子来到江边，找到杜甫的客船，慕名拜访。交谈中，杜甫听他背诵了近作，大为赞赏，称其"才力素壮，词句动人"。后来，杜甫写了一首诗赠送苏涣，这首诗的题目，是杜甫所有作品中最长的，竟有将近 100 字。诗中，杜甫赞扬苏涣，认为他的作品超越了建安七子，足以与四川最著名的两个文人，即扬雄和司马相如并驾齐驱。

后来，苏涣到岭南投奔哥舒晃，杜甫写给时在岭南的裴虬的诗中，要裴虬向苏涣致意，并对苏涣寄以厚望："致君尧舜付公等，早据要路思捐躯。"但是，令人大跌眼镜的是，文武全才苏涣后来竟煽动哥舒晃造反，两人均被朝廷诛杀。当然，这是杜甫不知道的了。那时，他已去世数年。

在潭州与杜甫相会的，除了苏涣这个新知，还有一个曾经飞黄腾达的旧交，即李龟年。

唐玄宗时代，李龟年及兄弟李彭年、李鹤年均系名噪一时的宫廷音乐家，深受玄宗赏识。在长安时，杜甫与他有过交往。安史之乱后，玄宗幸蜀，李龟年流落江南。不承想，两位昔年名噪京华的大师，竟在如此的失意与彷徨中邂逅。杜甫写下的那首诗，也成为后人传诵的名篇：

> 岐王宅里寻常见，崔九堂前几度闻。
> 正是江南好风景，落花时节又逢君。

这个暮春是伤感的，也是离乱的。春末，湖南兵马使臧玠造反，杀害了湖南观察使崔瓘（苏涣本是崔瓘部下，崔被杀，他才前往岭南）。潭州沦为兵火之地，杜甫唯有离开。他又一次溯江南行，这一次，他想去郴州投奔他的远亲崔伟——杜甫的母亲崔氏与崔伟是一个大家族的，算起来，杜甫要叫他舅舅。

从潭州到郴州，必经衡州。在衡州，杜甫的客船由湘江进入耒水。今天的耒水东岸，有一座叫新市的古镇，曾是新城县治，已有1500多年历史。770年夏天——这是诗圣的最后一个夏天，他的生命行将进入终点——杜甫被一场突如其来的洪水困在了新市境内的方田驿。

杜甫晚年的穷愁与潦倒，至此极矣。洪水太大，他的船无法行驶，周边没有可购买生活物资的集镇或人家。全家人被困在船上，饿着肚子，望着汹涌的洪水发愁、发呆、发昏。好些天后，耒阳聂县令闻知，派人送来牛肉和酒。因此，有一种说法是，饿了几天的诗圣大块吃肉，大碗喝酒，终至饫死，也就是暴饮暴食而死。包括《旧唐书》在内的一批史书都持此说。作为对这种说法的支持，耒阳一中校园里，有一座杜甫墓。

但是，通过杜甫诗作和另一些史料，庶几可以断定：杜甫并没有死于耒阳，醉死或胀死均属子虚乌有。聂县令解围后，不知是洪水未退还是其他原因，总之，杜甫不再去郴州，他又折回潭州，这是他第三次泊舟潭州城下。

今天，湘江从长沙流过，将城市一分为二，河东为老城区，河西为新城区。老城区的湘江岸，耸立着一座四层仿唐建筑，这就是前些年为纪念杜甫流寓而建的江阁。站在阁楼上，凭栏远眺，宽阔深碧的湘江对岸，就是人文荟萃的岳麓山。

第三次来潭州，杜甫系舟于离江阁不到一公里的小西门，他曾拜访过的贾谊故居恰好近在咫尺。长沙是著名“火炉”，夏天极为炎热。对病骨支离的杜甫来说，长年累月的船居，意味着还要因居所狭窄而更加难以忍受。他的病更重了。病中，杜甫想念唐人称为“雕胡饭”的一种食物。所谓雕胡饭，就是用菰（江南称为茭白）的籽实做成的饭。“长夏想为情。滑忆雕胡饭”，然而，“客子庖厨薄”，这一小小的愿望竟然无从实现，杜甫到底还是没能吃上念兹在兹的雕胡饭。

770 年秋冬之际，当潭州天气转凉时，杜甫却决定离开，离开潭州，离开荆楚，离开南方。可以推断，此时的他已然万念俱灰，他只想回家，只想死在故乡的土地上。因为，在安土重迁的古人眼里，客死异乡乃是人生最大的不幸，甚至超过了不幸本身。

于是，杜甫又一次看到了烟波浩渺的洞庭湖。风急天高，水阔云低，杜甫以一首五律作别湖南亲友。诗中，他再一次自怜、自伤、自挽：“途穷那免哭，身老不禁愁。……北归冲雨雪，谁悯敝貂裘。”

也许过了数天，也许过了十天半月，洞庭湖靠近岳阳的某一片水域，老病无依的杜甫，终于永远地合上了倦眼。从此，不再有疾病，不再有漂泊，不再有冷眼，不再有辛酸。无论是“致君尧舜上”的高蹈理想，还是“朝扣富儿门，暮随肥马尘”的残酷现实，都成为诗行浇铸的记忆。

这记忆，是一瞬，也是一生。

我在初秋的一个下午来到平江小田村，从一处竹林后面走进了杜甫祠。这座墓祠合一的建筑始建于唐，不过，我现在看到的已是清末重修后的遗存。比杜甫小67岁的唐代诗人元稹，于杜甫死后43年，在应杜甫之孙杜嗣业之请为杜甫撰写的墓志中说，杜甫“扁舟下荆楚间，竟以寓卒，旅殡岳阳，享年五十有九”。这个旅殡之地，就是小田村杜甫祠。

杜甫有三个儿子，除了小儿子在同谷饿死，另两个长大成人，长曰宗文，次曰宗武。杜甫去世后，家人们继续漂泊，可以想象，他们的日子更加恓惶。因此，一直要等到漫长的43年后，宗武的儿子嗣业才终于有能力把祖父的遗骸运回河南，安葬于偃师首阳山下。至此，诗圣终于魂归故里。

走出阴暗的杜甫祠，天色昏黄，冷风凄凄，近旁花草带雨，远处竹树摇曳，一如后来者的追怀与惆望，千年不绝。

千万孤独：柳宗元的贬谪岁月

柳宗元预言了自己的死亡。

春暖花开时节，他在郊外亭子中与几名下属饮酒。酒至半酣，他忽然长叹："我被朝廷贬谪到柳州，不能为时所用，这是我人生的大不幸；但到了柳州，与你们相处甚好，又令我宽慰。不过，我明年就要死了。"

众人都以为柳宗元喝醉了，纷纷温言相劝，并再次向他敬酒。柳宗元来者不拒，终至酩酊大醉。

回首往事，自从参与"永贞革新"并遭保守派清算以来，短短一生中的最后十几年，柳宗元几乎都是在贬谪中度过的。在永州挨过漫长的10年后，一度，他被召回长安。正当他以为贬谪已然结束，前途即将重放光明时，他又被贬往更为偏远的柳州。

贬谪南方，似乎是柳宗元的宿命。他在永州和柳州，度过了生命中最重要的岁月。贬谪毁灭了他，也造就了他。

俟罪非真吏

盛夏，湘南大地有如火烤。正午，空气仿佛在蒸笼里蒸过。我赶了数百公里的路，来到潇水即将汇入湘江的永州城外。潇水之滨，一条曲曲折折的老街，顺着潇水的一条支流延伸到远处的山峦中。老街中部，有一座古老的祠堂，这就是北宋年间为了纪念柳宗元而修建的柳子庙。至于老街，就叫柳子街。

柳子街尽头，是著名的黄叶古渡。历史上，它是由湖南进入广西的重要通道，是连接中原与岭南的要津。

回望千年以前，柳宗元是带着一身伤痛与悲愤来到永州的。

柳宗元积极投身的“永贞革新”，其目标是解决影响帝国长治久安的两大毒瘤，即宦官专权和藩镇割据。但事实上，革新的100多天里，改革还远没有真正触及这两大痼疾时，宦官和藩镇已经敏锐地捕捉到了不利于他们的气息，因而先发制人。于是，包括柳宗元、刘禹锡在内的革新者——史称“二王八司马”——纷纷被贬往边远地区。

最初，柳宗元被贬为邵州刺史，当他带着家人前往邵州赴任时，刚到洞庭湖又接到朝廷的新任命：撤销正四品的邵州刺史，改任正六品的永州司马员外置同正员。后一个职位，换句话说，就是编外的闲员。按唐朝惯例，员外置就是保留行政级别，但不得干预政务。一句话，既没有公务，也没有官舍，像犯人一样被禁锢在一个地方，不得许可，不能随便出境。用柳宗元后来所写的诗来说，那就是“俟罪非真吏”。

1200多年前，柳宗元溯湘江而上，终于抵达临水而建的永州时，已是永贞元年（805）年底了。

还在船上，柳宗元就已经感觉到了越来越浓的节日气氛。进入永州城，节日气息更浓了。大户人家张灯结彩，朱门深院飘出酒肉的香味，集市上拥挤着众多做买卖的民众。

但是，柳宗元还不知道这个新年将如何度过，甚至不知道，该在哪里度过。

永州又称零陵，其名得自上古贤君舜，据说他的陵墓就在这里。秦始皇推行郡县制，在此设了零陵县。隋朝时，改零陵为永州。湘江与潇水在城外交汇，永州城就坐落于江畔的山峦之间。

唐朝初年，全国的州根据管辖人口数量划分为上、中、下三等。全国共有州327个，其中上州109个，中州29个，下州189个。具体来说，凡人口在3万户以上的为上州，人口在2.5万户以上的为中州，人口在2万户以下的为下州。

柳宗元时代的永州隶属江南西道，下辖零陵、祁阳、湘源和灌阳四县，大致包括今天的湖南西南部和广西东北部部分地区。开元时，永州有2.7万余户，17万余人，算是比上不足、比下有余的中州。然而，经过安史之乱，到了几十年后的元和年间，人口锐减，据当时的统计竟不到1000户。虽然这很有可能是当时户籍管理混乱造成统计有误，但不管如何，柳宗元就要安身立命的永州，的确是一个山困水阻、人烟稀少的荒凉之地。

柳宗元到刺史府向刺史报到后，几乎不抱希望地提出能否为他一家老小解决住所。果然，柳宗元失望了。刺史对他既不热情，也不冷淡，一副公事公办的样子，或者说，有礼貌地拒人千里。

其时，柳宗元一家老小还住在城边的客栈里，但那里显然不可能住得太久，必须尽快找到房子。并且，由于收入微薄，还得精打细算，房租一定不能太贵。

就在柳宗元忧愁不已时，龙兴寺的住持重巽和尚向他伸出了橄榄枝。重巽早年在长安与柳宗元相识，很钦敬柳宗元的文才与胆识，听说柳宗元被贬到永州后，他天天派人到刺史府打听消息。这天，当他听说柳宗元已到刺史府报到后，急忙坐了小船过江来邀请。

柳宗元十分感激重巽的盛情。龙兴寺，便成为柳宗元贬谪生涯中的第一个居住地。

今天的永州是湖南省辖市，市府驻地在冷水滩区。与冷水滩相距几十公里的零陵区，既是古代零陵县治所在地，也是永州州治所在地。

永州城外，湘江环绕，龙兴寺就坐落在湘江西岸的小山坡上，与永州城隔江遥遥相望。据记载，唐时的龙兴寺，早在几百年前的三国时期，蜀国重臣蒋琬和吴国名将吕蒙曾先后在此居住，后来才改成了寺院。

这是一座年久失修的小庙。柳宗元看到，小山坡上的寺庙四周，林木参天，怪石林立。因为地处偏远的城西，寺里人迹罕至，大白天的，野鸭和白鹤也三五成群地飞到寺庙中庭觅食。寺庙大殿前的台阶下，竟然生长着一丛丛高过人头的芦苇。总而言之，龙兴寺给柳宗元的第一印象就是破败、荒凉，如同他斯时的心境。

龙兴寺里的房舍并不多，重巽和尚把西厢房拨给了柳宗元一家居住。西厢房卑湿，光线昏暗。与柳宗元在长安的官邸相比，无疑是霄壤之别。次日，重巽和尚找来工匠，在墙上增开了一扇窗，并在屋子外面用木头搭起一个小小的回廊，柳宗元一家这才勉强可以住下。

从繁华的京城到边远的下州，从庙堂之高到江湖之远，落差是巨大的，而各种不适应也随之而来。

首先是语言不通。自秦汉伊始，政府为了政令畅通，就一直在推行“普通话”，当时称为雅言、正音、官话。在唐代，洛阳是东都和重要城市，因此唐朝的官话以洛阳读书音为准。所谓洛阳读书音并不是洛阳方言，而是洛阳太学里教学采用的标准读书音。但是，掌握洛阳读书音的毕竟只是少数士人和商人，远在中原文化圈之外的边僻之地，绝大多数人根本不知道洛阳读书音为何物。

语言不通几乎是唐代所有流贬边地的官员遭遇的第一件麻烦事，比如元稹被贬往通州时，最苦恼的事就莫过于语言不通，他曾在诗中抱怨“夷音啼似笑，蛮语谜相呼”——这远离首都的蛮荒之地，当地人明明在哭，听起来却像在笑。拗口的方言，只能连猜带蒙。韩愈在阳山任县令时，因双方言语不通，在与当地人交流时，竟发生了相互指斥的误会。

柳宗元到了永州后发现，“楚、越间声音特异，鴂舌啅噪”，当地人的方言，听起来就像鸟叫，压根儿就不知道在说什么。当然，令柳宗元感慨万千的是，他没想到在永州一住十年，到了后来，原本一头雾水的永州方言，不仅听得懂，甚至还能说几句，以至发出“听之怡然不怪，已与为类矣”的感慨。

比语言不通更让柳宗元心惊胆战的是永州迥异于北方的环境。柳宗元在给朋友的信中写道：“永州于楚为最南，状与越相类。仆闷即出游，游复多恐。涉野则有蝮虺、大蜂，仰空视地，寸步劳倦；近水即畏射工、沙虱，含怒窃发，中人形影，动成疮痏。”

意思是说，永州在楚地最南方，环境与南越相似。住在龙兴寺未免寂寞，于是四处走走，但这种出游却带来了更大的恐惧：进入山中，丛林里有蝮蛇和毒蜂，走路时不得不一会儿看天一会儿看地加以提防，走几步就累了；临近水边则害怕射工、沙虱之类的动物，它们能够从水中含沙射影，中者必生恶疮。

语言和生存环境固然恶劣至极，但与贬谪的精神打击相比，或许还算稍好的。

因为得罪朝廷——所谓朝廷，既包括当道的权臣，更有权臣背后对“二王八司马”改革不满的唐宪宗——柳宗元诸人此时已被看作异端，打入另册。远贬永州，昔年交游的朋友固然都已杳如黄鹤，即便关系亲密的亲友也害怕受到牵连，连书信也不敢写。甚至，那些从前追慕他的人，如果手里有他曾经的书信，也赶紧悄悄地毁掉，以免让人知道自己原来和柳宗元有关系。

在闭塞的永州，柳宗元看不到希望，也看不到脚下的路在何方。物质和精神的双重打击，使他很快病倒了。根据他留下的文字看，他在贬谪永州途中已经生病，到了永州后，由于吃药太多，病情虽然缓解，却伤了元气，落下了后遗症。走路膝盖发软，坐下来肌肉和骨头酸痛，头发一把一把地掉，就像杜甫说的那样，已经“浑欲不胜簪”了。记忆力也越来越差，读古人传记，才看几页就必须再三地翻回去看，因为已经记不起传主的名字了。

这时的柳宗元，其实只有37岁，放在今天，还是年富力强的青年。

丧乱之年

在永州，两位朝夕相处的亲人先后辞世，带给柳宗元无尽的悲痛。

首先是他的母亲卢氏。卢氏年事已高，旅途舟车劳顿，加上替儿子的前程担忧，到了永州就一病不起。

其时的永州，不仅“炎暑熇蒸”，更要命的是“诊视无所问，药石无所求”。缺医少药，卢氏只能以老迈之躯硬扛。半年后，终于与世长辞，享年68岁。

母亲的去世对柳宗元打击极大。柳母卢氏出身于书香门第，通诗书，识大体，柳宗元在为母亲所写的墓志中称她：“尊己者，敬之如臣事君；下己者，慈之如母畜子；敌己者，友之如兄弟……”

柳宗元4岁时，其父柳镇就在外做官，卢氏独自抚养柳宗元和几个姐姐。卢氏想教柳宗元识字，家中却无书，为此，卢氏凭记忆书写了古赋14首，一首首地教他。柳宗元的父亲在十多年前去世，其时柳宗元的几个姐妹都已出嫁，孀居的母亲一直跟着唯一的儿子。柳宗元是她的骄傲，也是她的依靠。

当得知柳宗元被提拔到礼部并深受重用时，卢氏却不无担忧，一再劝告儿子要谨慎行事。

唐宪宗登基后，革新派被罢黜，柳宗元也被停职。更严厉的处罚还未下来的一个多月里，柳宗元惶惶不可终日，卢氏镇静地提醒他：“汝忘大事乎？吾冢妇也，今也宜老，而唯是则不敢暇，抑将任焉。苟有日，吾其行也。”

当出任邵州刺史的诏令下达，卢氏为儿子躲过了性命之忧而欣喜，高兴地对柳宗元说：“吾愿得矣。”

在洞庭湖上接到驿船送达的改任永州司马员外置同正员的诏

命，柳宗元感觉天都塌了下来，卢氏劝慰他：“汝唯不恭宪度，既获戾矣，今将大儆于后，以盖前恶，敬惧而已。苟能是，吾何恨哉！明者不悼往事，吾未尝有戚戚也。”

法事做毕，卢氏的灵柩暂时放在龙兴寺的一间小屋里。按唐人习惯，柳宗元必须把母亲送回老家长安万年县（今属西安市），与父亲合葬在一起。但是，身为贬谪之官，没有朝廷许可，他不能离开永州半步，否则就是严重违法。

不得已，第二年，柳宗元只能委托表弟卢遵，让他护着母亲的灵柩踏上了北上的路途。

世事难料，柳宗元和卢遵都不曾想到的是，多年以后，当柳宗元也像母亲那样客死异乡时，同样是卢遵这位古道热肠的表弟，如同当初护送卢氏的灵柩一样，把柳宗元的灵柩也护送回了遥远的万年县。

母亲去世几年后，柳宗元不得不再次承受亲人永别的痛苦。

这一次是他的女儿和娘。自从母亲卢氏去世后，和娘就是柳宗元在世上唯一的骨肉至亲了。然而，正当山花烂漫地开满永州城外的山峦与沟谷时，10 岁的和娘因病夭折了。

5 年前，幼年丧母的和娘跟随父亲和祖母一道，千里迢迢地从长安来到永州。在荒凉破败的龙兴寺，她天真的笑容曾是柳宗元人生中不多的让他感受到温情的事物。龙兴寺地处荒郊，寺外便是幽深的林子，蛇虫野兽出没，而整座龙兴寺，除了柳宗元一家，只有不多的一些和尚，整天待在庙里的和娘连一个小伙伴也没有。

在寂寞中生活了 5 年的和娘，很多时候就在院子里玩泥巴，玩着玩着，便趴在地上睡着了。柳宗元把她抱回床上时，她又在一阵阵鸟啼中醒来。

慈祥的祖母去世后，和娘更加孤独。七八岁时，柳宗元开始教她读书。有时候，和娘在院子里玩耍，就折下院中的树枝，在湿润的泥地上写字。柳宗元写诗记录说：“小学新翻墨沼波，羡君琼树散枝柯。左家弄玉唯娇女，空觉庭前鸟迹多。”

和娘病后，就像卢氏当初生病时一样，也缺医少药。这个懂事的孩子天天到庙里的大殿上叩头拜佛，希望佛祖赐她平安。为此，她向佛许愿说，如果病好了，她就在庙里做杂役，并另取了一个名字——佛婢。

等到她的病越来越重时，她干脆请求重巽为她剃度，她要削发为尼，自取法号初心。重巽和柳宗元都明白，这个乖巧懂事的小姑娘在世上的日子已经不多了。重巽取来器具，亲自为她剃去满头青丝。

元和五年（810）四月三日，10岁的和娘还是病死于龙兴寺。临终前，柳宗元一直坐在和娘床头。和娘抓住父亲的手，用极其微弱的声音请求父亲，不要把她葬在寺外的山上，那里有蛇虫，有野兽，她害怕。柳宗元含泪答应了。

在为和娘写的《下殇女子墓砖记》中，柳宗元凄楚而绝望地写道：“孰致也而生？孰召也而死？焉从而来？焉往而止？魂气无不之也，骨肉归复于此。”

是的，这是贬谪中的柳宗元对命运的追问：是谁让你生到我家做我的女儿？又是谁匆匆召唤你走向死亡？你从哪里来？你如今去了哪里？你的灵魂和气息都已经消失，只有冰冷的躯体还留在人间……

总之，那是一个丧乱的年代。

尽管远在湖湘之南，群山将小小的永州包围，凶问依旧不时从四方传来。一次次为这些凶问所震惊、伤感，柳宗元常常风露中宵，在龙兴寺里四处游走。

首先是“永贞革新”的灵魂人物王叔文被赐死。王叔文此前被贬为渝州司户，唐宪宗犹不能释怀，下旨将其赐死。王叔文被赐死，让包括柳宗元在内的“二王八司马”中的幸存者胆战心惊，再次为性命忧惧。天威难测，难保哪一天来自长安的使者就会带来噩耗。

然后是王伾和韦执谊病死于贬所。他们同样是“永贞革新”的灵魂人物，一个贬任开州司马，一个贬任崖州司马。开州和崖州都是比永州还要落后闭塞的地方。

接着是表兄吕温病逝。吕温既是柳宗元的表兄，又是他“交侣平生意最亲”的知己。吕温因出使吐蕃没有参与“永贞革新”，但他后来得罪宰相李吉甫，先后被贬到道州和衡州任刺史。道州和衡州都离永州不远，一个在永州之南，一个在永州之北，吕温与柳宗元书信往来，互通音问，相互支撑。

在道州和衡州，吕温的职位都是刺史，也就是当地的一把手，而不像柳宗元不仅不是一把手，还是编外。这样，吕温就能用手中的权力，为老百姓做些实事。后来柳宗元在柳州做刺史时，也走上了和吕温相同的路子，这是后话。

体恤百姓、与民休息的吕温四十而丧，让道州和衡州百姓悲痛不已。湖南人爱饮酒聚会，吕温去世时正值社日，往年人们都要相聚饮酒作乐，这一年，他们却“不酒去乐，会哭于神所而归”。

柳宗元说，他居住的永州正好地处道州和衡州之间，吕温死后，老百姓“哀声交于北南，舟船之下上，必呱呱然”。他感叹道，民众对地方官的真切悼念，只听说古代有过这种情况，现实中还是第一次见到。

永州八记

就像一只受伤的野兽躲到阴暗的角落里独自舔着身上的伤口，当伤口慢慢愈合，正常的生活还得重新开始。

柳宗元在永州度过了10个春秋，超过他全部生命的五分之一。前5年，他居住在龙兴寺。后来，柳宗元决定修建一所自己的房子。

这不是一时冲动，而是经过了反复考虑。促使柳宗元修房造屋的原因有几个：

其一，永州多竹木，建筑多用竹木为原材料，容易发生火灾。“五年之间，四为大火所迫”，差不多一年多就发生一次火灾，让他在物质上和精神上都遭受了很大损失。他认为，如果单独修建一座房屋，或许会避免人多事杂带来的火灾之虞。

其二，也是更重要的一点。如果说在开初的四五年里，悲愤的柳宗元还满怀起复的希望，并天真地认为随时有可能被调回长安。那么，随着时间推移，尤其是在朝廷几次大赦，其他受到处分贬谪的官员大都回了长安，至少也调到内地，而参与“永贞革新”的“八司马”却被明文规定“纵逢恩赦，不在量移之限”的情况下，柳宗元意识到，残酷的政治斗争将使他极有可能终老永州。

既然如此，那就认命吧。更何况，永州的生活已经渐渐习惯，只要能看看山水，写写诗文，永州也是可以久居的。因而，他决定“筑室茨草，为圃乎湘之西，穿池可以渔，种黍可以酒，甘终为永州民”。

元和五年，柳宗元在距龙兴寺不远的潇水西岸的一条小河边买下一块荒地，在那里修筑起一座远离尘嚣的居所。

那条小河名叫冉溪，又名染溪。柳宗元考证过它得名的缘由。

前者，因曾有冉姓人家在此居住；后者，因溪水可用来染布。

不过，自从柳宗元卜居溪畔，它的名字便改叫愚溪。短短的愚溪只有几十里，却是一条流淌在中国文学史上的著名河流。

愚溪这个名字，是柳宗元所取。

愚溪一带，不仅与永州之间隔着滔滔潇水，且素为荒山野岭，因而地价甚贱。这样，柳宗元购地建屋后，还花了不多的钱，就买下了周围的小山和山下的一眼泉。他疏泉凿池，构亭起屋。荒山之中，竟然有了雅致的风景。

柳宗元把冉溪改名愚溪后，还把小山命名为愚丘，泉水命名为愚泉，泉水流出的水沟命名为愚沟，水池命名为愚池，池中的小岛命名为愚岛，池子之东建有愚堂，池子之南建有愚亭。总而言之，柳宗元小小的园子之中及其周边，一切都以“愚”来命名。

很显然，柳宗元是在借山水之酒杯，浇胸中之块垒。他自称愚者，乃是对他所遭受的打击报复的反讽。他心里其实仍不服气，他以自嘲的方式，来嘲笑他的时代和那些所谓的聪明人。

今天的愚溪，依旧如千年前那样幽深清凉，斗折蛇行的河道就从柳子庙前流过，在柳子街口的黄叶古渡注入潇水。逆溪行，夹岸翠竹绿树，老舍古桥，一派安详宁静的景象。

从柳子街拐角处沿愚溪进入郊野，便是柳宗元昔年游玩过、赞美过，并因他的游玩与赞美而名声在外的西山、钴鉧潭、小石潭和西小丘——柳宗元历来为人传诵的《永州八记》中的前四记所描写的四个景点，都在愚溪之畔。

那是元和四年秋天，柳宗元心境转好。个中原因，一方面固然是他渐渐适应了贬谪生活；另一方面，新来的刺史崔敏与他交情很深，对他多有照顾。同时，老友吴武陵和李幼清也于上一年被贬到永州，与他来往颇多，他不再像从前那样孤独了。

总而言之，元和四年九月底，地处南方的永州不复夏日的暑热，而是一派秋高气爽。柳宗元坐在法华寺西亭里，远远地眺望江对岸那片苍翠的青峰，那就是永州城外的西山。

次日，他游兴大起，带了一个仆人，一主一仆渡过河来，往西山而去。西山杂树丛生，只有采药人和猎人踩踏出来的一条小路。柳宗元主仆二人沿溪而行，仆人在前面用刀砍去伸到路中间的草木，并放火烧掉过于茂盛的茅草。

终于攀登到了西山之巅。在山顶，柳宗元自斟自饮，一直喝得脸色酡红，才兴尽而返。

山溪幽深，沿途分布着不少深潭。柳宗元在攀登西山时，注意到了这些水波不兴的碧绿深潭。故此，游罢西山后才几天，他又一次出游。这一次，他盘桓于钴鉧潭四周。钴鉧潭在西山西面，小溪自南向北而行，遇到山石，折而东流，形成一个水面十多亩的深潭。潭周全是树木，一条瀑布从高处落下。柳宗元在潭边行走时，滚珠溅玉的瀑布打湿了他的长袍。

有意思的是，由于此后经常到钴鉧潭游玩，住在潭边的人都认识了他。有一天，有人敲门求见，说他是钴鉧潭上那片土地的主人，因欠了不少债，想把那片土地卖掉，希望柳宗元能买下来。

柳宗元问问价钱，很便宜，当即答应了。此后，他又请人加高了台面，修建了栏杆，并疏引瀑布，让瀑布直接落入潭中。

以后几年的中秋之夜，柳宗元都约了朋友，带着酒菜，坐在钴鉧潭旁的高处赏月。对此良辰美景，柳宗元感慨说：“孰使予乐居夷而忘故土者，非兹潭也欤？”

游钴鉧潭几天后，柳宗元又发现了另一处不错的景点。那就是西面距离钴鉧潭仅二十几步的小丘，柳宗元把它称为西小丘。小丘的确小得不能再小，还不到一亩。上面生长着竹子和树木，竹树之下，全是奇形怪状的石头，像一群在小溪里喝水的牛马或是在山岩上攀爬的棕熊。

风景很美，但杂乱无章，如果能修整一番就好了！柳宗元向从者感叹。从者找人一问，当地人说，这是唐家不要的地，想出售却没人买。柳宗元问价钱，回答说，只要四百文。柳宗元大喜过望，当即掏钱成交。

随行的另外两个朋友向卖家借来工具，和柳宗元一起铲割杂草，砍伐杂树，并点火将其烧掉，以便露出高大的树木和翠竹，以及那些模样奇特的石头。

干完后，几个人都累了，他们各自选个地方，以头枕石，席地而卧。没有人说话，触目都是清幽秀丽的风景，满耳都是流水的潺潺之声。柳宗元感叹，其情其景，就是“悠然而虚者与神谋，渊然而静者与心谋”。

《永州八记》所写的八个地方，在柳宗元到来之前都是无人问津的野风景，或者说，这些野风景隐藏于深山老林中，根本就没有人去欣赏。是柳宗元发现了它们的美，并将其中一些地方买下来，除芜去秽，添亭加台。当柳宗元发现了永州山水之美，并诉诸文字，永州山水也就远近闻名了。

从那以后至今的1200多年间，大凡前往永州的人，都会到这些景点看看。从这一意义上说，柳宗元是永州山水的伯乐。可悲的是，柳宗元能以一双慧眼发现永州山水之美，但偌大的朝廷却无人发现他的才华。永州的山水有伯乐，永州的柳宗元却没有伯乐。他只能像韩愈后来为他所作的墓志铭说的那样：“故卒死于穷裔，材不为世用，道不行于时也。”

柳州柳刺史

居永州10年后，朝廷将柳宗元和刘禹锡等人召回长安。然而，仅仅月余，刘禹锡以语带讥讽的诗句“玄都观里桃千树，尽是刘郎去后栽”再次得罪执政者，诸人再次被贬。这一次，柳宗元的栖身之地是比永州更加僻远的柳州。不过，不再是编外闲员，而是有职有权的刺史。

到达柳州后不久的一天，柳宗元登上城楼。群山如嶂，环拱着小小的、寂寞的城。江流曲折扬波，岭树弥空带雾。南方的夏日，天气说变就变，一会儿工夫，狂风裹挟着急雨扑面打来，天地间一片鸿蒙初辟的昏茫。

大自然的风云变幻，在骚人墨客心中投下的却是感时伤遇与忧谗畏讥。柳宗元又一次自伤身世，并想起同病相怜的刘禹锡、韩晔、韩泰和陈谏，为此，他写下了一生中最知名的诗作之一《登柳州城楼寄漳汀封连四州》：

城上高楼接大荒，海天愁思正茫茫。
惊风乱飐芙蓉水，密雨斜侵薜荔墙。
岭树重遮千里目，江流曲似九回肠。
共来百越文身地，犹自音书滞一乡。

今天的柳州是广西壮族自治区最大的工业基地，是综合交通枢纽和中国五大汽车城之一，舟车辐辏，商业繁荣。但是，1200多年前的柳宗元时代，柳州和永州一样，都是人烟稀少、地理位置偏僻的下州。《旧唐书·地理志》说，（柳州）“天宝元年

（742），改为龙城郡。乾元元年（758），复为柳州，以州界柳岭为名。旧领县四，户六千六百七十四，口七千六百三十七。天宝领县五，户二千二百三十二，口一万一千五百五十。至京师水陆相乘五千四百七十里，至东都水陆相乘五千六百里”。

柳宗元在柳州生活了四年。四年间，他渐渐熟悉了原本陌生的柳州：陌生的山川，陌生的食物，陌生的口音，陌生的民俗……在诗文里，他记录下了这个斯时异常边远的“下州”的风土人情：

“郡城南下接通津，异服殊音不可亲。”当初在永州，柳宗元曾为难懂的方言发愁，几年后就不但能听懂，而且听起来还有一种别样的亲切感。现在到了柳州，又一次面临刚到永州时的难题。更要命的是，与永州相比，柳州夷汉杂居，不仅语言不通，服饰看起来也怪模怪样的。

“阴森野葛交蔽日，悬蛇结虺如蒲萄。”比永州更南的柳州气候炎热，到处都分布着茂密的森林，黑暗的林子里，古怪而危险的蛇虫时有出没。

“到官数宿贼满野，缚壮杀老啼且号。”由于生计困难，不少人起而为贼，绑票杀人，社会治安极坏。

“瘴江南去入云烟，望尽黄茆是海边。”柳宗元这样的北方人对南方丛林最感到恐惧的，是传说中的瘴气。瘴气，指南方山林间湿热蒸郁致人疾病的气。这种致病的捉摸不透的气体，有可能来自高温下腐败的植物或是动物的尸体。加之气温高的地区，蚊蚁飞舞，四处传播疟疾等疾病。

在没有现代科学知识的古人看来，瘴气有如不可战胜的妖魔，有诗云：“山妖水魅骑旋风，魇梦啮魂黄瘴中。”地方史料，对瘴气的记载屡见不鲜，当然对它的威力也有着杯弓蛇影的恐惧：“山川盘郁，结聚不易疏泄，故多岚雾作瘴，人感之多病，腹胀成蛊。”

气候、饮食的诸多不适应，使得柳宗元刚到柳州不久就接连生病。先是生了怪疮，差点为之丧生，像是从鬼的魔爪中夺回一条性命。接着又得了霍乱，肚子里像谁在用刀戟乱搅。不过40多一点点，他竟然就须发皆白了。柳宗元在诗里苦不堪言地写道：“奇疮钉骨状如箭，鬼手脱命争纤毫。今年噬毒得霍疾，支心搅腹戟与刀。”

尽管柳宗元在柳州时代已进入生命的最后时光，并且故乡邈远，前途绝望，身体欠佳，但他比在永州更快地适应了贬谪生活。或许，正因为有永州十年打下的基础吧。他本是个严肃的人，这时候也常常自黑自嘲，他写诗说：“柳州柳刺史，种柳柳江边。”朝廷把我派到柳州当刺史，大概是因为我姓柳吧？那我可能该到柳江边多种些柳树。

不过，自嘲之后，他笔锋一转，重又变得严肃：“谈笑为故事，推移成昔年。垂阴当覆地，耸干会参天。好作思人树，惭无惠化传。”

他用召公当年手植甘棠，后人因怀其德而不忍剪伐的故事，表面上惭愧自己没有像召公那样造福于民，实则以这种委婉的方式表示要忠于职守，仁政为民，以便惠化相传。

俗话说，哀莫大于心死，但事实上，有时候是哀莫大于心不死。贬谪永州的最初几年，痛苦和悲愤像两条小蛇，无休无止地咬噬着柳宗元的心，其原因就是他对朝廷心未死。他还时常幻想一纸诏命，东山再起，不仅回到长安，还要在政治上有所建树，实现历代中国文人的梦想，也就是杜甫说的“致君尧舜上，再使风俗淳”。

然而，梦想和现实之间的差距，带来的就是心不死的痛苦。

贬谪柳州，柳宗元心已死。他知道，他永远不可能真正获得朝廷，获得唐宪宗和武元衡等人的谅解，万山丛中的柳州将是他命中的归宿。

既然命运不可更改，那么痛苦也好，悲愤也罢，都无济于事。与其沉浸在恒久的痛苦与悲愤中，不如努力让自己活得快乐。况且与永州时是员外的有职无权的司马不同，如今毕竟是正四品的刺史，是柳州的最高长官。那么，或许可以用手中的权力，尽最大可能地造福于当地民众。

中唐时期，南方——包括永州和柳州在内的广大地区——普遍存在着贩卖人口为奴的现象。据柳宗元考察，当地人往往要生许多儿女，到了孩子换乳牙的年龄，父亲或兄长就将孩子卖给人贩子，送到大户人家做奴隶。奴隶地位极低，“鞭笞役使，至死乃休”。有些家庭没有自家儿女可卖，就暗中掠卖他人子女。

早在永州时，有一年，曾在桂管观察使颜证手下任职的杜周士路过永州，闲谈时，杜周士给柳宗元讲了一个被强盗绑架的少年智杀两个强盗的故事。

在永州，柳宗元虽然注意到了蓄奴和掠卖人口的社会怪象，并认识到这种怪象的存在乃是因为官员不作为，“是岂不足为政邪”？但他有职无权，心有余而力不足，只能写下一篇《童区寄传》来揭露这黑暗的现实。等到柳宗元被贬往柳州，他的职位是柳州刺史，是这个当时只有一万多人口的边远州府的一把手。这样，他就有机会着手解决奴隶问题了。

柳宗元发现，柳州的奴隶大多源于民间借贷。穷人向富人借了高利贷，一旦没法偿还，当利息超过本金时，就只能到富人家里当奴隶。为此，柳宗元规定：已经卖身为奴的人，按他在富人家里的服务时间计算酬劳，等到报酬和所负债务相当时，就永远终止主奴关系。

柳宗元的新政，使许多失去自由的穷人重获自由。韩愈任袁州刺史时，也采取了相同措施，从而泽被更多的底层民众。

柳州边远落后，民众非常迷信。比如，多年以来当地人从不打井，固执地认为打井会破坏地脉，从而惹来土地爷的责怪，降下瘟疫。为此，民众只好带着瓶瓶罐罐到江里去打水。有的地方江岸很陡，到了干旱时节，要走几里路才能打到水。而到了雨季，小路又陡又滑，轻则摔烂瓶罐，重则摔成伤残。

柳宗元从公帑里拨出一笔钱，作为打井的专项资金。他首先在离江最远，吃水最困难的城北打井。负责打井的工人叫蒋晏，统筹此事的是谈康和米景两人。将近一个月时间后，打井成功，井深“八寻二尺”，相当于现在的 13 米左右。柳宗元亲自为这眼井写下了《井铭》：“盈以其神，其来不穷，惠我后之人。噫！畴肯似于政，其来日新。”

柳宗元自嘲因为姓柳就该到柳州当刺史、种柳树，事实上，他在柳州时真的种过不少柳树。群山中的柳州由于人口稀少，杂树野草绵绵而生。柳宗元令人砍伐后，另行栽种了大量姿态婀娜的柳树。

多年以后，当柳宗元早已不在人间，柳州纪念他的庙宇还在，他当年下令种植的柳树更是粗壮高大。为此，当地人作诗说：“柳州柳刺史，种柳柳江边。柳管依然在，千秋柳拂天。”

想想当年柳宗元在诗里对召公手植甘棠而民怀其德不伐的感叹，如同召公一样，柳宗元的柳树也成为百姓怀念他的信物。

柳树之外，柳宗元还引种了另一种植物，那就是黄柑。

黄柑又叫皱皮柑、玛瑙柑，是橘橙的天然杂交种，它不仅口感好，还可入药，能止咳、补胃、生津、降火，在中国已有超过 1700 年的种植史。

大约是受热爱医术的刘禹锡影响，同时还因自己体弱多病，长年药不离手，在永州，柳宗元就在自家庭院里种了不少药用植物。到了柳州，仍旧如此。他在柳州城西北角的公用地上，种植了 200 多株黄柑，并作诗以记："手种黄柑二百株，春来新叶遍城隅。方同楚客怜皇树，不学荆州利木奴。几岁开花闻喷雪，何人摘实见垂珠。若教坐待成林日，滋味还堪养老夫。"

不过，黄柑需要四年左右才能挂果。四年以后，也就是在柳宗元预言自己将死的次年，他溘然长逝。当黄柑挂满枝头时，种树的人却没福享用它了。

柳州城既小又破，柳宗元到任后，整治了柳州的街道和寺庙等公共建筑。为了整治街道，他种植了大量柳树，柳树之外，还种植了几万株南方最易生长的竹子，填平了密布的坑洞，"城郭巷道，皆治使端正"。文庙的修复同时也是文化的复苏。柳宗元以修复文庙为契机，兴学校，办教育，力求"人去其陋，而本于儒，孝父忠君，言及礼义"。

流贬柳州是柳宗元的不幸，但对柳州这座城市而言却是天大的幸事。幸与不幸之间，在后人眼里，柳宗元渐渐成为神一样的存在。他去世三年后，怀念他的柳州吏民在他经常游历的罗池旁边为他修建了祠庙。宋朝时，他被追封为文惠侯。这座祠庙，便称为柳侯祠。

今天的柳侯祠已扩建为一座花木扶疏的公园。在柳宗元塑像的注视下，人来人往，花开花谢……

柳宗元贬居永州次年，一向温暖的永州降了一场大雪。

大雪纷纷扬扬，直落到天地间一片素白。

长期生活在北方的柳宗元，对雪自然不陌生。不过，温暖的南方也降这样的大雪，却罕见而令人意外。

大雪之后，天地清寂，远山近水，全都笼罩在一片银色中。

柳宗元信步走出龙兴寺，沿着潇水漫步。

四处杳无人迹，这样的雪天，人们都躲在家里，没人愿意出来。不仅没有人，昔日里到处都能看到的成群结队的鸟儿，这时候也见不到一只。

潇水静水深流，雪花落进江面，寂然无声地消失。南方的雪再大，也不可能把江面封冻。江面上看不到一只船，原本川流不息的商船和渔船，此时早就躲进了避风的港湾。

转过山口，柳宗元眼前一亮，他看到宽阔的潇水上，竟然停泊着一条小小的渔船。渔船在江面轻轻晃动，船头，一个人正在钓鱼。那是一个年迈的老人，身上披着蓑衣，头上戴着竹笠，手中握着钓竿。

柳宗元看了很久，水中的浮漂依旧一动不动。

没有鱼上钩。

但老渔翁依旧执着地坐在船头，任由越下越大的雪花把他的身体渐渐变成白色。

他钓的真的是鱼吗？他钓的明明是孤独与倔强啊！

风雪中，柳宗元回到龙兴寺。寺里，和尚们的诵经声轻柔缥缈，也像从天而降的雪花。柳宗元奋笔疾书，写下了一首只有二十个字却流传千古的小诗：

千山鸟飞绝，万径人踪灭。

孤舟蓑笠翁，独钓寒江雪。

如果把它看成一首藏头诗，柳宗元写的是“千万孤独”。

从冠盖满京华的长安被贬到山遥水远的永州，从庙堂之高到江湖之远，柳宗元感受到了无边无际的千万孤独。以后，这孤独将伴随他终生。而与孤独作战，也将是他终生的宿命。在孤独的宿命中，他努力寻找并创造生命的意义。于是，千年之后，我们看到了一位清瘦的智者和仁者，也看到了文字的光芒与力量。

此情可待：大地上的李商隐

彷徨江湖的游子又一次想起了家乡和亲人。

妻子从北方捎来家书，委婉地问他什么时候回去。时值仲秋，征雁横空，落叶萧萧，屏障般的群山挤压着小小的孤城。每天，昏黄的太阳在巴掌大的天空晃一晃便消失了。亟不可待的雨，从傍晚点滴到天明。游子怅然若失，以诗代笺，回答远方的妻子：

君问归期未有期，巴山夜雨涨秋池。
何当共剪西窗烛，却话巴山夜雨时。

是的，他叫李商隐，字义山。时间是唐宣宗大中二年，即公元848年，李商隐37岁[1]。地点

1. 关于李商隐生年，历来有811年、812年、813年三说。其中812年说最可信，《获嘉县志》以及张采田、刘学锴等大家均持此说。本书亦从此说。古人以虚岁计龄，故为37岁。

在今天的重庆奉节一带，具体不可考。可考的是，当李商隐饱含希望地从江陵溯江而上，打算到成都投靠远亲杜悰，以便获得步入仕途的机会时，随着逆流的客船由楚入川，他越来越忐忑不安。然后，他犹豫了。这犹豫，既因为妻子的书信，也因为他不敢相信那个刻薄寡情的远亲会施以援手。终于，他决定，还是结束这次未竟的求职之旅吧。赶紧回到北方，回到故乡，回到亲人身旁。

众所周知，唐朝浑一海内，极盛时，面积超过 1200 万平方公里。在交通欠发达的古代，远行的人要么依靠马匹、驴子等大牲口，要么依靠舟楫，要么就只能依靠常常被路面磨肿的双脚。

史料记载，838—848 年，日本高僧圆仁大师来唐游学，曾经步行穿越北方。他每天的行程在 32—48 公里之间——这一纪录，已超过了当时的大多数人。可以想象，如此缓慢的速度，远行是艰难的，尤其是当行万里不持寸兵的盛唐成为过去时，江湖鱼龙混杂，强人出没，自然的行路难又加上了人为的行路难。以此推之，人们应该安土重迁，囿于狭小空间度过一生。

然而，这并不符合事实。以李商隐为例，他在行路难的晚唐，足迹竟然踏遍天南海北，短短一生中，他先后到达过今天十多个省级行政区。追根究底，他在行路难的年代舟车劳顿地南来北往，无非是为了寻求出路。这出路，既是生活所迫，也是精神所需。古人把这称为宦游。

宦游中的李商隐，把脚印、诗行和生命的华章留在了路上。重走他走过的山山水水，消逝的激情便从幽暗的文字里跳荡而出……

忍剪凌云一片心

春天是在寒冷与温暖的拉锯中渐渐来临的，如同新的一天，总是在黑暗与光明的拉锯中渐渐拉开帷幕一样。农历三月，平原上还能眺望到终南山顶没来得及消融的余雪，但天气毕竟回暖了，柳树、榆树、杨树已发出新芽。比李商隐早生约100年的杜甫在诗里说过，“三月三日天气新，长安水边多丽人”。仿佛在严寒的囚笼里关禁太久，春天甫一到来，长安人民便迫不及待地脱下沉重的冬装，争相到户外探春，“都人士女，每至正月半后，各乘车跨马，供帐于园圃，或郊野中，为探春之宴”。

今天的西安城东南部，有一个叫曲江新区的地方。曲江，秦朝时称为恺洲，皇室在此修建了行宫宜春苑。隋朝时，凿地为池，先称曲江池，后改名芙蓉池。唐朝时，复称曲江池。隋唐之际，中国大陆温和湿润，如今显得干燥的西安，当时处于八大河流的包围中。于是，唐玄宗下令将浐水自城外经黄渠引入曲江。曲江两岸亭台楼阁鳞次栉比，花木扶疏，遂成为长安第一胜景，是整个帝国最具人气的郊饮踏青之地。

每年冬天，蜗居深宅等待春风的长安人中，有一个特殊群体，即来自全国各地的士子。他们是为了参加第二年春天举行的科举考试，也就是所谓春闱而来的。当朝廷公布了新科进士名单，这些万众仰慕的幸运儿都会出席在曲江之滨举办的曲江宴。

曲江之滨，新科进士们列坐花间，他们把酒杯放进盘子，再把盘子放入水流，盘随水转，转至谁的面前停下来，谁就执杯而饮。这种风雅，称为“曲江流饮”。《唐摭言》记其盛况说：“进士关宴，常寄其间。既撤馔，则移乐泛舟，率为常例。”曲江流饮后，新科进士们还要前往曲江附近的慈恩寺，公推一个书法最好的同年，将所有中试者的名字题写于大雁塔墙壁上，这称为“雁塔题名”。很多年后，白居易最为得意的事就是“慈恩塔下题名处，十七人中最少年”。

开成二年（837）春天，曲江流饮和雁塔题名的士子中，李商隐笑容灿烂。他的一首题为《池边》的七绝，真实记录了那个幸福的日子。春天已经来临，莺啼燕舞，丽日高悬，游玩直到太阳偏西才结束，而他仍然恋恋不舍。恋恋不舍中，他想起此前多次落第的悲凉，恰与今日形成鲜明对比：

> 玉管葭灰细细吹，流莺上下燕参差。
> 日西千绕池边树，忆把枯条撼雪时。

唐代诗人中，就科考而言，与毕生不第的杜甫、罗隐和陆龟蒙等倒霉蛋相比，李商隐及第时 26 岁，虽比不上柳宗元 20 岁、刘禹锡 21 岁、陈子昂和韩愈 24 岁即金榜题名，但在千军万马过独木桥的科场上，他也算年轻有为。

是故，李商隐有理由相信，从这个温暖的春天开始，他的未来必将一片光明。他将像那些进士前辈一样，因读书而获取功名，因功名而释褐为官，然后再从清要的职位开始，一步步升迁，直到入阁拜相，封妻荫子，实现儒家修齐治平的人生理想。

然而，没过多久，命运就将向李商隐浇下一瓢瓢冰冷的雪水。雪水里，饱含着猜忌、难堪、失意和悲愤。

地方史料和实地考察表明，全国共有三座李商隐墓。一个人只能死一次，也只能有一具骸骨遗留世上，三座墓中，也必然只有一座真正的李商隐墓，它才是李商隐的郁郁佳城。

三座墓，分别位于沁阳、荥阳和焦作——它们都是河南的三座小城。

沁阳古称怀州，是李商隐的祖籍地。李商隐祖父时，举家迁往两百里外的荥阳。祖父死后，无力把灵柩运回原籍，便“卜葬于荥阳檀山之原上”。因此，沁阳原野上称为李家大坟的李商隐家族墓地，既没有安葬他的祖父和父亲，也没有安葬李商隐本人。

综合各种史料，窃以为，真正的李商隐墓应该在荥阳檀山。檀山名义上是山，但经过多年平整冲刷，地貌已然变迁，即便在一马平川的黄河中下游平原上，檀山也只有山之名而无山之实。如今的檀山一带，大路平直，小区林立，以李商隐墓为核心，建成了李商隐公园。有意思的是，距李商隐墓只有几公里的西北方，沉睡着唐代另一位著名诗人刘禹锡。同理，以刘禹锡墓为核心，建成了刘禹锡公园。对小小的荥阳来说，有两位人们耳熟能详的诗人长眠于此，乃是一种不可多得的福分和荣耀。

李商隐自称龙种——与李唐皇帝同宗，然而，这同宗要上溯几十代人，一直追到汉朝的飞将军李广。几百年来不断分支，早就别如霄壤，只不过为诗人提供了一个当年我家也曾阔过的吹牛素材而已。

事实上，从李商隐上溯数代，祖辈都没担任过什么重要职位。其高祖只做到美原县尉；曾祖 19 岁中进士，与中唐诗人刘长卿齐名，但只做到安阳县令；祖父官至邢州录事参军；父亲任获嘉县令。李商隐 3 岁时，父亲去职，只好到江南一带充任幕僚，一家人跟随父亲客寓江南，用他后来的话说，乃是“浙水东西，半纪漂泊”。

1000 多年前的唐朝，人均寿命不过 40 岁左右，而李家几代男人，几乎都在二三十岁时就英年早逝。李商隐 10 岁那年，父亲去世，孤儿寡母离开客居的镇江，沿京杭大运河北上，辗转回到荥阳。

李商隐有三个姐姐和一个弟弟。大姐在李商隐出世前即早夭，二姐长李商隐 17 岁，在李商隐 1 岁时，嫁与裴氏。裴氏乃河东望族，门第显赫。然而，不对称的出身常常意味着傲慢与偏见带来的不幸，婚后仅一年，二姐即被裴家以细故赶回娘家。次年，二姐郁郁以逝，不到 20 岁。尽管身为获嘉县令，但李商隐的父亲因突被免职，前往江南，只得将女儿暂厝获嘉。一直要等到 20 多年后，李商隐长大成人，才将姐姐遗骸运回祖茔。三姐嫁与徐氏，她也是给予弟弟关爱最多的亲人。

父亲去世后，年幼的李商隐及弟弟在母亲拉扯下，最初只能依靠可怜的积蓄和三姐以及堂叔的接济度日。十二三岁后，李商隐开始养家糊口。这个孱弱的少年为人抄写书籍，挣取一点辛苦费。很多年后，李商隐在为二姐写祭文时沉痛地回忆起当年的窘迫："四海无可归之地，九族无可倚之亲……乃占数东甸，佣书贩舂。"

发轫于隋朝、成熟于唐朝的科举制度是中国历史上的一大创举，它使得出身寒微的底层子弟，也有了通过读书考试进而跻身官场并改换门庭的可能。不论是此前的世袭制还是九品中正制，绝大多数时候，决定一个人前途的主要因素是出身，是门第，因而才会出现"以彼径寸茎，荫此百尺条"的不公。

闪烁于李商隐人生路上唯一的光明就是科考，换句今天更通俗的话说，要想成为凤凰男，李商隐唯有通过科考。为此，自 17 岁始，李商隐花了差不多 10 年功夫，终于在竞争惨烈的科考中杀出了一条血路。

唐人习惯，在参加科考之前，士子们往往将自己平素创作的诗文投赠达官显贵或其他社会名流，以期求得推荐揄扬，称为温卷，又称行卷，所谓“唐之举人，先藉当世显人，以姓名达之主司。然后以所业投献，逾数日又投，谓之温卷”。

李商隐也不例外。为父亲服过3年丧后，他奉母居于洛阳。唐朝的洛阳又称东都，是首都长安以外最重要的城市。其时，这座城市的最高长官叫令狐楚，他以兵部尚书身份出任东都留守。令狐楚既是权倾一方的封疆大吏，也是才华卓越的诗人和散文家。李商隐的温卷对象，就是这位同在洛阳城的高级官员兼文坛前辈。

李商隐16岁开始诗文创作。我们虽不能考据出他到底把哪些作品投赠给了令狐楚，但从他十六七岁时的作品如《富平少侯》和《隋师东》来看，令狐楚被他的才华打动并不意外。

温卷的结果，《旧唐书》这样记载：“楚以其少俊，深礼之，令与诸子游。”《唐才子传》则这样记载：“令狐楚奇其才，使游门下，授以文法，遇之甚厚。”

细节略有不同，总体情况却是一样的：慧眼识珠的令狐楚认定这个未及弱冠的青年乃是难得的人才，对他甚为礼遇。几个月后，当令狐楚转任天平军节度使时，他邀李商隐入幕。其时，李商隐还是一个白衣飘飘的17岁小青年，令狐楚则已是65岁的白发苍苍的老人。白衣与白发相映成趣，年龄的差距超过爷爷与孙子。

在令狐楚幕中，虽然李商隐有巡官的名分，并以此拿着一份不薄的薪水，但其实令狐楚几乎没有给他安排具体工作，而是一边让他与自己的儿子令狐绹等人一起读书，一边亲自教授李商隐今体文，也就是四六骈体，这是当时做官的重要条件。

可以说，令狐楚对李商隐既是府主，又是老师，同时隐然还是慈父。当李商隐前往京城应试时，令狐楚总是“岁给资装”，天气转寒时，怕他衣服不周，使他“免虞于僵卧”。每逢有文人宴集酬和，他总是带着李商隐赴会，并公开对李商隐大加赞扬。

令狐楚的恩情，李商隐一直铭记在心，他曾言：“百生终莫报，九死谅难追。”

然而，令李商隐难堪并痛苦的是，要不了多久，恩公令狐楚的儿子、曾经出则连舆止则同席的兄长般的令狐绹，将把他看作忘恩负义的白眼狼并对他衔恨终生，而李商隐的人生，也因这衔恨而疾速转向。或者说，李商隐悲凉愁苦的一生，其决定性因素就是来自令狐绹的衔恨。

26 岁中进士之前，将近 10 年时间里，李商隐两度前往长安应试。一次是太和七年（833），李商隐 21 岁；一次是三年后，李商隐 24 岁。两次都是乘兴而去，败兴而归。这 10 年间的前几年，李商隐追随令狐楚，先后在东平和太原做幕僚。后来，令狐楚被调往首都，李商隐奉母居于济源，并往玉阳山学道。

总而言之，作为一个渴望功名，渴望学成文武艺，货卖帝王家的青年士子，837 年那个春天对李商隐而言是绚烂的、美好的，一如早些年中了进士之后的孟郊所云：“春风得意马蹄疾，一日看尽长安花。”

中进士后的李商隐要做的另一桩大事是迎娶心仪之人。古人早就说过，人世间最美好的事，莫过于洞房花烛夜，金榜题名时。现在，李商隐双喜临门。

当两大美梦都成为现实时，李商隐有理由相信：我是人生赢家，我看到了如花似锦的未来。然而，人生最大的困惑在于，想象总是比现实更为美好，更为一帆风顺。命运是一个不讲游戏规则的对手，没人知道他的下一步是什么，哪怕夙慧早熟的李商隐也无法未卜先知。

猜意鹓雏竟未休

枯水期的泾河细瘦浑黄，河床上长满野草和杂树。如果用无人机拍摄的话，也许就像一根从黄土下刚挖出来的粗大绳索，绳索中间那个疙瘩，便是因泾河而得名的泾川。泾川城北的泾水之滨有一座大云寺，舍利塔鹤立鸡群地昂首于低矮的民居之中。塔后那座山，名为五龙山，山原上的一些地段还能找到一段段夯土的城墙遗址。

至于安定城楼，自然早就没了踪影。唯有跨越泾河的桥梁，取名安定大桥，算是为这座曾经的城楼保存了一段记忆。

时光回溯到1100多年前的838年，春日的一天，李商隐登上了泾川北门的安定楼。那时，从城楼上眺望，绿杨和烟笼秀，一直弥漫到泾河中的沙洲上。而现在，尽管看上去泾川要比相距不远的固原等地秀丽一些，但仍然有一种掩不住的黄土高原的苍凉和干燥。

登高临远则春愁四溢，这原本是中国文人的传统，虽然有时候未免为赋新词强说愁。登临安定城楼的李商隐，他的忧伤和抑郁却是真实的。尽管按理说他不应该郁闷，因为他刚如愿以偿地做了新郎。

然而从某种意义上讲，李商隐正是因为这场婚姻，这场惨淡经营的爱情，才在完全不经意之间，突然变成了一个被人视为忘恩负义，斥为放利偷合的势利小人。从那以后，他的仕途将由鲜花变为荆棘，他的人生将由坦途变为荒径。

大概出于李商隐曾夫子自道地说过他的诗“楚雨含情皆有托”“巧啭岂能无本意”，故而清代以来，包括纪晓岚在内的诸多注家都尽可能把李商隐的爱情诗解释为美人香草的政治隐喻。由于过于朦胧，过于晦涩，李商隐的相当一部分作品确实具有指向的多义性，然而，把他的爱情诗都解释为政治隐喻肯定过于绝对化。

比如这首《无题》，我以为它并无什么政治隐喻，它就是一首地地道道的爱情诗：

昨夜星辰昨夜风，画楼西畔桂堂东。
身无彩凤双飞翼，心有灵犀一点通。
隔座送钩春酒暖，分曹射覆蜡灯红。
嗟余听鼓应官去，走马兰台类转蓬。

那个与诗人心有灵犀的女子姓王，即和令狐楚一样同为封疆大吏的王茂元之女。

已经不可能洞悉李商隐和王氏是如何认识并相恋的了，但李商隐讳莫如深的诗歌却透露出了一些蛛丝马迹。在宋元理学禁锢人心之前，尤其是在气象自雄的唐朝，名教桎梏少，男女之间交往并无太多制约与牵绊。而经济的发达，城市生活的发展，使得唐人——尤其是中上层社会人士——热衷于郊饮、赏花一类的游观，京都长安和东都洛阳此风尤盛，史称“长安士女，胜春野步，则设席藉草以红裙相插挂，以为宴幄”。李商隐诗中所说的送钩与射覆，都是唐人饮宴时的游戏，而李商隐与王氏的初识，可能就缘于这样一次觥筹交错的社交活动。

诸多朋友中，李商隐与韩瞻关系最密切，他们既是同年，后来又成了连襟。在李商隐如愿迎娶王氏之前，韩瞻先娶了王氏之姐。王茂元在京城为他修建新居时，李商隐写诗戏赠韩瞻，却在玩笑中流露出对韩的羡慕："一名我漫居先甲，千骑君翻在上头。"（进士及第之名次，我在你之前；得官并结婚，你在我之前。）

很可能，正是通过韩瞻的牵针引线——当然，更重要的是李商隐已金榜题名，而年轻的进士一向是唐朝权贵择婿的首选。曲江流饮那天，"行市罗列，长安几于半空。公卿家率以其日拣选东床。车马阗塞，莫可殚述"。——李商隐就这样成为王茂元的乘龙快婿，他与王氏的恋情也有了最为圆满的结果。

李商隐中进士前一年，令狐楚已调往兴元任山南西道节度使。李商隐中进士后，他再次热情邀请并一直催促李商隐前往兴元，也就是陕西汉中。然而，李商隐赶到兴元时，令狐楚已病入膏肓，在委托李商隐为其撰写了给天子的遗表后即去世。李商隐护送令狐楚的灵柩回到长安后，不久，便与相恋已久的王茂元的小女儿王氏结为佳偶。

与明清时中了进士就由朝廷授官不同，唐制，士子通过了省试（尚书省礼部试），中了进士，只是取得了做官的资格，还必须通过吏部主持的考试（称为关试），才得授官，称为释褐，即脱下布衣，换上官服。吏部考试，有时甚至比省试更难。比如韩愈中进士后，关试三次不中，困居长安十年，不得不到董晋手下做幕僚。后来靠董晋极力推荐，才终于走上仕途。

新婚宴尔的李商隐从泾州前往长安，参加了开成三年的吏部考试，结果不中。此番落榜，李商隐有详细记载。他说，他原本已被吏部录取，但当名单上报到中书省时，却被中书省驳回。一个位高权重的中书省官员指着他的名字说“此人不堪”，并用笔将他的名字抹去。

李商隐闪烁其词，没有写下那个中书省高官的名字。但稍微对晚唐局势和李商隐生平有所了解的人都清楚，李商隐仕途的这块绊脚石，一定是牛党。

作为晚唐政坛持续达40年的政治事件，牛李党争极大地影响了不少士子和官员的命运，而对李商隐的影响尤其深刻。可以说，他襟抱未开的一生，就是被牛李党争耽误的一生。

不论牛党还是李党，都不是现代意义上的政党，而是古代意义上的朋党。至于朋党，本身就是一个深含贬义的词，就如《剑桥中国明代史》在解释东林党时说的那样：“东林党不是这个用语的现代意义的政治党派。翻译为‘党派’的‘党’字有贬义，在意义上更接近诸如‘派系’‘宗派’或‘帮伙’一类的词。”

从宪宗朝到宣宗朝近40年间，以牛僧孺、李宗闵为首的牛党和以李吉甫、李德裕父子为首的李党之间斗争不断。武宗时，李党得势，牛党被罢黜；宣宗时，牛党执政，李党遭流贬。朋党之争的核心就是党同伐异，为了打击对手，常置江山社稷和国家利益不顾。比如太和五年，吐蕃维州守将悉怛谋向西川节度使李德裕献城投降，李德裕受降并派兵守城。然而，是时牛僧孺当国，不愿看到李德裕立功，力主将悉怛谋交还吐蕃，并归还维州。唐文宗采纳了牛的意见。于是，悉怛谋为吐蕃所杀，边疆地区依然不得安宁。

种种迹象表明，李商隐并不是一个热衷于结党营私的人，甚至很难说他到底是支持牛党还是李党。他曾经与牛党走得近，是令狐楚的心腹，但对李党领袖人物李德裕后来的遭遇又充满同情。然而，比自始至终就追随、依附牛党李党更尴尬更致命的是，对李商隐有知遇之恩的令狐楚父子是牛党核心人物，而他的岳父王茂元却是李党重要成员。

所以，当李商隐入令狐楚幕时，他自然被视为牛党，令狐楚父子也给予了他无微不至的关怀。开成二年，李商隐第三次到长安应试，主持该次考试的考官叫高锴，与令狐绹关系很铁。试前，他问令狐绹："八郎（令狐绹行八）之友，谁最善？"令狐绹连称：李商隐，李商隐，李商隐！借令狐绹之力，李商隐终于在数度落榜后折桂。

与乃父胸怀开阔、乐于奖掖后进不同，令狐绹为人狭隘偏激，当新科进士李商隐突然迎娶了李党重要人物王茂元的女儿，他由衷地气恼、愤怒，进而把李商隐视为负义背恩、另攀高枝之人。

既然如此，那就必须予以无情打击。于是乎，李商隐的吏部关试铩羽而归。

委屈、抑郁、不甘，诸种难以言状的情绪左右着李商隐。百无聊赖中，他在一个春天的下午登上了安定城楼。四野弥望，天地苍凉，缓缓来临的春天让大地又一次显露出生机。他想起了同样郁郁不得志的贾谊和王粲，想起了那些强加给他的厚诬之词和诸种猜忌。

那个下午，李商隐写下了唐诗中的名篇《安定城楼》。这座黄土高原小城里已随岁月湮没的城楼，从此不朽：

迢递高城百尺楼，绿杨枝外尽汀洲。
贾生年少虚垂泪，王粲春来更远游。
永忆江湖归白发，欲回天地入扁舟。
不知腐鼠成滋味，猜意鹓雏竟未休。

同向春风各自愁

作为地名，永乐隐隐透出命名者的美好愿景。与之相映成趣的是，全国有众多名叫永乐的地方，我去过的永乐就有六七个之多，如奉节永乐、古蔺永乐、仪陇永乐、遵义永乐。与这些南方的永乐相比，北方的永乐更为质朴。我看到的是一座极其普通的北方小镇，风尘仆仆的街区外面是一望无际的麦地。距镇子只有几公里的南边，黄河滚滚流过。唯一显出这座北方小镇显赫过去的，是一座称为永乐宫的道观。道观是为纪念全真派祖师吕洞宾而建的（地方史料记载，吕洞宾就是这座小镇的子民），修建者是因金庸小说而广为人知的邱处机。幽深的院落里，几进大殿次第排开，元代的楼台与元代的壁画都暗示这座北方小镇曾经有过不同凡响的当年。

是的，李商隐时代，它既是一座舟车辐辏的商旅重镇，也是永乐县治。

安定城楼怅望次年，也就是 28 岁那年春天，李商隐又一次前往长安。这一次，他终于顺利通过关试，被任命为秘书省校书郎。这虽然只是一个九品的小官，但既意味着李商隐成功释褐，由民而官；同时，秘书省职位清要，唐朝的许多宰相年轻时都曾供职其间，向来被看作后备人才储备库。

然而，屁股还没坐热，来自牛党的报复就到了：李商隐调任弘农县尉。

县尉是一个尴尬的职位。一县之中，县令为主官，其下有县丞、主簿等佐官，县尉的地位则在县丞和主簿之下，主司刑罚治安。在李商隐之前，有三位同样著名的诗人曾被任命为县尉，一个是高适，一个是杜甫，一个是白居易。高适做过封丘县尉，并为此写下了沉痛的诗作："只言小邑无所为，公门百事皆有期。拜迎官长心欲碎，鞭挞黎庶令人悲。"正是为了不违心地去拜迎官长，不去鞭挞黎庶，毕生都在寻找机会进入官场的杜甫，被任命为河西尉后，把它当成一桩苦差事而推掉了："不作河西尉，凄凉为折腰。老夫怕趋走，率府且逍遥。"白居易虽然出任了周至县尉，但他消极怠工——县令让他抓人催赋，他装病不上班。这个鸡肋般的职位，白居易讥之为趋走吏："一为趋走吏，尘土不开颜。"

或许是因为对仕宦的热衷还在老杜之上，李商隐接受了任命，赶赴弘农履新。不过，很快他就因与上司意见不合而去职。此后，他短暂游幕于华州和岳父王茂元任职的许州。当他再次应吏部试后，被授为秘书省正字——这一职位，比三年前的校书郎更低——终于再次回到京城。但就在这年冬天，含辛茹苦的母亲去世了。

接下来是走马灯般的丧葬，他把母亲、姐姐、侄女等几位亲人都一一安葬。用李商隐不无骄傲的话来说，经他努力，"五服之内，更无流寓之魂；一门之中，悉共归全之地"。按制，他还得为母守孝。为此，他举家迁往永乐。因为以孝子身份留在长安，不可能进行政治活动；其次，他一直倚为靠山的岳父也死于军旅；复次，长安米贵，居之不易。

永乐隶属蒲州，这是一片古老的土地，也是极为重要的交通要道。"几"字形的黄河右边那一折自内蒙古直线而下，将北方大地劈成两半，是为山西和陕西的自然分界线。黄河在从由北向南的竖流变为由西向东的横流时，其东北方那块土地，就是永乐以及蒲州（今永济一带）。自古以来，这一地区既为交通要津，又有丰富的池盐，故而从远古时起就是先民生息之地。传说，尧在这里建都，舜在这里耕种，伯夷叔齐在这里采薇，唐玄宗宠爱万分的杨贵妃在这里出生。

对李商隐来说，永乐既有故居可住，可以节约在长安的开支；同时，这里离长安和洛阳又近在咫尺，并处于交通要道，能够及时获取最新政治动向，是一个进退皆宜的好去处。

两年时间里，李商隐半隐永乐，“走马兰台类转蓬”的宦游一下子变为轻松幽静的赋闲。他住在简陋的老屋里，饮的是松醪酒，弄的是琴与瑟，精心种树，细致栽花，不时游赏周边山水。中国士大夫的一个古老传统就是，当他们遭遇政治上的挫败后，寄情山水便犹如受伤的野兽躲到角落里自舔伤口。雄奇或清秀的河山如同一剂剂良药，慢慢抚平他们身心的创伤。

尽管如同斧钺般的黄河劈开了北方大地，但自古以来，交流和沟通的意愿谁也无法阻挡。李商隐居住的永乐，有一座古老的渡口，名为蒲津渡。

《读史方舆纪要》将蒲津渡列为山西重险之地。历史上，黄河常成为不同势力的天险，蒲津则是兵家必争之地。张说称之为“隔秦称塞，临晋名关，关西之要冲卫，河东之辐辏”。先秦以降的两三千年间，这里发生过大大小小数十次战争。战国时，秦昭襄王第一个在蒲津渡上架设浮桥；汉武帝则在河西修筑关隘；到了唐朝，蒲津渡处于长安至太原驿道上。其时国力昌盛，远迈前代，于是，开元十二年（724），一个超级工程动工了——工程耗费了全国年铁产量的五分之四，铸造成八头各重八万斤的铁牛，以及牵铁牛的铁人、固定船只的铁柱和铁山、绞盘等物。八头铁牛分置两岸，将波涛中的浮桥牢牢牵挽。行人迈步浮桥，如履平地。到了宋朝，一场大洪水将铁牛冲进河里，于是发生了小学课本中怀丙捞铁牛的故事。

李商隐居住永乐期间，他在京城时的朋友任畹在蒲津渡两岸修建了一些亭台。亭台落成之日，包括李商隐在内的一批文人受邀前往参观。李商隐为之写下一首七律，感叹说“独留巧思传千古，长与蒲津作胜游”。

永乐两年，平静而安逸，终其47岁的一生，这样的日子实在太少。如果还要再找一段的话，差可比拟的是20多岁时第二次落第后的玉阳山学道时期。

济源以西，平原渐尽，山脉突起，连绵西北，这就是玉阳山。尽管玉阳山的主峰不过1200余米，与西部动辄五六千米的极高山相比显得十分低矮，但因置身于一马平川的平原边缘，看上去仍显得巍峨雄奇。

如果说今天的玉阳山只是一个区域性旅游景点的话，那么在杳然远去的唐朝，它的名声远比今天显赫。这片葱郁的山峦，与首都长安和天潢贵胄的皇室密切相关。

道教是中国本土宗教，李唐则是它的黄金时期。盖李唐皇帝把道家始祖李耳（老子）认作自家祖先，故而对道教大加尊崇。极盛时，全国道观多达1687所。唐代文人士子，大抵好道，贺知章、李白、顾况、施肩吾、皇甫颖以及李商隐等人都与道教有极深渊源，要么做过道士，要么修过道。

李商隐修道的地方便是玉阳山。自济源城西行，只需20来分钟车程便进入了山区。玉阳山分左右两峰，中夹山谷，一条小河顺谷流淌。当然，千载以后已经没有人能够准确指出，李商隐修道的地方到底在谷内还是山上。

玉阳山系王屋山的重要组成部分，王屋山之名因入选中学课本的《愚公移山》而家喻户晓。王屋山麓有一条小河叫玉溪，李商隐曾说“故山峨峨，玉溪在中”，并以之为号，自称玉溪生。

李商隐选择玉阳山修道，乃是因为他之前100多年的唐睿宗时，金枝玉叶的玉真公主也曾在此修道，从而使玉阳山成为唐代道教圣地。李唐一朝的道士中，女性占了相当比例，世人称为女冠。其来源，一是有着皇室血脉的公主，二是出于各种原因被放出宫的宫女，三是官僚士绅家庭遭遇变故的侧室。

显然，上述三类女冠虽然出身不同，但大抵来说，都有较高的文化素养且见过世面。其时，文人与女冠交往不仅为社会所宽容，甚至成为一时之风尚。玉阳山的松风白云之间，李商隐炼丹打坐、采药赋诗之余，常与这些女冠来往，并和其中几位女冠有过或长或短的爱情——他那些缠绵悱恻的爱情诗，有不少就是写给她们的。

今天，诗人和书法家已成职业——至少是半职业，但在古代，写诗和写字原本是一个士人必备的基本技能，如同今人会开车会用电脑一样，原不借此成名或谋生。因而，对许多诗人而言，他们写诗便如同我们写日记，不过用以记录生活，感怀人生，用诗歌之酒杯，浇胸中之块垒。李商隐诸多朦胧难解的诗作，便是他基于种种考虑，没法明白地把他的人生经历和盘托出，比如他与女冠的爱情：

紫府仙人号宝灯，云浆未饮结成冰。
如何雪月交光夜，更在瑶台十二层。

诗人与一位如同仙人般的女冠有饮宴之约，但时辰已过，美酒冷凝，女冠爽约了。诗人惆怅不已，想象她在寒冷的雪夜，独自出没于冰清玉洁的琼瑶仙境。

杜甫曾略带骄傲地自称其家族“奉儒守官，未坠素业”。与此相仿，李商隐的家族也相差无几。年轻时，李商隐也像杜甫那样怀着“致君尧舜上，再使风俗淳”的政治理想——事实上，唐朝诗人中，除极少数人，大抵或多或少地怀有这种兼济天下的情怀。但是，随着多次应试名落孙山，敏感而自负的李商隐感觉到了由衷的失落。于是，他接近并沉溺于道家。不过，他从来不是一个真正的道士，他只是用修道来作为抵挡科场失败的盾牌，并在与宋华阳姐妹等女冠的绯闻中借爱情弥补科场失意。

唯其如此，尽管号称学道玉阳，尽管隐居深山，李商隐对国家大事却一刻也不曾忘怀。比如，当他出没于玉阳山的白云之间时，从长安传来一个惊人消息——甘露之变。

安史之乱后，宦官势力坐大，尤其是德宗委任宦官掌管禁军成为定制后，宦官更是为所欲为。826年，李商隐15岁那年，宦官甚至杀掉了敬宗，另立文宗。文宗即位后，寻机谋诛宦官，挽回皇权。835年，在文宗默计下，李训等人以观甘露为名，将大宦官仇士良等人骗至禁军后院欲斩杀。事泄，李训、王涯、贾悚等一大批高官被灭门，死难者达1000多人，史称甘露之变。

甘露之变后，宦官势焰更炽，皇帝的废立与生杀俱在其掌握之中，宦官“迫胁天子，下视宰相，陵暴朝士如草芥”。有一次，文宗问周墀，我像前代哪个君主？周回答说：“陛下尧舜之主也。”文宗叹息说，朕岂敢比尧舜，周赧王和汉献帝还差不多。周墀说，这些亡国之君，岂能和陛下您相比？文宗恨恨地说，周赧王、汉献帝受制于诸侯，我受制于家奴，两相比较，我还不如人家啊。说罢，泣下沾襟。

甘露之变的消息传到玉阳山，李商隐愤怒而焦虑：愤怒于宦官势力不可节制，焦虑于国家前途难以预测。这位香火与符箓中的道术爱好者，瞬间还原成身无半亩心忧天下的儒家。他一连写了四首诗，其中一首写道：

> 玉帐牙旗得上游，安危须共主君忧。
> 窦融表已来关右，陶侃军宜次石头。
> 岂有蛟龙愁失水，更无鹰隼与高秋。
> 昼号夜哭兼幽显，早晚星关雪涕收。

此诗有一个背景：甘露之变引得天下哗然，昭义军节度使刘从谏愤而上书指斥宦官擅杀。李商隐闻讯，对刘从谏表示支持，并对他寄予了极大希望。

一个不第的书生，一个在深山里沉醉于爱情的半真半假的道士，当他从科场失意中抽身而出，从情场相思与相恋中也抽身而出时，他关怀的，仍然是天下得失，社稷安危。

身似浮萍，顾念江海；生如草木，记挂大山。我们今天称颂唐朝之隆之盛，我以为，其中一大原因就在于彼时的知识分子，不论居庙堂之高还是处江湖之远，都有一种以天下为己任的情怀，而他们对国家大事的指点，不论皇帝还是当政者，一般都有容忍的雅量。因此，唐人之盛，盛在胸襟；唐人之隆，隆在气度。

会昌五年（845）秋天，34 岁的李商隐离开永乐，再次奔赴长安。在永乐城西不远处，他将经过一座古老的渡口，这渡口甚至比蒲津渡还要知名，那就是风陵渡。

自连霍高速东行，过潼关古城不久，折而北向，是横跨于黄河上的风陵渡大桥。过桥，便到了风陵渡镇。李商隐曾乘舟渡过的风陵渡，在镇子西南侧，隔着黄河与潼关遥遥相对。

风陵渡因金庸武侠小说《神雕侠侣》广为人知。渡口的一家客栈里，16 岁的郭襄通过一群南来北往的旅人之口听说了神话般的杨过，并随即神奇地见到了他。一见杨过误终身。多年以后，大彻大悟的峨眉派开宗祖师依然无法忘记少女时代的那个风雪之夜，她给徒弟取名风陵，以此纪念寒风呜咽、雪落黄河的风陵渡。

李商隐从风陵渡渡过黄河，来到巍峨的潼关城下。这座有关中锁钥之称的名城，李商隐一生中将多次在这里进进出出。不动声色的城楼与高墙，看着这个来去匆匆的背影。匆匆之间，青春到迟暮。

万里风波一叶舟

远行是在对娇弱多病的妻子和襁褓中的儿子的不舍中迈出第一步的。

种种迹象表明，迎娶王氏之前，李商隐似乎还有过一次婚姻。不过，妻子为谁，结婚多久，有无子息，一概无考。总之，846 年，与王氏结婚八年后，王氏生下一个男婴，这时，李商隐已经 35 岁了。李商隐给儿子取名衮师，小名白老。

白老这个奇怪的小名，和著名诗人白居易有关。白居易晚年居洛阳，过着优渥的离休老干部生活。他非常喜欢李商隐的作品，曾经对李商隐说，我死后能够投生做你的儿子，就心满意足了。白居易去世那年，王氏产子。李商隐相信冥冥之中或许真有某种轮回，于是给儿子取了白老这个小名。

然而令人遗憾的是，尽管在李商隐笔下，衮师 1 岁识字，4 岁知礼，长相俊美，天资聪颖，但长大之后，却略无文性，根本没有写作才华。温庭筠和他开玩笑说："以尔为乐天后身，不亦忝乎？"

当然，这些都是李商隐没法看到的了，他将在47岁那年匆匆离去。那时候，衮师11岁——与李商隐丧父时相差无几——但衮师更为不幸的是，他的母亲在他5岁时即去世，他不得不长期寄养在亲戚家里。

会昌六年，即衮师出生那一年，武宗崩，宣宗立，李党失势，牛党见用。尽管李商隐非李非牛，李党掌权时，他没得过好处，而牛党上台，却把他认作李党，他的日子更不好过。出于对长安的极度失望，以及为了一家人的生计，次年，李商隐不得不远走岭南。他接受了新任桂管观察使郑亚之邀，入郑亚幕任掌书记。

桂管观察使治所在今天的广西桂林。西安到桂林，飞机不过两小时，但在遥远的唐朝，却是漫长得令人心悸的漫漫长途。

长安郊外告别了送行的妻儿后，李商隐跟随郑亚踏上了奔赴南方的路。他们三月初出发，中间经历了闰三月和四月，直到五月初才抵达，耗时整整三个月。

通过李商隐的诗歌并结合唐朝交通情况，我们可以比较清晰地复盘李商隐的南行之路：

首先，李商隐一行自长安出发后，沿着武关道往东南行。武关道是唐朝时仅次于两京大驿道的次驿道，严耕望先生认为，"此道在唐史上之重要性，不在军事之形势，而在政治经济文化之沟通。盖唐代京师长安与江淮间之交通，除物资运输及行李笨重之行旅者多取道汴河，朝廷使臣及一般公私行旅远适东川、黔中、江淮、岭南者，皆利此道之径捷"。李商隐所在的晚唐时期，由于汴河被割据的军阀阻断，武关道所通达的地区，竟占了全国面积一半以上。那些行走于武关道上的旅人，其中有不少是为了功名与理想而前往长安的士子，因此武关道又被称为名利道。

唐时，长安有两大送别胜地：西边的咸阳和东边的灞桥。灞河古称滋水，系渭河支流，发源于秦岭北坡，灞桥即横跨河上。“灞桥杨柳年年恨”，垂柳夹道的灞桥又称断肠桥、销魂桥，断肠与销魂的人群里，清瘦落寞的李商隐多次跻身其中。

冬春时节，如果从长安城向南远眺，终南山阴云低垂，山顶覆着厚厚的积雪。唐时，不少诗人在终南山麓建有别业，如宋之问、王维、薛据、阎防等。不过，出身苦寒且一辈子处于官场边缘的李商隐不仅没有别业，甚至连在长安核心城区买房也办不到，他只好租住于长安城与终南山之间一个叫樊川的地方——这也是他的另一个号樊南生的由来。

古老的驿道从终南山一侧的蓝田穿过，人至蓝田，长安渐行渐远了。很多年过去了，我站在蓝田城外一座不知名的山峰上眺望，北边是平坦的关中平原，南边是更加高峻的群山。李商隐的前辈韩愈被贬往潮州时经过蓝田，写下了“云横秦岭家何在，雪拥蓝关马不前”的悲伤诗句；老杜则说，“蓝水远从千涧落，玉山高并两峰寒”。从蓝田开始，接下来要经行近千里的山路，李商隐才能再一次看到相对平坦的盆地。那时，李商隐已经次第走过了今天的商洛、丹凤、商南、淅川和内乡，到达了河南邓州一带。

商洛是商州州治，今天则是省辖商洛市。这座群山环围的小城坐落在江水冲积的小平坝上，丹江及其支流贯城而过。李商隐时代，商州是武关道的中点，为了保障道路畅通，朝廷设置了武关防御使，由商州刺史兼任。

商州城南，李商隐曾在一个叫四皓驿的驿站停留。四皓驿的名字来自离驿不远的四皓庙。四皓，即秦末隐居商山的东园公等隐士。刘邦建汉后，礼请四皓，四皓不为所动。后来，吕后用张良计，令太子卑词安车，招揽到了四皓，从而打消了刘邦另立赵王如意的想法。

李商隐写了两首《四皓庙》，其中至少有一首即是前往桂州时所作。如同古往今来所有郁郁不得志的诗人一样，他借四皓这只酒杯，浇自己内心的块垒。如果说十几年前他还可以佯狂学道、沉醉于爱情的话，斯时，人到中年的他已经不得不向命运低头——但偶尔，还会挣扎，还会愤怒：

> 羽翼殊勋弃若遗，皇天有运我无时。
> 庙前便接山门路，不长青松长紫芝。

武关道又名商於道，唐贞元年间，刺史李西华从蓝田至内乡另开新路。李商隐经行的便是这条新路。此前一直生活于北方的李商隐，虽然也曾见识过王屋山和终南山，但商於道所蜿蜒的秦岭腹地，其行路之艰仍然让他感慨。他由此想到了他乏善可陈的仕途，并借李西华开新道方便后人来引喻谁能助他一臂之力：“更谁开捷径，速拟上青云。”当然，我们知道的是，终其一生，都没有谁帮他上青云。他就像一只向往青云的鸟儿，最终却在抑郁与哀愁的打击下困死于蓬草之间。

经邓州南折，便到了被称为天下之腰膂的襄阳。从襄阳南下经荆州，是与武关道相接的唐朝时的另一条国道荆襄道。到了荆州，陆行变为舟行，骑马变为坐船。坐在高高的马背上行走于两三尺宽的山路，既危险又辛苦，坐船则安全而舒适。船自荆州而下，在长江与洞庭湖汇合处遇上大风，幸好有惊无险。既后，李商隐登上了岳阳楼，“上下天光，一碧万顷”的景色让他感叹不虚此万里之行：

欲为平生一散愁，洞庭湖上岳阳楼。

可怜万里堪乘兴，枉是蛟龙解覆舟。

入洞庭湖后，李商隐乘舟溯湘江而上，到达广西境内后，再溯漓江而抵桂州。

今天的桂林，以甲天下的山水闻名海内外，是最具人气的旅游胜地之一。但在1000多年前的唐朝，它地处岭南，不仅边远偏僻，而且风俗迥异于中土，气候暑热难当，弥漫于山间的瘴气令人谈虎色变。在这片陌生的土地上，李商隐生出了一种万里投荒、困身绝域的伤感：“城窄山将压，江宽地共浮”，“象卉分疆近，蛟涎浸岸腥”，“户尽悬秦网，家多事越巫”，“鬼疟朝朝避，春寒夜夜添”……陷落群山的孤城，汹涌的江水，野象成群的边疆，蛇虫出没的水岸，家家捕鱼，户户尚巫，疟疾流行，春寒料峭……总而言之，此前闻所未闻、见所未见的事物光怪陆离，如同一个晦暝森然的怪梦。其情其景，颇容易让人联想起一个世纪前杜甫在夔州。夔州之于杜甫，一如桂林之于李商隐，同样是一片风景绝美而又风土恶劣的蛮荒之地。

另一方面，李商隐也对郑亚的垂青心怀感激，并在诗里直白地表示将士为知己者用：“投刺虽伤晚，酬恩岂在今……固惭非贾谊，惟恐后陈琳；前席惊虚辱，华樽许细斟……”

作为掌控一方的封疆大吏，郑亚在力所能及的范围内帮衬李商隐。一开始，他任命李商隐为掌书记，不久，又擢升他为支使，这是仅次于正、副观察使的高级幕僚。

李商隐对郑亚的帮衬铭记在心。在桂州的日子里，虽然不时挂念留在长安的妻儿，但李商隐的心情要比在长安时稍微轻松些。初夏时节，一场细雨后夕阳斜照，他看到清和宜人的小城里，幽僻处的小草也沐浴着晚晴的余晖，由是联想到自己的身世，写下了一首令后人击节传诵的五律：

深居俯夹城，春去夏犹清。
天意怜幽草，人间重晚晴。
并添高阁迥，微注小窗明。
越鸟巢干后，归飞体更轻。

到桂州半年后，郑亚派李商隐为专使，到江陵谒见其族叔，即荆南节度使郑肃。

往还江陵，大部分坐船。行旅无事，李商隐就利用空闲时间编定了他的第一部文集《樊南甲集》。然而，意外的是，秋水暴涨，他乘坐的船只被洪水倾覆，他本人虽无性命之虞，编定的文集却大多散佚了。他自陈："舟中忽复，括其所藏；火燹墨污，半有坠落。"

到桂州不久，李商隐忽然接到一封信，这封信令他感慨万千。

写信的人就是李商隐少年时曾与之有过密切交往并在进士试时受其大力举荐的令狐绹。其时，令狐绹被外放湖州刺史。自从被牛党——尤其是令狐绹——认定为见风使舵、背恩负义之人后，李商隐与令狐绹的关系变得极为尴尬。一方面，令狐绹屡次打击李商隐；另一方面，两人还保持着间歇性往来。

李商隐幼年丧父，母子相依为命的成长经历使他从小就见惯了白眼与冷漠，故而毕生敏感，性情中既有坚强忍耐的一面，又有软弱迟疑的另一面。在这种往来中，令狐绹高高在上，颐指气使，而李商隐则委曲求全，像一个横遭公婆指斥的小媳妇。

令狐绹信中附有诗作，虽然信和诗的内容均无考，但种种迹象表明：令狐绹对李商隐做了李党重要人物郑亚的幕僚颇感不满，因而必有怨怒之言。这从李商隐回赠令狐绹的诗《酬令狐郎中见寄》可以看出端倪：诗的前半部分，李商隐竭力讨好夸赞令狐绹（虽然这种做法也算其来有自，但李商隐的谨慎与小心不言而喻）；后半部分则陈情诉苦，表示自己追随郑亚，实在是为生活所迫，并无政治野心。

以后，李商隐终将明白，一切解释与陈情都是多此一举。因为爱情，因为王氏，他得罪了牛党；因为得罪了牛党，他被视作叛徒和变节者，他将成为朋党之争的牺牲品。郁郁寡欢而又惨淡经营的一生中，这个怀抱利器与理想的才子，终将在政治上一事无成，唯有几百首朦胧晦涩的诗作让他令名长存——像一种无可奈何的安慰，又像一种于事无补的补偿。

怀古思乡共白头

我在一个夏天的夜晚驾车从广州前往桂林。淡白的月光下，公路像一条被风吹起的绳索，我看到四围山峰黝黑而又奇形怪状，如马如驴，似仙似兽。有时，屏峰般的山腰突然惊现一个硕大的空洞，月光漏过，如一只偷窥的巨眼。我知道，我来到了以喀斯特地貌闻名的桂林，准确地说，是桂林下辖的一个县——平乐。

晨光恢复了山水的本来面目。平乐县城四周，俱是神奇瑰丽的山峦，漓江与荔江、恭城河在城西交汇，始称桂江。山环水绕的平乐如今只是一座普通小城，李商隐时，更是地理偏远，土荒人稀。但是，就是这座如此不堪的小城，却一度承载了李商隐的政治理想，让他恍惚间看到了仕途的希望之光。

那是大中二年（848），春节刚过，李商隐从桂州来到平乐——那时，平乐称为昭平。昭平给李商隐的第一印象是：老虎在官道上争斗，猴子爬到城楼上啼叫，当地人口音难懂，听起来像在恐吓别人。异乡异象，令李商隐这样的外来人讶异难适。然而，李商隐却比以往任何时候都更心怀期冀。

李商隐是受郑亚委派，到昭平暂摄太守的。其时，昭平太守缺员，按唐制，朝廷正式派来太守之前，节度使有权安排人临时代理。尽管李商隐的太守并非朝廷任命，但时日一久，也有由代理转为正式的可能。

考察李商隐一生，他少年成名，受知于令狐楚、崔戎等达官显贵，诗文双绝，才华横溢。如此美玉良才，加上时代风尚所及，自然如同李白、杜甫等前辈一样，怀抱远大政治理想。然而，终其一生，除了在秘书省短暂任职，绝大多数时间，他都是游幕四方，以撰写公文和应酬文字安身立命。理想与现实的落差如此巨大，是他一生郁郁伤怀的主要原因。

在桂林时，他发现庭院中那株樱桃树，春天将尽时还有一颗樱桃留在树上。为此，他感叹樱桃本是传说中凤凰的食物，现在却不幸被莺鸟乱啄，以此隐喻自己怀抱利器，却不能在朝廷事天子，只能为了生计游幕天涯，为此他写道：“惜堪充凤食，痛已被莺含。”

以文事人虽然和以色事人不同，并且幸运的是，不论令狐楚还是郑亚还是后来的柳仲郢等几位府主，都对李商隐敬重有加，但宾主之位既定，依然免不了要仰人鼻息。寄人篱下的委屈与壮志难酬的悲愤总是如同躲在阴暗角落的两条小蛇，一有机会，就蹿将出来，咬噬诗人难以名状的心。

这一次也是如此。李商隐的代理太守只干了一个月就结束了。所谓的机会，所谓的希望，所谓的由代理而正式的可能，统统如同城墙下的桂江春水，转眼之间便滔滔远逝。

原来，848 年，李党领袖李德裕被贬往海南为崖州司户，郑亚受此牵连，遭贬循州刺史（循州治所在今广东惠州）。一夜之间，李商隐不仅失去了代理的昭平太守一职，甚至连原本在郑亚幕中的职位也化为乌有。送别郑亚后，李商隐只身北返。

这是风雨频仍的暮春时节，旅途中的李商隐看到纷飞的落花，又一次联想起坎坷而又无常的命运：

> 莲后红何患？梅先白莫夸。
> 才飞建章火，又落赤城霞。
> 不卷锦步障，未登油壁车。
> 日西相对罢，休浣向天涯。

如果说游幕岭表已属无奈生涯，而现在，就连无奈生涯也无从继续了。

北上的湘江虽然顺风顺水，但李商隐的归途却极为缓慢。他得为自己寻找出路。经过潭州（今长沙）时，李商隐首次参加吏部关试时的主考官李回，刚被任命为湖南观察使兼潭州刺史。从名分上讲，李商隐算李回的学生。然而，尽管李商隐替李回写了一篇《贺马相公登庸启》，但李回却没有聘任这个穷途末路的学生。

风光无限的潇湘似乎一直是诗人的伤心之地，昔时有屈原沉江，杜子美流落，司空曙沉沦。这些先贤旧事，行经潇湘的李商隐自然烂熟于胸。不过，他最怀念或者说最能引发他共鸣的是他诗里多次提到过的贾谊。

长沙太平老街上，有一座不起眼的青砖建筑，低低地匍匐在众多民居与店铺的阴影里，这就是汉朝以来先后几十次重建的贾谊祠。

贾谊乃汉代著名政论家和辞赋家，他心忧汉室，上书建言，却被排挤为长沙王太傅。三年后回到长安，抑郁而亡，年仅 33 岁。两千年来几乎所有怀才不遇或自认怀才不遇的读书人，常常以他自比自喻。

李商隐亦如是。年轻时，他登临安定城楼，感叹“贾生年少虚垂泪”。十几年过去了，昔日的青春少年已被江湖的风霜染白了鬓发，面对贾谊，李商隐的感慨更深了：

宣室求贤访逐臣，贾生才调更无伦。
可怜夜半虚前席，不问苍生问鬼神。

游幕潭州无望，李商隐只得顺湘江过洞庭，而后溯长江而上，到达交通枢纽荆州。大约就在荆州期间，李商隐获知了一个朋友的死讯，悲痛难忍的李商隐为他写了四首诗。此人即刘蕡。

刘蕡系幽州昌平（今北京昌平）人，用《新唐书》的话说，他“能言古兴亡事，沉健于谋，浩然有救世意”。文宗太和二年，他应贤良方正试时，强烈批评宦官专权误国，要求“揭国柄以归于相，持兵柄以归于将”，引发朝野热议，“士人读其辞，至感慨流涕者”。由于担心宦官报复，主考官冯宿、贾悚等人虽以为刘贲之才超越了晁错和董仲舒，却不敢录取他。同科士子李郃抗议说：“刘贲不第，我辈登科，实厚颜矣。”此后，刘贲曾受令狐楚和牛僧孺赏识并入其幕，得授秘书郎，但终因招惹了宦官集团而被贬柳州司户参军。

李商隐与刘贲交往并不多，但他们的政治立场却相当一致，相互引为知己。当李商隐奉使江陵途中与刘贲相遇时，他作诗替刘贲——其实也是替自己——鸣不平：“汉廷急诏谁先入？楚路高歌自欲翻。”并为二人凤不还巢，邂逅江湖唏嘘不已：“万里相逢欢复泣，凤巢西隔九重门。”

离上次相见仅一年，竟传来了刘贲郁郁而终的噩耗，李商隐悲痛难抑，写下了“一叫千回首，天高不为闻”“平生风义兼师友，不敢同君哭寝门”的诗句。李商隐替刘贲的不公命运呐喊，哭泣，但其骨子里，也是在为自己的不公命运呐喊，哭泣。这些悼亡诗，既悼逝者，更悼生者。

同样在荆楚期间，李商隐还写了一首《寄令狐学士》。令狐学士，也就是 20 多个年头里，令李商隐百感交集的令狐绹。其时，令狐绹已由湖州调回京城，以考功郎中充翰林学士。诗里，李商隐用典雅的词句，向令狐学士的发达表示了羡慕和赞美，同时更希望如今出没于天子周遭的故人拉他一把。

赞美诗投寄出去后，如同泥牛入海。

如果硬说有收获的话，那收获的只是无言的羞辱和难掩的失落。

绝望中的希望和希望中的绝望应该是李商隐经常不得不独自品尝的人生滋味。令狐绹的沉默以对，令李商隐不得不另辟蹊径。这时，他想起了远在蜀中的一个远房亲戚杜悰，时任西川节度使。

由荆州溯长江而上，两百里外的宜昌（唐时称夷陵、硖州）一带，平原退隐，群山拔地，连绵如城郭。这便是巫山，是中国大地第二级与第三级阶梯的分界线。自东向西穿过巫山，便意味着从第三级阶梯进入第二级阶梯，海拔上升，大地也随之改变了模样。

愁思幽深的李商隐，仍然被奇丽的风景和古迹吸引。他次第经过了传说中的楚王行宫、巫山十二峰、白帝城，并沿途写下诗句："巫峡迢迢旧楚宫，至今云雨暗丹枫。""岂知为雨为云处，只有高唐十二峰。""滩激黄牛暮，云屯白帝阴。"在对古人旧迹的追思缅怀中，他感叹古人的功业与荒唐均已随风而逝。惆怅之余，难免生出一丝丝宽慰：既然是非成败都将转眼成空，那如今我的落拓又算得了什么呢？

随着西川日近，李商隐踌躇了。尽管我们无法确认李商隐的首次入蜀最终抵达哪里，但从他的作品可以判断，他大致上行到了今天的巫山和奉节一带（今属重庆）。到达这个散布于长江之滨而又被高耸大山掩映的孤独小城时，秋天来了。四川的秋天向来夜雨连绵，不大，却常常终宵不止，点点滴滴，更添离愁。

李商隐的踌躇，是他越来越不敢相信，身居高位的远房亲戚真的会收留自己。首先，杜悰是牛党，而自己被牛党视作叛徒；其次，杜悰一向以六亲不认、刻薄寡恩闻名；第三，杜悰出身显赫，又是唐宪宗的驸马，好为大言，然"才不周用"，且"未尝荐进幽隐"。如今，自己以一个出身卑微、前途渺茫的远房亲戚的身份去投靠他，指望得到他的帮助，多半是痴心妄想。

踌躇之际，李商隐收到了妻子王氏自京师辗转送达的家书。

音问难通的古代，家书真正可抵万金。家书同时也让李商隐更加思念千里之外的妻儿。在桂州时，他曾因久未接到家书，也未梦见亲人而惆怅。在红树摇曳的深深庭院，他夜半醒来，独自绕阶而行，雨后月色轻淡，阶下青苔横生：

远书归梦两悠悠，只有空床敌素秋。
阶下青苔与红树，雨中寥落月中愁。

春天来时，他又写诗安慰王氏，虽然还不知道什么时候能回家团聚，但自己一直保持着曾经的品质。并提醒王氏，趁着春天到来，在长安和洛阳两地走动一下吧，这样会更快乐一些：

万里峰峦归路迷，未判容彩借山鸡。
新春定有将雏乐，阿阁华池两处栖。

现在，奔走江湖的李商隐捧读家书，早已心驰北方。今天我们读《夜雨寄内》，更多地感受到了那份素淡与平和，但这份素淡与平和背后，却隐藏了诗人无尽的失意与伤怀。不过，面对温情的娇妻，他把所有失意、所有伤怀都沉积于胸，独自消磨。他给娇妻许下承诺：要不了多久，我们就能剪烛西窗，那时我将为你讲述巴山夜雨涨秋池时的往事。

趁着《夜雨寄内》墨迹尚新，李商隐变溯流为顺流。他要回到长安，回到那座熙熙攘攘的名利之都。

尽管名与利离他都很遥远。

春心莫共花争发

从川东回长安的路线，先是顺江而下至荆州，再由荆州溯汉水至襄阳，襄阳复陆行，经荆襄道抵邓州，接下来便是前文已述及的武关道。这一年的冬天来得特别早，九月初，李商隐行走于崇山峻岭间时，一场小雪不期而至。他在诗里自嘲说，小雪不是因我久别而降，而是为了洗去我满面病容："岂是惊离鬓，应来洗病容。"

李商隐深知，回到长安，必然又要面对当权的牛党，尤其是对自己怀恨在心的昔年知交令狐绹。终其一生，尽管李商隐并未做过任何党同伐异的事情，更没有对不起令狐父子，但他似乎一直抱愧于心，像做了亏心事一样，不断向令狐绹陈情示好。然而，"屡启陈情，绹不之省"，"商隐归，穷自解，绹憾不置"。这一次，随着京师日近，李商隐又写了一首诗呈令狐绹。其主旨，仍然是希望令狐绹理解他，扶持他。不过为了委婉一些，他假托前天夜里梦见了令狐绹在翰林院值班，夜写诏书，天明时踏雪而归。

令狐绹读到这首诗，心情如何，不得而知，有一点却是肯定的：他对李商隐的鄙视与敌意，并未有丝毫消减。

大中二年冬，回到京城的李商隐被任命为周至县尉。这时，李商隐已经37岁了，上一次被任命为县尉是九年前，那时他28岁。也就是说，将近十年的官场沉浮，他竟然又回到了起点。对县尉这个鸡肋一样的职位，杜甫固辞，高适不屑，白居易称病，李商隐却别无选择，他只有接受任命。幸而，京兆尹卢弘正与李商隐系旧交，终于忍不住出手了，"奏署掾曹，令典笺奏"。什么意思呢？就是相当于把周至县尉借调到京兆尹府代理掾曹，负责草拟公文。京兆府下属掾曹有六曹十二人，乃是正七品下的低级职位。不过，至少李商隐不用奔波周至，可以留在京师与妻儿相守了。

849 年重阳节这天，李商隐去拜访一个朝廷大员。其时，此人飞黄腾达，一年内数次升迁，更于第二年入阁拜相。此人就是李商隐一生悲剧命运的主要推手令狐绹。

然而，令李商隐羞愤交加的是，他在令狐家的客厅里等了半天，令狐绹却避而不见，这位故人就连最起码的面子也不给了。李商隐意绪难平，写下一首题为《九日》的诗放在客厅里愤愤而去：

曾共山翁把酒时，霜天白菊绕阶墀。
十年泉下无消息，九日樽前有所思。
不学汉臣栽苜蓿，空教楚客咏江蓠。
郎君官贵施行马，东阁无因再得窥。

与李商隐此前写给令狐绹的诗相比，这一次诗人明显心头有气，因此在诗里既怀念有知遇之恩的令狐楚，又讽刺贵而忘交的令狐绹。据说，令狐绹读罢，十分不快，下令封闭了李商隐题诗的那间客厅，从此不复进入。

重阳节后不到一个月，卢弘正调任武宁军节度使，并邀李商隐入幕，李商隐答应了。他又一次离开了欲说还休的长安。如同去年自川东返长安一样，这一年的天气也很寒冷。当李商隐把妻儿安顿在洛阳，将要独自前往武宁军节度使治所徐州时，那一年的第一场大雪把洛阳城铺排得一片洁白。

风雪严寒之日，千里独行之时，李商隐心中充满感伤，却不得不为了一个镜花水月般的前途而劳碌："关河冻合东西路，肠断斑骓送陆郎。"

幸喜到徐州后，与李商隐有远亲关系的卢弘正待他不薄，他名义上是节度判官，实际上还兼任记室。不久，卢弘正又推荐他得到了侍御史的头衔。侍御史为从六品，要比县尉高出不少。

卢弘正的厚待让李商隐重又燃起仕途的希望之火，尽管他此时已年近40，在中古时代的唐朝，几乎就算进入了晚年，不应该再是多梦的年龄。但诗人是敏感动物，外界的一点风吹草动，就可能引发他们丰富的联想。

果然，春梦易醒，彩云易散，李商隐的仕途梦想——称之为幻想可能更贴切——并没能维持多久。大中五年春，到徐州一年后，卢弘正因病去世。李商隐只得回到洛阳，带上家小，沿着唐朝最重要的国道、沟通首都长安与东都洛阳的大驿道西行。随即，他又一次走进了壮丽的长安。

此时的李商隐更加潦倒，更加无依无靠。首先，当年赏识他的人纷纷作古，令狐楚自然墓木早拱，崔戎、郑亚以及卢弘正亦皆凋零；其次，有的师友正因党争而被贬黜，自顾不暇，如李回；再次，一些平辈论交的知己，如温庭筠、韩瞻等，本身就沉沦下僚，心有余而力不足。凡此种种，李商隐悲愤地用十个字总结：新知遭薄俗，旧好隔良缘。

“沉舟侧畔千帆过，病树前头万木春。”李商隐和他的师友们陷入低谷时，牛党尤其是牛党的核心人物令狐绹则青云直上，此时已任中书侍郎兼礼部尚书，是副宰相级的大人物。

以常理度之，一年多前，李商隐留诗于令狐绹，几乎相当于宣告“友尽”。但是，李商隐彷徨四顾后，又一次顾不得脸面地向令狐绹陈情。少时读书，看到李商隐的这种举动，老实说，我曾对他有点哀其不幸，怒其不争，深以其喋喋不休地向令狐绹解释、陈情，甚至变相哀求而不齿。然而，只有年岁渐高，只有渐渐知道世间的艰难与不易，我们才会站在李商隐的角度去理解李商隐：他确实无计可施了。此外，他还不自觉地在以自己的善良推及他人。潜意识里，他认定，曾经有过共同成长岁月的老友，始终会冰释前嫌，一笑而泯恩仇。

这一次，李商隐的祈求得到了回应，令狐绹为他补了一个太学博士的职位。太学博士名义上是正六品上，职责为“主事讲经，申诵古道，教太学生为文章”。但有职无权，按李商隐的说法，“官衔同画饼”。或许，已拜相的令狐绹只是为了敷衍李商隐而做出漫不经心的安排，以此堵李商隐及旁观者之口。

鸡肋一般的太学博士，李商隐干了几个月。夏天时，树上高鸣的蝉儿触动了他：蝉儿因高洁而食不果腹，悲鸣传恨，而它所栖身的碧树却漠然无情。由是，诗人想到了自己，职卑权微，漂浮四海，故园荒芜，举家清贫：

本以高难饱，徒劳恨费声。
五更疏欲断，一树碧无情。
薄宦梗犹泛，故园芜已平。
烦君最相警，我亦举家清。

人生犹如盲人摸象，你很难预测，下一次出手将摸到大象的什么部位。象耳？象鼻？象腿？就像不管你摸到的是什么，它都属于大象一样，你遭遇的每一种生活，大喜大悲，小喜小悲，它们同样都属于你。加缪说过，西西弗斯的悲剧就在这里，他的命运属于他，他的巨石也属于他。

李商隐也是一个背负巨石上山的西西弗斯。推而广之，每个人都是命运的西西弗斯。在川东折而北返的李商隐肯定不曾预料到，几年之后，他将有第二次蜀中之行，并将在盆地深处的一座小城度过相对平静的几年。很有意思的是，他一辈子的学习对象和河南老乡杜甫，也曾在这座小城度过了相对平静的岁月。这对流寓的李商隐来说，是一种安慰和鼓励：既然先贤已经有过和我相似的生活，那这样的生活将因先贤而有意想不到的重量。

大中五年七月，李商隐40岁。其时，柳仲郢出任东川节度使兼梓州刺史，他素来喜读李商隐诗文，且其子与李商隐交好。于是，柳仲郢向进退失据的李商隐发出邀请，聘为记室。

在讲究门第的中古时期，河东柳氏乃显赫的名门望族，柳仲郢就出自河东柳氏。他的父亲柳公绰曾任兵部尚书，被追赠太子太保；他的叔叔则是大书法家柳公权，曾任太子太师。柳仲郢幼即好学，曾手抄《史记》《汉书》等经典多种，青年时得到韩愈赏识。柳家富于藏书，他本人也嗜书如命，在还没有活字印刷术，图书都靠手抄的年代，柳家的藏书竟然达到了惊人的一万卷以上。

笔记里记载的两个故事，可以从侧面说明柳仲郢的清望。故事一说，有一年，柳家卖了一个婢女，被刺史盖巨源买去。一天，盖巨源要买绸缎，和绸缎小贩喋喋不休地讨价还价时，一旁的婢女突然大叫一声昏了过去。盖巨源以为婢女有病，便将她退了回去。次日，婢女完全正常。有人问她为何装病。她说，我虽然是个卑贱的人，毕竟也曾是柳仆射家的婢女，死不是大事，可要我服务一个"绫绢牙郎"（指讨价还价的盖巨源），我可丢不起这个人。

故事二说，东川和西川之人经常互相鄙视，大搞"地域黑"。西川人嘲笑东川人说："梓州不过是我东门上卖草的市场，哪里配与我为伍。”柳仲郢到梓州任东川节度使后，笑着对幕僚们说：“我在朝为官 30 年，历练了那么多机要部门，今天终于有资格给西川人当市场管理员了。”

李商隐愉快地接受了柳仲郢的邀请。尽管这意味着又要与刚刚团聚几个月的妻儿分手，但是为了生活和想象中的前程，他不得不走向远方，如同清早离圈觅食的牛羊。

柳仲郢七月发出邀请并前往梓州（今三台），李商隐却在三个月后才到达。中间的两个月，李商隐经历了平生最大的打击，与他相濡以沫 14 年的爱妻王氏病故了。

年轻时，李商隐曾与女冠宋华阳姐妹等人有过浪漫的爱情故事。与王氏相识相知并结婚后，尽管聚少离多，但两人琴瑟和谐，李商隐年轻时的浪漫也从此画上句号。对李商隐而言，王氏不仅姿容艳丽，而且与他声息相通，是妻子，亦是知音。早年，当李商隐应博学宏词科不中时，王氏一方面替他鸣不平，一方面又劝慰他来日方长，“锦长书郑重，眉细恨分明”。她出身权贵之家，但自嫁李商隐后，“纻衣缟带”，“荆钗布裙”，日子清贫却毫无怨言。

李商隐尚在京兆府任职时，王氏就已生病，且自感难愈，她向李商隐说起身后之事，未语含悲。等到李商隐从徐州回来，王氏不久就溘然长逝，一张经常弹奏的锦瑟横在榻边：“忆得前年春，未语含悲辛。归来已不见，锦瑟长于人。”李商隐感叹，今天如同涧底之松，郁郁不得志，而没有了王氏的明天，日子将苦如山头黄檗：“今日涧底松，明日山头檗。愁到天地翻，相看不相识。”

李商隐的晚年诗作多次提到锦瑟。这种古老的乐器，据说原本有五十弦，太昊令素女弹奏时，其声凄苦，太昊悲不自胜，于是减去二十五弦。不管锦瑟到底多少弦，对渐入老境、鬓发如雪的李商隐来说，它是打开悲欣人生之门的钥匙。门内埋藏的秘密，属于他，也属于他亲爱的王氏。

多年前，我曾把元稹的《遣悲怀》、苏东坡的“十年生死两茫茫”和纳兰性德的“谁念西风独自凉”列为中国最感人的悼亡诗词，如果再加一首的话，那非李商隐这首莫属：

谢傅门庭旧末行，今朝歌管属檀郎。
更无人处帘垂地，欲拂尘时簟竟床。
嵇氏幼男犹可悯，左家娇女岂能忘？
秋霖腹疾俱难遣，万里西风夜正长。

王氏死后不久，李商隐的连襟韩瞻和妻兄王十二来访，并请他外出饮酒，以排遣心事。李商隐委婉地拒绝了，并作此诗以赠。首句系对韩瞻而言：昔年我们都是王家的女婿，现在只有你还能领受琴瑟之乐了。接着说自王氏死后，家中狼藉，空室无人。再下来说儿女幼小，需要照看。最后说自己因秋凉腹泻，更兼长夜漫漫，西风苍凉，不知何时才是尽头。

人生何处不离群

只要活着的人活着，死去的人便也活着。安葬了王氏，李商隐必须踏上前往蜀中的路了。他把年幼的儿子衮师——从他的诗看，他和王氏还育有女儿——托付给亲戚，一狠心，向梓州而去。

中国诸多省级行政区中，四川是一个最为独特的存在。古人尝言："天下未乱蜀先乱，天下已治蜀后治。"历史上，四川是建立割据政权次数最多的地方。先秦时的巴、蜀不论，后来的成家、蜀汉、前蜀、后蜀等均以四川，尤其是以成都平原为核心。造就这种现象的主要原因是四川的地理位置。四川盆地四面均是铁壁合围的山地：西部是人迹罕至的青藏高原东南缘，北部是大巴山、米苍山，外围是横断中国南北的秦岭，东部是巫山，东南部是大娄山，南部是大、小凉山及云贵高原，这使四川犹如一个自给自足的巨型城堡。

但是，无论群山的阻隔多么严实，交流始终是人间正道。千百年来，四川与中原地区的联系，除了通过三峡出川——其实，在只有帆船的古代，放舟三峡充满危险与变数——更多的，是那些不绝如缕，穿行在川陕之间千山万壑中的古道。人们把这些古道统称为蜀道。

蜀道有狭义和广义之分。狭义的蜀道，一般指从成都出发，经过广汉、德阳、梓潼，翻越大小剑山，经广元棋盘关出川，在陕西勉县境内跨过褒河并沿褒河过石门，越秦岭，出斜谷，此后直通西安的全长1000余公里的古道。目前尚通行的108国道的许多路段，正是沿着狭义的蜀道在四川北部和陕西南部的崇山峻岭间不屈不挠地延伸。广义的蜀道包括了名称各不相同的几条古道，它们其实是沟通四川与陕西的不同区域的古道。其中穿越秦岭的有四条：子午道、傥骆道、褒斜道、陈仓道；穿越大巴山的有三条：荔枝道、米仓道、金牛道。

如前所述，李商隐首次入蜀，是溯长江穿三峡，走水路；第二次入蜀，则是走陆路。他由长安西行，抵达宝鸡，从而踏上了陈仓道。在今天的汉中境内，再转入金牛道。早年追随令狐楚到汉中任幕僚，以及护送令狐楚灵柩北归，李商隐曾往来陈仓道上。朝花夕拾，旧路重过，也许李商隐不仅会想起永不再来的青春韶华，还会想起令狐楚对他的扶持、眷顾和奖掖——与之形成鲜明对比的，是令狐绹长久的忌恨、难消的敌意和自己再三再四陈情却得不到宽宥的委曲求全。

宝鸡古称陈仓，峻峭的秦岭群峰与平坦的渭河平原在此相接。出宝鸡市区往西南行，秦岭拔地而起，林壑幽深，千岩竞秀。这里便是关中四关之一的散关，又名大散关，自古即为川陕咽喉。刘邦明修栈道、暗度陈仓便是从此经过。比李商隐晚生 300 年的陆游回忆平生时，颇为自豪于当年在大散关的戎马生活："楼船夜雪瓜洲渡，铁马秋风大散关。"今天大散关前公路左侧的峭壁上，写着巨大的红字：铁马秋风。

然而，踽踽而行的李商隐没有陆游这份豪情。他更符合马致远小令所描绘的沦落者形象："古道西风瘦马。夕阳西下，断肠人在天涯。"

盛夏七月，大散关下的宝鸡城区，气温超过 32 度。半个小时后，随着蜿蜒的公路爬升到大散关高处，气温骤然降至 18 度。云雾夹着雨水，雨水裹着云雾，空山滴翠，冷风扑面，不由让人打了几个寒噤。

李商隐翻越大散关的时候更加寒冷。那是深秋时节，秦岭已经降雪，风雪中独行的李商隐不由想起亡妻。以往，每到秋天，她总会给自己织寒衣，并托人将寒衣送来。然而从今往后，再大的风雪，也不会有人寄寒衣了。顾念及此，李商隐泫然落泪：

剑外从军远，无家与寄衣。

散关三尺雪，回梦旧鸳机。

同样是在前往梓州的路上，李商隐偶然看到一只鸳鸯。中国文化语境里，双宿双飞的鸳鸯是夫妻的象征。李商隐再次想起亡妻，他借鸳鸯而写心声——尽管被锁在金笼非鸳鸯所愿，但如能雌雄同在，用自由作代价也在所不惜：

雌去雄飞万里天，云罗满眼泪潸然。

不须长结风波愿，锁向金笼始两全。

自陕入蜀，沿途地势险峻，古迹点缀，旅途中的李商隐总与若干历史往事迎头相遇。一路上，他吊古伤今，既为先人往事而感慨，也为自身沉浮而担忧。

自大散关南下，沿途分布着众多三国遗迹。广元以北的筹笔驿，故老相传，诸葛亮多次驻军在此，并在这里草拟了《出师表》。寻访筹笔驿之前，我从百度地图上看到，它位于嘉陵江东岸的几座大山之巅。然而，实地考察时，沿着狭窄的山路寻了老半天，终无所获。次日，再度前往，才发现百度地图是错的。广元一带的川陕驿道，大多时候都顺着嘉陵江南下，作为一座重要驿站，筹笔驿怎么可能设在距江几公里的山上呢？果然，在江岸的公路边，一座高大的变压器下，我终于找到了文物部门立的碑：筹笔驿遗址。

筹笔驿遗址上，有一座顺公路分布的七八户人家的小村落，北来的嘉陵江在夹岸高山的簇拥下浩荡南下，遗址东北不远处，梅溪注入嘉陵江，并在河口冲积出一片百来亩的平坝。很可能李商隐时代那个规模宏大，除了驿舍还建有两座亭子，甚至附设了一座武侯祠的筹笔驿，就坐落在平坝上。古代的驿道与现代的公路均从驿侧经行，直到宝成铁路选择在了对岸，筹笔驿才渐渐被人遗忘，或者说从此只活在自唐宋以来诸多文人墨客的诗词里。所有关于筹笔驿的诗词中，影响最大的首推李商隐这一首：

猿鸟犹疑畏简书，风云常为护储胥。
徒令上将挥神笔，终见降王走传车。
管乐有才终不忝，关张无命欲何如？
他年锦里经祠庙，梁父吟成恨有余。

自凤州（今陕西凤县）而南，经今天的徽县、略阳、宁强、广元，驿道大体与嘉陵江相伴而行，到了昭化以南的望喜驿，嘉陵江折而东流，驿道偏向西南。一路走来的李商隐似乎对终日相伴的嘉陵江颇为不舍，他登上望喜驿楼，感慨水之东流，他之南去，俱是不得已的事：

千里嘉陵江水色，含烟带月碧于蓝。
今朝相送东流后，犹自驱车更向南。

告别嘉陵江后，李商隐入剑门，过武连，经梓潼和巴西（今阆中）时，他曾寻访司马相如读书台和谯秀故居，然而年代邈远，人非物亦非，空余传说：

梓潼不见马相如，更欲南行问酒垆。
行到巴西觅谯秀，巴西惟是有寒芜。

唐朝开元年间，朝廷在蜀中设剑南节度使，治所在成都，管辖今天的四川盆地大部分地区；30 多年后，将剑南节度使分为剑南西川节度使和剑南东川节度使，前者治所仍在成都，后者治所在梓州。

三台县城叫潼川镇。在唐代，这座嘉陵江支流涪江边的小城，既是县治，也是州治，还是节度使治，相当于一身而兼县城、州城和省城三职。

李商隐一生志向高远，却始终沉沦下僚，这自然是极大不幸。不幸中的万幸是，他先后服务的几任府主，从令狐楚到王茂元，从郑亚到卢弘亚，以及最后一位柳仲郢，都因敬重他的才华而对他不薄。入东川节度使幕中不久，柳仲郢将他由记室提拔为节度判官，不久又表为工部郎中，品级由之前的正六品升到了从五品。

有意思的是，李商隐的老乡兼偶像杜甫在蜀中依严武时，严武曾表他为工部员外郎。李商隐的工部郎中相当于建设部司长，杜甫的工部员外郎相当于建设部副司长，也就是说，最终李商隐的品级比杜甫略高。不过，这只是虚衔，并非实职。

上司的关怀、淳厚的民风和优质的川酒，慢慢抚慰着李商隐的亡妻之痛。更令他感到欣慰的是，梓州城外的牛头山上，有一座草堂，那是杜甫曾经的居所。李商隐诗学杜甫，尤其从其沉郁顿挫的七律可以看出对杜甫的继承和发扬。王安石晚年特别喜欢李商隐，认为“唐人知学老杜而得其藩篱，惟义山一人而已”。

杜甫从秦州狼狈逃往四川，先后在成都和梓州居住。在川五年多，老杜生活相对平静，迎来了创作高峰。现在，他在梓州居住的草堂，与李商隐的居所近在咫尺。想想杜甫的艰难苦恨，再想想他留下的那些星斗般的文字，或许，李商隐将会在寂寞中获得一些安慰。

令李商隐惊喜的是，到梓州次年，他因公出差成都，得以顺道拜谒了两个他毕生崇敬的人，一个是诸葛亮，一个是杜甫。

纪念诸葛亮的武侯祠与杜甫留在成都的草堂近在咫尺。在筹笔驿时，李商隐就盼望有朝一日能到成都武侯祠一游，所谓“他年锦里经祠庙”是也。武侯祠里，高大阴森的柏树给李商隐留下了极为深刻的印象——无独有偶，几十年前，这些柏树也给杜甫留下了深刻印象。杜甫草堂距武侯祠直线距离不过两千米，可以想象，李商隐由府城西出，拜谒了武侯祠之后，下一个目标一定就是杜甫草堂。杜甫的仰慕者和追随者来到杜甫曾经的居所，隐然有一种朝圣的意味，更令后人感喟的是，他们命运同样坎坷，同样不为时所重。

765年杜甫离开成都后，他的草堂被西川节度使崔宁之妾任氏改为别墅。后来，任氏舍宅为寺，名梵安寺，又名草堂寺。几十年后的830年，李德裕任西川节度使时，他手下的从事张周封还找到了草堂旧宅，并记载称：“浣花亭在州之西南，有江流，至清之所也，其浅可涉。故中有行车，甫有宅在焉。”但不知为什么，过了20多年的855年，也就是李商隐成都之游后三年，卢求在寻找草堂时说，“杜员外别业在百花潭，台犹在”。就是说，此时杜甫草堂已毁，只有遗址犹存，如同迟暮美人脸上偶尔闪过的矜持，尚能让人隐约联想起她曾经的风华。李商隐造访的，多半也是锦官城外翠竹丛中的草堂遗址。

但这并不妨碍李商隐对偶像的缅怀与追忆。在这种缅怀与追忆中，李商隐能够感到先贤通过文字传递的力量源源而至。“萧条异代不同时”的两位大师，因为文字，俨然成为隔代知己。离开成都的饯行宴上，李商隐效仿杜甫七律，留下了一首著名诗作。王安石晚年，把这首诗一再吟咏，击节赞叹：

人生何处不离群？世路干戈惜暂分。

雪岭未归天外使，松州犹驻殿前军。

座中醉客延醒客，江上晴云杂雨云。

美酒成都堪送老，当垆仍是卓文君。

西溪是三台城郊一条窄窄的小溪。春天来时，平畴远风，菜花金黄，翠竹掩映的农舍炊烟升起。1000多年前，西溪是李商隐时常前往的郊游之地。有时是群饮，丽日高悬，好花当头，甘洌的美酒一洗愁肠；有时是独游，山溪新涨，曲柳斜照，因而发出“近郭西溪好，谁堪共酒壶”的怅叹。

梓州生活虽然相对安宁，但此时的李商隐40已过，在中古时期，无疑已是衰朽之年。加之体弱多病，仕途失意，他开始从儒家转向佛家，企图通过宗教获得灵魂的安宁。他自述说：“三年以来，丧失家道，平居忽忽不乐，始克意事佛。方愿打钟扫地，为清凉山行者。”然而，真的剃去三千烦恼丝出家为僧却是不现实的，他还有儿女要抚养。他只能做一个居士，时时与僧侣往来，听他们讲经说法。大中七年，李商隐从自己的薪水里拿出一笔钱，在长平山慧义精舍经藏院修建了五间石壁，“金字勒《妙法莲华经》七卷”。

对方外生活的向往也好，对佛家教义的研习也罢，李商隐的种种挣扎，仍然无法使他太上忘情。他既无法忘记王氏，更无法忘记远在长安的儿女。

大中六年七夕之夜，李商隐独自望月。民间相传，七夕是牛郎织女一年一度通过鹊桥相聚的日子。牛郎和织女为银河所隔，一年只能见一次，已属不幸，但比这更不幸的是，自己与王氏阴阳两隔，永世不复相见：

绕树无依月正高，邺城新泪溅云袍。

几年始得逢秋闰，两度填河莫告劳。

柳仲郢见李商隐鳏居寂寞，便从乐籍中挑了一个叫张懿仙的妙龄女子，要给李商隐续弦。对于上司的好意，李商隐婉言谢绝了。他称“某悼伤以来，光阴未几，梧桐半死，方有述哀，灵光独存，且兼多病……或小于叔夜之男，或幼于伯喈之女……”意思是说，自王氏去世后，他一直沉浸在悲痛中，既体弱多病，又有幼小的儿女要抚养，实在没有精力也没有能力再娶。

到梓州的第三年秋天，李商隐的朋友杨本胜自长安而来。杨本胜告诉李商隐，他曾见到过衮师。李商隐激动不已，急忙打听儿子的近况。其时，李商隐视若珍宝的衮师 8 岁了。这个可怜的孩子，幼年失母，父亲又长年游幕在外，他和姐姐（或妹妹）只好寄住在亲戚家中。随着年岁增长，渐通人事，他向杨本胜哭诉对父母的思念。亲戚对他似乎不太好，他 8 岁了还未发蒙读书，身子骨也消瘦羸弱。异乡的青灯下，杨本胜与李商隐剪烛夜话，李商隐听罢，心中的悲凉与无奈如同潮汐奔涌，终于化为平易却忧伤的诗行：

闻君来日下，见我最娇儿。

渐大啼应数，长贫学恐迟。

寄人龙种瘦，失母凤雏痴。

语罢休边角，青灯两鬓丝。

我一直以为，不论杜甫还是李商隐，他们作为大诗人的伟大之处，在于他们用充满韵味的文字，真实记录了人生的哀愁，人间的凉薄，以及被命运屡屡痛击却始终顽强坚守的执念，还有与执念仅一墙之隔的绝望。

终其一生，李商隐是寂寞的。仕途寂寞，远大的政治理想如同画饼，一辈子不挂朝籍；生活寂寞，尽管年轻时有过丰富多彩的爱情，但中年以后，与知音兼妻子的王氏聚少离多，王氏骤然远去，更让他备感孤寒，“深知身在情长在，怅望江头江水声”；艺术寂寞，虽然他在当时已有一定诗名，却与他的才华和成就不成正比，他缠绵的爱情诗，多少年来一直被误读……

在梓州五年后的大中十年，柳仲郢调长安，李商隐也回到了长安，他又见到了久别的儿女。

光阴疾驰如白驹过隙，此时，距李商隐悲凉的一生拉上帷幕，已经只余下两年了。尽管他才 45 岁，放在今天，还可以跻身青年诗人行列。然而，在人均寿命三四十岁的唐宋，屈指可数的光阴来也匆匆去也匆匆，最美好的青春年华如同春日午后在花荫下打了个盹。沉睡中醒来，花已谢，柳已残，夕阳正在沉沉下山。

关于李商隐此后的行踪有两种说法。一说他回到荥阳老家，两年后在家去世。一说大中十一年，柳仲郢任诸道盐铁史，聘李商隐为盐铁推官。借此机缘，李商隐有过一次江南之行。次年，柳仲郢调刑部尚书，李商隐除幕归京，旋回荥阳，未几病逝。

两相比较，后一种说法似乎更符合逻辑，因为有李商隐的不少诗作可作证据。

李商隐的江南之行，踪迹甚广，举凡扬州、苏州、金陵乃至武陵、龙丘（今建德）均次第经过。如果为这次江南之游画一条路线，我们就会发现，晚年李商隐的脚步重合了童年李商隐的脚步。40 年前，当他跟随父亲游幕漂泊时，杏花春雨的江南，曾为他的童年生活打上了一个隆重的烙印。40 年后，故地重游，人已老，景未变，而旧日的记忆能否再次唤醒？永恒的江山与白驹过隙的岁月之间，悲欣交集的人生水落石出。

进入生命的最后一年时，李商隐从江南回到长安。唐朝的长安，有一座显赫的园林乐游原，这片由渭河侵蚀而成的台地曾是长安城的至高点，与曲江和大雁塔近在咫尺，历来是最为知名的游览胜地。

“向晚意不适，驱车登古原。夕阳无限好，只是近黄昏。”一生中，李商隐曾多次游览乐游原，并留下了多首以其为题材的作品，但这首写于他生命倒计时时期的五绝最为知名，也最为脍炙人口。

向晚的乐游原，夕阳妩媚，然而黄昏正在不可抵挡地降临，再美的夕阳也只余下转瞬即逝的片刻时光了。他是在伤感自己的人生行将走到尽头，还是预言这个享国已 200 多年的大帝国正在步入长夜？

我有意选了一个黄昏来到乐游原。我原以为这里应该是一片衰草连天的荒原，然而我错了，1000 多年的时间足以改变一切，这里已成为城区的一部分。高耸的住宅小区和乱七八糟的店铺、工厂、洗浴中心之间，是一些近年才修建的仿唐式建筑。暮光沉沉，它们如同一只只默默蹲伏的怪兽。

黄昏驱车乐游原后，李商隐告别帝都东去，经洛阳回到荥阳。荥阳是他出生的地方，是他家族三代人的世居之地。当死亡成为不能拒绝的邀请，他唯一可做的就是：死在故乡，埋葬于故乡的泥土中。

大中十二年，岭南、宣州、长沙及江西等地发生兵变；河南、河北及淮南发大水，徐州和泗州水深达五丈；令狐绹继续担任宰相，以后，他还将被封国公，受赠太子太保，官场得意，且一直活到 85 岁高龄。

然而，这些都是李商隐无法知道的了，他将在这一年去世，享年 47 岁。这一年，他唯一的儿子衮师 12 岁。现在，这个孩子父母双亡，没有人知道他以后的命运是什么。父亲死了，以后，再也没有人写下关于他的只言片语。

刀锋将要锈蚀，蜡炬就要成灰，回到故乡的李商隐写下了生命的绝唱：《锦瑟》。是妻子遗留的那张锦瑟让他触景生情而悼亡吗？亦或是通过悼亡的方式在自悼？纷乱的意象，难解的诗意，千年之后，人们对此做出诸种不同的解释，但李商隐心中，一定有一张与众不同的锦瑟：

锦瑟无端五十弦，一弦一柱思华年。
庄生晓梦迷蝴蝶，望帝春心托杜鹃。
沧海月明珠有泪，蓝田日暖玉生烟。
此情可待成追忆，只是当时已惘然。

淹留荆楚时，李商隐曾送别过一位友人。友人名叫崔珏，他要从江陵前往蜀中，李商隐为他写诗饯行。那时，他们都无法预知的是，十多年后，李商隐将归于永寂，而崔珏将为他写下最沉痛也最贴切的悼词。那悼词，是两首痛彻心扉的七律，其中一首写道：

虚负凌云万丈才，一生襟抱未曾开。
鸟啼花落人何在，竹死桐枯凤不来。
良马足因无主踠，旧交心为绝弦哀。
九泉莫叹三光隔，又送文星入夜台。

20多年前，当我还是一个文学青年时，在川南一隅的一家工厂里，我开始阅读李商隐。那时，我为他写了一首短诗，谨以一个千年后来者的身份，表达内心的敬仰与哀愁。20多年后，我再次阅读李商隐，并寻访李商隐留在大地上的足迹，我依然坚持20年前的判断：如果说唐诗是一只绚烂的蝴蝶，李商隐一定就是蝴蝶翅膀上最奇诡的图案；如果说唐诗是一座美丽的城池，李商隐一定就是城中夜弹锦瑟、泪流满面的异乡人。

当我背负着《李商隐诗全集》旅行时，我真切地感受到，早就离开、早就化为萤火与腐殖质的诗人，他还通过他的诗歌行走于大地之上。因此，我才隔着千年的时光听到了一位诗人在晚唐的风雪之夜无助的咳嗽与叹息；因此，我才隔着生死的幽明异路感受到了一个诗人的心跳和体温——

……锦瑟。在它毕生最顶峰的夜晚
它就预见了：我要飘零　凋谢
而后要在时光和枫叶冰凉的面颊上
被紧跟的宫商埋没
埋没。埋没

埋没！这究竟是预示着音乐

还是诗人自身？这一生
有多少苍茫的兰舟驰过
就有多少未归的亡魂
至今未归

大江流日夜：
唐代诗人的川江生涯

自从有了照相机，时光的流逝昭然可见。当我翻阅这本影集时，距离拍摄者轻轻按下快门，已经过去了整整 110 年。照片的拍摄地，我大多去过。不少照片上都有一条河。有的是平缓的码头，修长的木船并排停泊，遍布卵石的江滩上，头裹白帕的船工，用三块石头支起铁锅做饭。有的是水急浪高的峡谷，河床被两岸山峰挤成一条灰线，波涛之上的船只宛如落水枯叶。

110 年前的清末民初，中国还是一个封闭的农业国度；而农业国度，常常暗示着缓慢、落后，旧有的生活步履蹒跚，千年不变。

由是，我相信，从 110 年前再往上追溯 1200 年，老照片上的江河、船只，甚至驾船的船工、乘船的客人，应该也不会有太大区别——其中的区别，肯定要小于今天的我们与老照片上 110 年前的他们。

这条河是中国第一长河：长江。从四川宜宾到湖北宜昌，长江主要流经四川（含今重庆），人们习惯将这1000公里的河段称为川江。川江北岸，岷江、沱江、嘉陵江及各自支流形成了密集的网状水系。它们不仅是四川成为天府之国的重要原因，在漫长的历史年代里，还是沟通川内外的交通孔道。

假如回到唐朝，当四川还称为剑南道或东川、西川的时候，川江之上，出川与入川同样繁忙。繁忙的旅人中，有一个小小的特殊群体：诗人……

念天地之悠悠

幽深的庭院里，回廊曲曲折折，掩映在葱郁的古树下。我站在回廊尽头，透过枝丫缝隙，眺望两三百米开外的大河。正值汛期，河水微黄，恰好与绿的树和青的山形成鲜明对比。河中央，是一座纺锤状小岛。岛上，整齐地种植着玉米和高粱，一排房屋顺着江流的方向一字排开。

小岛是典型的沙洲。水流减缓后，上游裹挟而来的泥沙在这里沉淀。缓慢而持久的沉淀，终于生长出一座生活着数十户人家的岛屿。

我猜测，按沙洲沉积速度，很有可能，1300多年前，当那位气宇轩昂的年轻人在我站立的庭院里闭门苦读时，他还看不到沙洲。

那时，沙洲还未露出水面，一如年轻人的名字，还不为世人所知。当他读书之余注视静水深流的大河时，他多半会想起远方。远方意味着事业、功名，以及由此而来的一阵阵激烈心跳。

这条河叫涪江。涪江是嘉陵江的支流，因而是长江的二级支流。四川西部，雪山巍峨，众多江河从这里发源，涪江即其一。从地图上看，涪江与它汇入的嘉陵江都是自西北向东南流淌，二者形成了一个巨大的V字。V字之间，是四川盆地的膏腴之地：绵阳、遂宁、南充。

与之相比，金华是一座微不足道的小镇——如果没有那位从这里走出去的读书人的话。

金华属县级射洪市。在射洪，到处都能看到与那位读书人相关的东西：子昂路、子昂广场、子昂花园、子昂酒店，甚至，子昂夜啤酒、子昂鱼庄……

——如你所知，读书人姓陈，名子昂，字伯玉。

涪江中的小岛叫金华坝，金华坝以及金华镇，它们的名字都源于我眺望涪江时伫立眼前的那座青郁峰峦：金华山。

涪江从川西北崇山峻岭中一路东南而来，过了江油后，山势渐缓，大山化为高丘。江水流经之处，间或冲积出一些濒江的小平原，四川话称为坝子。金华镇就坐落在这样一个小小的坝子上。

得涪江水路之便，金华自古以来就是繁荣的水陆码头，曾经还是射洪县城所在。

与金华镇隔江相对的涪江东岸，山峦起伏，连绵不绝，是为武东山。武东山的主峰天宝寨，海拔674.4米，乃川中盆地最高峰。

武东山南麓，有一个小地方名叫张家湾，山间的一级级台地上，点缀着民居和庄稼。张家湾，即学界考证出的陈子昂出生地。

不过，尽管沿着狭窄的山间公路来回跑了好几趟，我仍然无法确认陈子昂的出生地具体在哪里——想想也是，一千多载锐不可当的时光，足以改变一切，唐时的房屋与村落，又如何能够保存到今天呢？

陈子昂出身于张家湾一个富有的地主家庭。他的家族血液里，流淌着任侠尚义的基因。史称，陈家“世为豪族”；他的祖父“以豪英刚烈著闻，是以名节为州县所服”；他的父亲“瑰伟倜傥，年二十，以豪侠闻”。有一年，射洪发生饥荒，陈子昂的父亲一天之内将家里所藏的几十万斤粮食全部分发与乡人而“不求报”。

成长于这样的家庭，陈子昂也渐渐养成了豪侠任气、轻财好施的性格。

不过，一直要等到 18 岁，陈子昂才开始从游侠梦中惊醒，并折节读书。

陈子昂的读书地，就是金华山。

一生中，陈子昂四次离开家乡，又四次回来。

22 岁那年，陈子昂第一次离开家乡前往首都长安，他的诗歌为我们还原了前往长安的路线：从金华上船，顺涪江而下，经今天的射洪、遂宁、潼南而至合川。合川城下，涪江汇入嘉陵江。再行 100 余里，嘉陵江在重庆汇入长江。尔后，江流宛转，一路东下，出夔门，穿三峡，经宜昌而达荆州。由荆州北上，经襄阳抵南阳，再由南阳至洛阳，然后西行向长安。

对一个 20 多岁的年轻人而言，这样的长途旅行充满新奇与诱惑，尤其是奔流无尽的大江，带给陈子昂飘逸的诗思。白天，顺流而下的客船势若奔马，陈子昂看到两岸山水如同流动的丹青，烟云飘浮，恍若仙境。

一天傍晚，舟子泊舟白帝城下，陈子昂下了船，向当地人打听风土人情。白帝城位于长江夔门一侧，最初由公孙述修筑，刘备曾在此托孤。然而，时过境迁，昔年的宫殿与城郭只余残垣断壁。举目四望，高大的古木生长在山坡上，如入云端；从远处江面驶来的船只越来越近，渐渐在薄雾中显出轮廓。那天，陈子昂写下了《白帝城怀古》，元代诗论家方回誉之为“唐人律诗之祖”。

进入三峡后，旅途变得艰难，不仅江流湍急，礁石密布，还遇上了石尤风——也就是逆风。顺水而逆风，小小的客船挣扎着前行，陈子昂开始怀念故乡。尽管此时他才刚刚走出故乡——唐初，射洪属剑南道梓州，而三峡一带属山南东道夔州。他想起故乡亲友相聚的欢乐，感叹自己行路艰难：“故乡今日友，欢会坐应同。宁知巴峡路，辛苦石尤风。”

游学长安后，陈子昂赴东都洛阳应试不中，遂回乡。两年后，他再往京师，虽然进士及第，但并未被授官，于是他第二次回乡。又过了两年，27 岁的陈子昂来到洛阳，向武则天上书，引起了武则天的重视，得授麟台正字——麟台即秘书省；正字，正九品下的官职，负责校雠典籍、刊正文章。

此后，陈子昂随乔知之北征西巡。七年后，继母去世，陈子昂回乡丁忧。两年守制期满，重返洛阳，任右拾遗。三年后，他随武攸宜东征契丹，抵达幽州，从而写下了传唱千古的《登幽州台歌》。698 年，40 岁的陈子昂对一直不见起色的仕途终于失去信心和耐心，他以回乡侍奉老父为名辞职，第四次回到射洪。两年后，县令段简图财害命，将他收系狱中，陈子昂终于忧愤而卒。享年 42 岁。

短短的 42 载人生中，尽管四次出川，但陈子昂的大多数光阴都是在老家射洪，或者说涪江之滨的金华度过的。

北出金华镇不到半里，小小的平坝到了尽头，一座披绿带翠的小山拔地而起，树荫中隐隐露出红墙黄瓦，那就是金华山。金华山的前山是一座道观：金华观。后山，则是陈子昂年轻时的读书台。

距读书台数百米的西侧，今天的地名叫西山坪。在唐代，称作西山。史料记载，陈子昂辞官回乡后，在西山修造了数十间茅屋，在那里过着种树采药、读书饮酒的隐逸生活。

古代文人向来爱与僧道交往，陈子昂也不例外。作为水陆码头的金华镇，民间有九观十八庙之说。陈子昂诗中，就有不少篇章涉及僧道或寺观。其中，他写给一个叫晖上人的和尚的诗就有六首。

与陈子昂交往密切的晖上人，有人认为他是金华真谛寺僧人。真谛寺今已不存，但兜率寺和上方寺却保存完整，并驻有僧尼。在兜率寺，我见到了刚做完 114 岁生日的老僧觉融。觉融 10 余岁时在此出家，已经在这座小镇、这座小庙度过了漫长的一个世纪。

陈子昂曾与晖上人同游金华山东南十来里的独坐山。独坐山上，有禅院，有山亭，而梓潼江就在独坐山下汇入涪江，风光颇为秀丽。

与晖上人同游时，陈子昂大概率没有想到，仅仅八年后，他就将死于非命，并被安葬于这座“岩庭交杂树，石濑泻鸣泉”的小山。

陈子昂去世 62 年后，另一位大诗人在绵州认识了一位即将前往梓州做官的新朋友，他特意嘱托这位新朋友，请求其替自己去看看陈子昂：“遇害陈公殒，于今蜀道怜。君行射洪县，为我一潸然。”

大诗人就是杜甫。陈子昂去世 12 年后，杜甫在千里之外的河南降生。

叮嘱新朋友几个月后，杜甫来到了射洪。他登上金华山，瞻仰了陈子昂读书台，又到陈子昂故宅凭吊，并各写一诗作纪念。杜甫是坐船来到金华的，他将小船系在绝壁之下，拄着拐杖艰难地顺着小路爬上山。他看到读书台人迹稀少，石柱上长满青苔。萧条异代不同时，杜甫感叹“悲风为我起，激烈伤雄才”。在陈子昂故宅，杜甫称颂陈子昂“公生扬马后，名与日月悬”。陈子昂坎坷的人生与毕生未能施展的襟抱，一定让老杜联想到了自己。在对陈子昂的追怀中，杜甫事实上也在自叹自怜。

1300 多年后，陈子昂之墓犹存。条石砌成的墓地系前些年重修，墓上杂草横生，常年人迹罕至。当我穿过浓密的树林走近一代诗宗的长眠地时，一群受惊的鸟儿从草丛中飞起。它们长鸣几声后消失在远方，这座两水交汇处的小山又恢复了古墓一般的宁静。

那个曾经意气风发的年轻人，永远不会再回来了。

漂泊西南天地间

到射洪凭吊陈子昂时，杜甫 51 岁了。刚刚年过半百的他却已是标准的风烛之年：头发全白，牙齿半落，身患糖尿病和肺病等多种慢性病。

杜甫是 48 岁那年年底入蜀的。在朋友帮助下，他在成都西郊的浣花溪边修筑了几间茅屋，也就是我们熟悉的草堂——今天，作为景区的草堂达数百亩，衬托得老杜不像一个寄人篱下的寒士，更接近于财大气粗的地主。

浣花溪是锦江支流，锦江是岷江支流，岷江是长江支流。浣花溪这条长江的三级支流，就像它的名字那样，是一条溪，一条充满诗意的溪。

草堂筑成后，杜甫迎来了一生中除青年时外最稳定也最安逸的好时光。

如今的浣花溪一带，街衢纵横，楼房林立，是成都的中心城区。但在杜甫时代，西郊的浣花溪却是地道的乡野，人烟稀少，竹木繁茂，曲曲折折的溪水每年雨季都会泛滥。

入住草堂第一年初秋，杜甫坐着一条小船，沿着浣花溪绕着他居住的村子巡游了一次。在《泛溪》中，杜甫写下了他的所见所闻：远郊荒僻，秋色略带凄凉。不过，坐在船上能看到西岭的积雪，淡淡的虹霓横在半空。溪流两岸有不少孩子，有的在捕鱼，有的在射鸟，有的在挖藕。他们热情地为杜甫指路，结果杜甫反而迷路了。暮色渐浓，鸡进窝时，杜甫才往家走。一直到月下飞霜之际，他终于回到家。当他听到从城里隐隐约约传来鼓声时，想起前些天酿的米酒熟了，于是决定和老妻共饮一杯。

如此过了将近两年，严武奉调回京，依依不舍的杜甫一直将他送到100里外的奉济驿。当杜甫准备返回草堂时，却因突如其来的兵变而不得不滞留绵州（今绵阳），并于秋天前往梓州（今三台）——这才有了前文所说的杜甫凭吊陈子昂。

涪江从绵阳城区流过，芙蓉溪是它的一条支流。在芙蓉溪汇入涪江处几百米外的富乐山下，有一座不起眼的李杜祠。李杜祠，纪念的是李白和杜甫。

除了入蜀时曾途经绵州，杜甫此番为乱兵所阻，也在绵州停留了近两个月，为绵州写了18首诗。李杜祠里，有一块碑，上书“杜工部东津观打鱼处”。

在唐朝，李杜祠附近有一家官办的驿站，杜甫诗里称为左绵公馆。左绵公馆里，生长着一株从东南亚移栽的枣椰树。高耸的枣椰引起了杜甫的好奇，他称为海棕，并写了一首《海棕行》。

客居无聊，杜甫经常走出左绵公馆到芙蓉溪边散步。李杜祠外的这段芙蓉溪，当时称为东津——今天，横跨河上的桥仍叫东津大桥。河畔，总有不少人打鱼，杜甫不仅兴趣盎然地看人打鱼，还写了两首观看打鱼的诗。

杜甫喜欢吃鱼。唐朝时，一条刚从水中捕上来的鱼，到了厨师手里，只要片刻工夫，就能变成一盘又白又细的鱼片。半透明的鱼片轻薄如纸，灯光隐隐透过。把鱼片放进由芥末、豆豉、蒜泥和酱油混合成的调料中略微一蘸，入口的鱼片爽滑清甜，极为鲜美。

这种菜称为鱼脍。早在先秦时期，鱼脍就是一道令人垂涎的美食。传入日本后，慢慢演变为今天的刺身。

在唐朝，制作鱼脍的鱼类首推鲤鱼。唐代诗人中，杜甫对鱼脍情有独钟。他被贬到华州期间，曾回老家洛阳，途经一个后来废弃的县：阌乡（今灵宝）。在阌乡，县尉姜七请杜甫吃饭，主菜就是一盘黄河鲤鱼做的鱼脍。

多年以后，杜甫旅居夔州时，偶然发现故人王十五竟与自己为邻。有一天，王十五备了鱼脍，邀请杜甫全家去做客。鉴于老杜年迈难行，王十五还专门派了一乘肩舆抬他。为此，杜甫又一次写诗说："情人来石上，鲜脍出江中。"

不过，同样是鱼，有一种我们今天列入一级保护动物的鱼，杜甫却很厌恶。那就是黄鱼。他在写夔州生活时，用颇为不满的笔调说，"家家养乌鬼，顿顿食黄鱼"。乌鬼是捕鱼的鸬鹚。黄鱼是一种大鱼，能长到一丈多长，重达数百斤。《尔雅》郭璞注解说，"鳣，大鱼……肉黄，大者长二三丈，今江东呼为黄鱼。"

那么，鳣是什么鱼呢？《古代汉语词典》解释说：鲟一类的鱼。

由此，我们可以推断，杜甫笔下的黄鱼，可能就是中华鲟。黄鱼实在太大了——几百上千斤鱼肉，在没有冰箱的年头，要想多保存几天也不可能，而人又吃不完或是吃得生厌，只好用来喂狗。

从高空鸟瞰，嘉陵江以U形将阆中城三面包围成半岛，半岛看起来如同游动在水中的鲇鱼。鲇鱼头部，是阆中古城。

杜甫在阆中有过三次停留——第一次纯游历，第三次为取道，只有第二次小住了三个月。

阆中的主人是阆州王刺史。杜甫与他在梓州相识时，王刺史邀请他到阆州做客，不久，杜甫便经盐亭到达阆州。对这座山环水绕的古城，杜甫感叹"阆州城南天下稀"。

古城的江对面，是一列青翠山峰，称为锦屏山。山上，一座红墙碧瓦的建筑掩映在树林深处，这就是杜少陵祠堂。

嘉陵江从锦屏山下流过，折而北上，复又急转南下，形成了一个拱形，将一座山峰也围成了半岛——恰好与它西面的古城遥遥相望。

一个炎热的夏日午后，我喘着粗气，沿着山间小路好不容易登上山。在大半山的台地上，分布着许多发掘坑。据介绍，考古工作者在这里发掘了大量石器和陶器，从而将阆中的人类活动史从距今3000年推到了距今4500年。

这座山叫灵山。关于灵山，当地人早就有各种传言，比如认为蜀王鳖灵曾登此山，故名灵山。考古中还发现了燎祭遗迹，说明它可能是古蜀人祭天的圣地。

当然，杜甫不知道这座濒江的山峰，居然有着如此这般的过去。他只是观察到城池东面的这座山，山上总是飘浮着一朵朵白云。为此，他写诗说："阆州城东灵山白，阆州城北玉台碧。"

绕城而过的嘉陵江，给杜甫留下了深刻印象，他写了一首《阆水歌》。在他笔下，嘉陵江水的颜色如同黛色的石墨与碧色的玉石相接交错，红日从水天尽头喷涌而出，伴随着春天一起归来。

大年初一这天，王刺史举办了一次聚会，杜甫是与会嘉宾之一。宾主之外，另有歌伎相随。他们坐着画舫游江，饮酒作乐，之后登临黄家亭子。黄家亭子因黄氏所建而得名，其故址在今天的锦屏山与灵山之间的嘉陵江畔。如今，这里是一片林木幽深、小桥流水的园林。园林中临江的石崖上，有一尊高约 10 米的释迦牟尼佛像。文献记载，大约就在杜甫游历阆中前后，一个叫何寿松的居士开始凿像，一直花了 20 多年，直到唐德宗时才大功告成。

杜甫曾打算自阆中顺嘉陵江及长江而出川，但就在他备好行装准备出发时，一个天大的好消息传来：严武再度镇蜀，邀他回蓉。

于是，杜甫又回到了成都草堂，这才有了以后入严武幕，并被严武表为检校工部员外郎的后话——由是，历史上杜甫才有了杜工部这一别称。

意想不到的是，一年多后，严武暴死，杜甫失去依托，终于“万事已黄发，残生随白鸥”。

杜甫离川，一如当时大多数出川的人一样，选择了水路。“窗含西岭千秋雪，门泊东吴万里船”，横贯成都的锦江是天赐的黄金水道，杜甫顺锦江而下，入岷江，进长江，在来自雪域高原的冰雪融水护送下东去。

765 年五月初，54 岁的杜甫登舟启程。端午节，抵达岷江与大渡河交汇处嘉州（今乐山），在嘉州，他与堂哥相逢。这位杜甫称为四兄的堂哥，率性天真，不修边幅。他们在嘉州城里找了一家楼前开满鲜花的酒楼豪饮，乃至“楼头吃酒楼下卧”。

因为与堂哥欢聚，杜甫在嘉州待了好些天，直到六月初，他才抵达距嘉州 300 多里的戎州（今宜宾）。

在戎州三江口，岷江与金沙江相汇，金沙江始称长江。三江口下游数里的南岸大溪口公园内，有一座唐式建筑，称为东楼。历史上，西距东楼 5 公里的岷江南岸，曾有一座始建于唐初的楼台，亦名东楼。东楼屡建屡毁，如今只留下了东楼街这个小地名。大溪口公园内的东楼，这座钢筋水泥的高大建筑，正是为了纪念唐朝的东楼。而唐朝的东楼之所以值得纪念，是因杜甫参加了在东楼举行的一次宴会并赋诗。

戎州居留期间，杜甫受刺史杨某邀请，出席了东楼宴会。席间，歌伎成行，管弦齐发。令杜甫惊喜的是，宴会上有两种东西令他念念不忘，其一是荔枝，其二是重碧酒。

在现代物流与保鲜技术阙如的古代，产自热带和亚热带且“一日而色变，二日而香变，三日而味变”的荔枝，对遥远的北方而言，是一种用重金也难以买到的奢侈品。只有杨贵妃这种集万千宠爱于一身的金枝玉叶，才能调动国家机器得以一饱口福。

今天的宜宾一带已不产荔枝，即便其下辖的高县等地偶有种植，大多也都酸涩难食。唐时，中国大陆年平均气温比今天高两度左右，宜宾和相邻的泸州便以产荔枝而知名。时值六月，正是荔枝成熟时节，杜甫在东楼吃到了淡红色的荔枝。

重碧酒原是一种用四种粮食酿制的春酒，颜色深碧，杜甫在诗里将称其为重碧酒。“重碧拈春酒，轻红擘荔枝。”很多年后，宋代诗人黄庭坚流落戎州时，他也吃到了荔枝，喝到了重碧酒——他一定想起了当年的老杜，于是将老杜的五言化为七言：“试倾一杯重碧色，快剥千颗轻红肌。”

戎州之后，杜甫的客舟进入了长江。他过泸州，经重庆，一路顺风顺水。按计划，他将很快回到洛阳。那里有他年轻时修筑的尸乡土室，还有他从家族继承来的永业田。然而，世事难料，他先是在云安小病半年，继而又在夔州滞留一年又九个月，直到客死湖湘，他也没能回到念兹在兹的故乡……

大江茫茫去不还

发源于岷山伐子岭5000米雪山上的盘江，是一条典型的山区河流。雨季，江面宽阔，江水丰盈；旱季，江面狭窄，江水干枯。在盘江即将注入涪江的地方，有一个古老的渡口，叫漫坡渡。据说，居住于附近的李家媳妇，天天到漫坡渡边的盘江里浣纱。有一天，一条鲤鱼跳进她浣纱的竹篮。她吃了这条鲤鱼后便怀孕了。后来，她生下一个男婴。这男婴，便是中国家喻户晓的大诗人李白。

食鲤生子的故事自然经不起推敲，但李白生活了20余年的陇西院，的确就在盘江与涪江构成的Y字形中央。

青莲是江油以南的一座小镇，地处绵阳与江油之间。唐时，称为青廉。零乱的街道散漫地分布在涪江冲积成的小平原上，大多是两三层的小楼，在中国乡镇乃至一些县城随处可见，似乎出自同一个想象力贫乏的建筑师之手。

李白故居就在青莲镇外的一片小山脚下。如今，由于发展旅游，山上建了诸多高大的仿古建筑，其中一座叫太白楼。楼下，是一方方题刻着李白诗作的石碑。宽阔的游客中心和停车场，把记忆里原本曲径通幽的陇西院衬托得很微小。

就像许多名人故居其实都是后人为追思与怀念而新建的一样，李白故居也不可能是唐代的初版——李白离家数十年后，陇西院沦为寺庙。宋代，首次重建。明清鼎革之际，四川遭逢千古未有之变局，几乎所有老建筑都毁于兵火。今天，我看到的陇西院是清朝乾隆年间出品。

总体上说，李白并不是一个有多么厚重的乡土观念的人，他甚至很少怀念故乡，他生命中的那份豪爽与洒脱，决定了他是一个唐代的暴走族，他的根在远方，诗在远方，梦想也在远方。只是，如同任何一条波澜壮阔的大河都有涓涓细流的源头一样，李白这条大河的源头就在江油。

得天地英才而育之，这是江油的幸运。

陇西院的格局是川西民居风格的三合院，院子里，有一间李白书房——当然也是后人想象的产物。书桌上，陈列着笔墨纸砚，一把硬木椅子放在桌前，灰尘让它给人一种历尽沧桑的错觉。这些文人书房里最普通的必需品指向了一个博大辉煌的时代。当它们各自散落时，它们是普通的，也是廉价的，但当人们把它们和一个叫李白的诗人联系在一起，它们又是华贵的，特殊的。

面对历史的忘川，后人的确需要用许多模拟之物去假想天才和一个时代的紧张与松弛，光荣和梦想。

站在小小的书房前，春天的午后有一种令人眩晕的寂寞与感伤：恍然之间，你会以为那个叫李白的少年才刚刚出门，或许在溪边看桃花李花的风景，或许在山上放一只扎了彩带的风筝。总之，你没感到岁月已经流逝了1200多年，你也没感到那个叫大唐的时代早就杳如黄鹤。

“匡山读书处，头白好归来”，许多年后，当李白因永王之乱被流放夜郎时，客居成都的杜甫又一次怀念他毕生敬重的兄长，并为李白的命运担忧。他希望，漂泊天涯的老友，能够在暮年重归故里，重归昔年读书的匡山。

查《江油县志》可知，江油市区西北面的匡山，因“山石方隅，皆如筐形”，故名筐山；又因“筐”与“匡”同音，再称匡山。此外，它还有另一个名字：戴天山。如同青莲一样，匡山也位于盘江之滨，直线距离不到3公里。

从青莲到匡山，有一条古老的青石板路，据说李白就是沿着这条曲折如蛇的小路，往来于陇西院和匡山书院。一来一往的时间长达十年，小径经行的村落里，日出而作、日落而息的农人都见证了那个稚嫩的少年如何一天天成长为风华正茂的青年。

今天，通往匡山的路依旧崎岖。山不算高，林不算茂，风景却有殊胜之处。三月的微风暖如熨斗，吹得人心里发痒。远远的农舍隐在大山的皱纹里，偶尔传出一两声温柔的鸡鸣狗吠，又旋即淹没于无边的宁静中。

李白的读书处在一座寺庙内，唐时称为大明寺。清光绪十四年（1888），龙安知府蒋德钧感于李白匡山读书旧事，发动乡绅捐款，重建匡山书院。匡山书院最好的模范当然是李白，因此原有的李白祠、太白楼、双桂堂、中和殿也连为一片，成为当地最具人文气质的地方。然而，蒋知府的善举没能长久维持，时过境迁，高大的建筑早就沦为残垣断壁。

与大匡山相比，窦圌山名气大得多。虽然只有区区几平方公里，却因奇险闻名。远远望去，三座山峰笔直冲向蓝天，除了其中一座有小路可蜿蜒而上，另外两座均无路可通。三座山峰之间，架设着沉重的铁索桥。方志表明，早在李白所处的唐代，铁索桥就有了。然后，每隔一段时间就得更换新的铁索。最近一次更换是清雍正五年（1727）。近三百载光阴后，今人已经不知道祖先是如何在又高又陡的悬崖上架设铁索的了。

窦圌山原名圌山。唐代之前，山上就有不少道观，旺盛的香火和虔诚的香客使这一脉既不算高也不算大的山远近闻名。唐初，彰明县主簿窦子明弃官隐居山上。据说他苦心修炼，后来得道成仙。为了纪念窦神仙，圌山更名窦圌山。

李白从小受的是儒家教育，但他毕生好道，求仙得道曾是他念念不忘的追求。

道教圣地近在咫尺，李白与窦圌山相遇便是水到渠成的事。令人惊讶的是，与描绘自己读书十年的大匡山不同，李白给窦圌山留下的诗作只有短短十个字，甚至不能称为完整的作品，更像一个突如其来的片段："樵夫与耕者，出入画屏中。"

那位居住于戴天山的李白访之不遇的道士不详其人，另一个道士却对青少年时的李白产生过重要影响。这就是盐亭的赵蕤。

盐亭位于江油东南 80 公里的梓潼江畔，乃是黄帝正室、栽桑养蚕之术的发明人嫘祖故里。今天的盐亭，仍然以蚕桑闻名。神奇的是，修建于明代的东门城楼上，有两棵野生古树，一棵为榕树，一棵为桑树，皆亭亭如华盖。

有唐一代，小小的盐亭县出过两任宰相。一个是唐高宗时代的李义府，一个是与杜甫同时代，并且还在严武幕中做过同事的严震。

李白前往盐亭拜访赵蕤，如果走水路的话，他将顺涪江而下，在金华镇境内，也就是陈子昂坟墓所在的独坐山下，折入梓潼江，溯流直达盐亭县城。

赵蕤长李白 42 岁，在唐代，二人的年龄差距相当于祖孙。几十年里，尽管朝廷多次征召，赵蕤俱不应。他隐居蜀中，潜心于道术、帝王学和纵横术。作为他最得意的弟子，李白悉数继承了赵蕤的衣钵——不仅包括思想，还包括人生观和处世态度。是故古人将其师徒并称为蜀中二杰，所谓“赵蕤术数，李白文章”。

李白初访赵蕤时，感到非常神奇的是，赵蕤养了上千只不同种类的鸟儿，他一呼唤，鸟儿就会飞到他身上——不久，李白也能像老师一样和鸟儿打成一片了。

开元八年，即720年春天，当匡山上的草木又一次吐出亮晶晶的新芽时，李白前往成都，拉开了他一生干谒名流高官的序幕。“干谒”的字面意思是有所企图而求见显达者。具体到唐人干谒，就是为了在科场胜出或是直接入仕而拜访显达者，希望通过向他们展示才华而赢得好感，得到举荐，获得进入仕途的机会。

在成都，李白拜访了益州长史苏颋。苏官至宰相，是一个温厚长者。按李白后来的说法，苏很赏识他，指着李白对手下官员说：“此子天才英丽，下笔不休。”令人疑惑的是，即便如此，苏颋却没有举荐他。不知苏颋是出于客气才待李白以布衣之礼，还是多年后李白的追述有所修饰？

拜访苏颋没结果，李白又沿着沱江南下，在今天的内江折向东行，经成渝古道到达渝州（今重庆）。在渝州，他拜访了刺史李邕。李邕之父李善乃《文选》注释者，此书是包括李白在内的年轻学子使用的教材，李邕本人则是知名书法家。但是，李邕礼貌地拒绝了这个侃侃而谈的年轻人——他令手下一个复姓宇文的官员把李白打发走了。

成渝干谒，李白唯一的收获就来自宇文——他送了满脸失望的李白一只桃竹制成的书筒。

冬时，李白又回到家乡，回到匡山，并在诗作里流露出归隐林泉、终老青山的念头。其实，李白才二十出头，所谓归隐，所谓林泉，俱不可能落到实处。就像几百年后侯方域下第，煞有介事地写文章表示从此杜绝儒士、闭门隐居一样，皆不过是发发牢骚而已。

几年后，李白25岁了，他不想再在青莲做一个衣来伸手、饭来张口的富家子弟，他想走出青莲，走出剑南，他想到外面的世界去看看——外面的世界，必将潜藏着更多的希望与更多的可能。

725年春天，李白买舟东下，写下了平生第一首民歌风的作品：

巴水急如箭，巴船去若飞。

十月三千里，郎行几岁归？

李白离开了故乡巴蜀，东去的浪花托起他小小的木船。他出川的线路，和多年后杜甫出川的线路相同。都是由锦江而岷江，由岷江而长江。不过，一个是仗剑去国、辞亲远游的青年，一个是叶将落而苦盼归根的长者，两人的心境无异于霄壤之别。

于李白而言，江流浩荡，春暖花开，光彩重生的大地令他心旷神怡。在内心深处，李白是否天真地认为：从此往后，我的人生也将如同顺水行舟一样写意而美满？

现实永远残酷。以后，命运这个不讲规则的打手将不断吊打李白。尽管他曾有短暂的翰林生涯，有过力士脱靴、贵妃捧砚的高光时刻。但说到底，他只不过是天子“倡优蓄之”的文字清客而已。即便如此，他也很快被赐金放还——换一种说法就是，打发他稍微体面地滚蛋。

一生中，李白都坚信自己有着经天纬地的政治才能，并不断寻求机会，以至于垂暮之年竟参与了永王叛乱，落到了“世人皆欲杀”的地步。

幸好，在宋若思和崔涣等人帮助下，李白的性命总算保住了，最终的处理是流放夜郎。更幸运的是，因为遍及天下的诗名，他从浔阳前往夜郎长达一年的流放之路，竟相当于边走边游的自助旅行，沿途照例有朋友或粉丝为他置酒设宴。一年后，他走到夔州，朝廷大赦令传来。于是乎，他立即买舟东下，在“两岸猿声啼不住，轻舟已过万重山”的喜悦中重获自由。

这是李白自 25 岁离开剑南后，距离剑南最近的一次。按我们的想象，他应该继续溯流而上，经过长江、嘉陵江和涪江回到青莲。其时，他的父母虽然不在了，但他的妹妹和妹妹的子孙应该还在，陇西院当然也还在。

李白却毅然决然地选择了离开，李白漂泊的脚步如同暗夜远去的灯盏，再也不曾照亮沉寂的故土。

通往首都：外省青年苏东坡的进京之路

从我居住的成都城南，沿宽阔的剑南大道南下，约 50 公里后，大道折入乡路，曲曲折折再行三四公里，便来到几座山峰围合的山坳。这里，最低处是一方池塘。池塘边的半坡上，安静地卧着几座坟墓。坟墓四周，翠竹、松树和迎春绿意盎然，悠长的鸟啼高一声低一声。

这就是苏东坡的椎心泣血之地——在悼念亡妻王弗的词里，他写道："料得年年肠断处，明月夜，短松冈。"

文物部门把这里称作苏洵墓，民间却众口一词地叫苏家坟山。静谧的丘陵间，长眠着苏东坡的几位亲人：他的父亲苏洵、他的母亲程氏、他的爱妻王弗。苏洵墓后，另有两座墓，墓碑表明，一为苏东坡，一为他的弟弟苏子由。——其实，这是当代人所建的纪念墓，连衣冠冢也说不上。因为，苏东坡和苏子由没有葬在桑梓之地眉山，而是千里之外的河南郏县。

三次离家，两次归来，这意味着，一生中经常梦见故乡的苏东坡最终死在了异乡。

在北宋，苏东坡是一个典型的外省青年。为了前程与理想，他必须“京漂”，必须前往地处中原大地的首都汴梁（今开封）。他的进京之路，亦如他的人生一样峰回路转，折射出一个远去时代业已不存的生存方式。

陆路：日长人困蹇驴嘶

春日的三苏祠生机勃勃，显示出东风与阳光的绵长力量。海棠、红梅都开了，透过红色花影，高大的银杏吐出了娇嫩的新芽。

和杜甫草堂一样，三苏祠也是后人景仰与怀念的产物。昔年，苏东坡一家居住的位于眉山纱縠行的那处院子，占地约 5 亩；如今的三苏祠，已达 100 亩——杜甫那座小小的茅屋，更是扩张到了数百亩。不过，与杜甫草堂几乎没有任何杜甫遗存不同，三苏祠里，还有一眼井和三苏有关。这口深幽的古井井口宽两尺，看上去其貌不扬。但它是苏家老井。苏东坡就是喝着这口井的井水长大的。

苏东坡生于景祐三年（1036）十二月十九。其时，在位的是宋朝第四位皇帝，也是一向有仁君之誉的宋仁宗。

钱穆在《中国历代政治得失》中说过，“北宋诸帝，也比较无暴虐，无专擅”。柏杨更认为，北宋是士大夫的乐园。按照学而优则仕的古老传统，在中国，尤其是承平时代的中国，能够走上仕途，实践达则兼济天下之抱负的，可以说几乎都是读书人。通过读书取得功名从而为官的庞大人群中，经常会诞生一种令后人艳羡的极品：他们既是政治上的名臣，也是艺术上的大师。这种既是名臣也是大师的现象，在重文轻武的北宋尤其突出，如寇准、范仲淹、晏殊、王安石、司马光……

然而，苏东坡的父亲苏洵却科考不利，以至一度产生了终老林泉的念头。不过，随着苏东坡兄弟俩长大成人并崭露头角，哪怕为了孩子们的前途，苏洵也必须带着他们前往首都。苏洵在给友人的信中说："洵今年几五十，以懒钝废于世。惟此二子，不忍使之复为湮沦弃置之人。今年三月将与之如京师。"

这便有了苏东坡人生中的第一次远行。

时为宋仁宗嘉祐元年，即1056年。苏东坡21岁。

第一次首都之行，其实上一年就拉开了序幕。上一年冬天，苏洵父子从眉州（今眉山）来到成都——今天，眉山距成都仅60公里，车程不过一小时。在苏东坡时代，他们既可由陆路经彭山北上，也可由水路溯岷江，在彭山境内转入锦江，直抵成都九眼桥。

到成都最重要的事，是拜访益州知州张方平。张方平是仁宗朝重臣，先后担任翰林学士知制诰和御史中丞等职，后来被外放地方。1054年，他被派到成都任益州知州。到川后，到处访求人才，有人向他推荐了苏洵。于是，苏洵与张方平相识，并为张方平所重。

苏洵的目的，是把两个年轻的儿子介绍给张方平。读书人以文字干谒于当道的高官大吏，历朝历代屡见不鲜。在唐朝，这甚至是一种被人称道的风雅，比如李白干谒韩朝宗，孟浩然干谒张九龄，都是主动递上自己的得意之作。

张方平读了苏东坡昆仲的作品后，大为赞赏，苏东坡后来回忆说：“轼年二十，以诸生谒成都公，一见，待以国士。”

张方平不仅力主苏洵父子进京参加六科考试，还为他们准备了路费。更为难得的是，鉴于三苏在京城并无名声，张方平给文坛领袖、时任翰林学士的欧阳修写了一封热情洋溢的推荐信——而张方平与欧阳修，因政见不合，并无交情。

后来，欧阳修果然对苏氏父子鼎力相助，一方面，固然是三苏的才华打动了热心奖掖后进的文坛领袖；另一方面，不能不说没有张方平的作用。北宋宽松而开明的大环境下，文人之间的关系似乎也要比其他时代更为亲密。即使政见不合，也不妨碍他们对有才华者共同施以援手。

怀念故乡的人必须离开故乡，因为远方才有事业和机遇。告别了敦厚的张方平，苏东坡父子从成都出发，前往汴梁。他们经行的路线是从成都到阆州（今阆中），溯嘉陵江至川北，自金牛道入褒斜谷，再经扶风和长安，出关中，过渑池抵京师。

在阆中，有一座建于明代的文笔塔和一座建于清代的魁星楼，被认为是阆中千年文风的象征。

嘉陵江自西北而来，绕着阆中城迂回而过。若从高空鸟瞰，河与城构成了一幅巨大的太极图，因之人们认为阆中是风水之城。得山水之灵秀，阆中也是人文荟萃之地。唐人尹枢、尹极和宋人陈尧叟、陈尧咨两对兄弟，均高中状元。尤其陈氏兄弟，距苏东坡不过数十年。当苏氏兄弟行经这座有过旧日辉煌的城市时，先贤的功业显然会加重他们对北上的期许：同是才华横溢的兄弟，难道我们就不能像尹家兄弟和陈家兄弟那样蟾宫折桂吗？至于苏洵，他的哥哥苏涣在阆中为官时，他曾前往小住数月。对他来说，乃是故地重游。

在阆中，他们溯嘉陵江而上。今天的嘉陵江上、中游河段，由于沿途水电站阻挡和水量减少，已经无法行船；但在漫长的历史时期，嘉陵江却是一条斜贯川北的黄金水道。

川北和陕南，横亘着大巴山和米仓山，再往北，过汉中盆地，则是更加巍峨的秦岭。

苏氏父子从阆中抵达今天的川北广元后，便踏上了蜀道之一的金牛道。经金牛道过勉县后，随即转入褒斜道。褒斜道因南起褒谷口（今汉中境内），北至斜谷口（今眉县境内），沿褒斜二河延伸而得名。

汉中市博物馆里，珍藏着十几方或大或小的石碑，碑上的书法，被历代文人视若珍宝，它们合称石门十三品。

石门在褒斜道南端。东汉时，为了便于蜀道交通，朝廷下诏，在七盘山开凿山洞。以当时极为落后的技术条件，人们采用火烧水激之法，在坚硬的山岩上凿出了一条近 16 米长的隧道。这是我国最早的人工隧道，称为石门隧道。

石门隧道竣工后，从汉朝到南宋，不同时代的文人墨客在岩壁上留下了大量书法石刻：隧道内 34 件，隧道外 70 件。1970 年，修建石门水库时，隧道连同铁画银钩的石刻一同被淹没——最为人称道的 13 件精品，被切割收藏。

如今的石门，已看不出旧时险峻，静水深流的褒河亦如谦谦君子。可以想象，苏氏父子经过石门时，一定会花上大半天工夫，点燃火把，逐一观看崖壁上的作品。

走完 500 多里的褒斜道，意味着最艰难的蜀道已被抛在身后。他们进入了一个与成都平原迥然不同的地理单元，那就是关中平原。虽然同样坦荡如砥，但二者的景观与风物都有很大区别。

刚出重重大山时，秦岭北麓，有一座镇子叫横渠。镇上，有一家书院，名为崇寿院，苏东坡在书院墙壁上留下一首诗。诗中描绘了他们在路上晓行夜宿的情景：马上续残梦，不知朝日升。至于平原与山地交接处迥异于故乡的景象，也给他留下了深刻印象：乱山横翠嶂，落月澹孤灯。

值得一提的是，崇寿院后来改名横渠书院，并因一位被称为横渠先生的人而名声大噪。横渠先生，即张载，系北宋著名思想家，理学创始人之一。他的名言“为天地立心，为生命立民，为往圣继绝学，为万世开太平”，冯友兰称为“横渠四句”，千百年来，影响巨大。从年龄上说，张载比苏东坡长 16 岁，只比苏洵小 11 岁，介乎苏氏父子之间。同时，他还是宋代两位理学大师——程颢和程颐的表叔。有意思的是，张载和苏东坡兄弟俩同年中进士，是地地道道的年兄。不过，苏东坡途经横渠并在崇寿院题壁时，他们可能都不知道对方。年轻的大师们还在蓄势待发，如同一条条刚刚滥觞的大河，最终，将汇入同一片海洋。

过了横渠，原本大体北行的路线折而向东，过长安，出潼关，便来到河南。在河南崤山，由于连续奔波，苏东坡的马死了。不得已，只得买了一头驴子。南方无驴，苏氏父子也没有相驴经验，买到的驴子一只脚有些跛——古人称为蹇驴。

苏东坡骑着蹇驴，一摇一摆地继续赶路。到了渑池，他们借宿于一座古寺，苏东坡在墙上题了一首诗——古人似乎都有将诗作“发表”在墙上的爱好。寺庙住持是一个老僧，法号奉闲。

世事难料，五年后，苏东坡独自从开封前往陕西凤翔出任判官。他又一次途经借宿过的渑池古寺。然而，令他万分扫兴的是，奉闲和尚去世了，弟子们把奉闲和尚的骨灰安放在一座新修的塔中，而他当年题诗的那堵墙，竟然倒塌了。于是，苏东坡在给弟弟的诗里写道：

> 人生到处知何似？应似飞鸿踏雪泥。
> 泥上偶然留指爪，鸿飞那复计东西？
> 老僧已死成新塔，坏壁无由见旧题。
> 往日崎岖还记否？路长人困蹇驴嘶。

如今的渑池，是豫西的一座小城。黄河从县境北部流过，洛河从县境南部流过。城西，有一座秦赵会盟台，初建于明朝，后来屡毁屡建。会盟台纪念的，是先秦时发生在渑池的一桩历史事件：秦国半是胁迫地约请弱小的赵国在这里会盟。会上，秦王要赵王鼓瑟，以此侮辱赵国。足智多谋的蔺相如挺身而出，逼迫秦王为赵王击缶，双方才算扯了个平手。这就是著名的渑池会。后来，司马迁在《史记》里有精彩的讲述。

博学的苏氏父子自然知道渑池会，可惜，那时还没有会盟台可供凭吊。更何况，他们急着赶往首都——汴梁城已经不远了。

在京城

开封是一座历尽沧桑的古城。

开封龙亭一带，20 世纪 80 年代，人们在清淤时吃惊地发现：地下 3—12 米处，竟然重叠了六座古城——三座国都，即战国魏都大梁、北宋首都汴梁（又称东京）、金朝首都南京（又称汴梁）；两座省城，即明清的河南省会开封；一座唐代重镇，即汴州。

苏东坡念兹在兹的大宋首都，大约在今天的开封地下 8 米处。8 米厚的泥土，覆盖了近千年前的繁华，也遮蔽了近千年前那些生动而鲜活的人生。

在 11 世纪苏东坡生活的时代，汴梁无疑是地球上最繁华最美丽的都市。其时，西欧、近东和中东是十字军东征带来的动荡与凋敝，盛极一时的大食帝国也早已日落西山，至于美洲，还是不为主要人类世界知晓的化外之地。汴梁独秀于世界东方，像一篇枯燥乏味的冗长文章的华彩段落，使人禁不住眼前一亮，心头一动。

汴梁有宫、里、外三道城墙，把城市划分为若干个不同城区。宫城就是皇城，它周长 5 里，南面三道门，其余三面各一道门。东西门之间有一条街，把宫城分为两部分。街南为中央政府机构办公地，帝国的政令从这里发出，像一个人的大脑。街北为官家（皇帝）居住区。里城又名旧城，即唐时的汴州旧城，周长 20 里，东面两道门，其余三面各三道门。外城又称新城和罗城，是北宋以后兴建的，周长 50 里，有高达 4 丈的城墙，显示出这天下第一城的雄伟和重要。一条叫护龙河的护城壕从城墙下流过。冷兵器时代，宽大的护城河是一座城市最重要的防御部分。护龙河的宽度是汴河的 3 倍多，从另一个侧面可知汴梁的重要。

这座被流水环绕滋润的城市，沿河都种植着垂柳和榆树。春天来时，细柳如丝，榆叶似钱，河上间隔不远便有建造精美的木桥勾连两岸，建桥的木头统统刷上了土漆，看上去庄重华丽。不少桥上还建有遮风避雨的长廊，最漂亮的一座位于皇宫门前，系用大理石所建。

城内的大街上，每隔一段距离，便设有一座武器库，每库有士兵 20 人值守——这一点容易让人想起，这座美丽的首都离边境不远，北方游牧民族随时可能贪其富庶而蠢蠢欲动。

唐代的长安有东市和西市两个商业区，以供商贸之需。但这种坊市分离——也就是老百姓的生活区和商人的贸易区分处不同街区——的结构已不再适合北宋。于是，坊市分离的古老传统被打破，整个汴梁成了无处不成市的巨大商业都会。

宋代以前，商业活动只准在白天进行，夜里一律禁止，称为宵禁。这种传统到了北宋，也不复存在。汴梁城里出现了夜市、早市、鬼市。不少店铺往往三更天才打烊，五更天又开门了。至于潘楼东街巷附近的鬼市，则是“茶坊每五更点灯，博易买卖衣服、图画、花环、领抹之类，至晓即散”，让人联想起凌晨五六点钟才收拾摊子的成都“鬼饮食”。

皇城东南的界身巷，有全宋最大的金银彩帛市场，孟元老说它“屋宇雄壮，门面广阔，望之森然。每一交易，动即千万，骇人闻见”。

这个时代的娱乐业也有长足发展，出现了瓦子和勾栏。瓦子又叫瓦舍、瓦市，或者瓦肆，简称瓦，是北宋首创的固定的娱乐中心。其取名很形象：看客来时如同瓦合，去时如同瓦解。勾栏又叫勾肆，设在瓦子当中。勾栏的原意是固定的演出场所，内设戏台和后台及观众席，再用栏杆围起来。打个比方，瓦子和勾栏的关系，就好比一座很大的娱乐城，里面有很多不同的娱乐商家，有的卖唱，有的要把戏，有的变魔术，有的讲评书，娱乐城就相当于瓦子，具体经营的娱乐商家相当于勾栏。

苏东坡毕生嗜酒，不过酒量不大。汴梁的酒店比起老家眉山的村野小店，不啻霄壤之别：汴梁的酒店，门首皆扎着彩楼欢迎宾客，由一条有百余步的长廊通往店中。南北天井中，两廊侍立着年轻的服务生。到了晚上，灯烛通明，上下相照，浓妆的妓女数以百计地聚集于主廊，等待酒客邀请，“望之宛若神仙”。东宋门外仁和店、姜店，州西宜城楼、药张四店、班楼，金梁桥下刘楼，曹门蛮王家、乳酪张家，州北八仙楼，戴楼门张八家园宅正店，郑门河王家、李七家正店，景灵宫东墙长庆楼……高档的豪华酒楼一共有72家之多，至于被称为“脚店”的中低档酒店，则不可尽数。

比苏东坡稍晚的孟元老曾在汴梁生活多年，后来经历了靖康之乱逃往南方。晚年，他在《东京梦华录》中伤心回望旧时帝都，他在写汴梁人清明出游的景象时说：“四望如市，往往就芳树之下，或园囿之间，罗列杯盘，相互劝酬，都城之歌儿舞女，遍满园亭，抵暮而归。”暮春时节，开封就是一个花的世界：“牡丹、芍药、棣棠、木香种种上市，卖花者以马头竹篮铺排，歌叫之声，清奇可听。晴帘静院，晓幕高楼，宿酒未醒，好梦初觉。”

苏氏父子费时一个多月，终于从成都来到首都。时值农历五月，那一年，汴梁大雨不止，城内流过的几条河都洪水泛滥。不过，水灾没有影响苏东坡的心情，这个外省青年，迫不及待地来到龙津桥观看夜市，虽然诧异于洪水中的首都居然一番水乡景象，却也为它的煌煌灯火和繁华街坊而惊叹。

九月，苏东坡与弟弟参加了礼部举行的举人考试，皆中。苏东坡名列第二。苏洵没参加考试，他带着张方平的推荐信拜访了欧阳修，欧阳修读了苏洵作品后，极为赞赏，并进一步推荐给其他人，一时间“公卿士大夫争传之”。

其后是礼部举行的省试，时间是嘉祐二年（1057）阳春三月，欧阳修任主考官，副主考官则有翰林学士王珪和龙图阁直学士梅挚等人，著名诗人梅尧臣负责判卷。

苏东坡此次考试所作文章题为《刑赏忠厚之至论》，梅尧臣第一个惊喜地发现了它，连忙推荐给欧阳修。欧阳修读了也大为惊异，“以为异人”，打算把此文作者录为第一名。但欧阳修又怀疑作者可能是其门下曾巩，为了避嫌，于是放在第二。及至拆去糊名的纸片，才发现不是曾巩，而是眉州苏轼。

接下来是宋仁宗亲自主持的殿试，在崇政殿举行。三月十一日放榜，苏东坡高中第二，苏子由名列第五。这一榜中，状元为章衡，探花为罗恺，另外还有张载、曾布、章惇、家定国和郑雍等人。

欧阳修既是苏东坡的主考官，两人便有了师生之谊。按惯例，苏东坡给欧阳修写了一封信，这就是《谢欧阳内翰书》。与一般的泛泛感谢不同，苏东坡在这封信中明确表示，他要追随欧阳修，力整当时浮华萎靡的文风。欧阳修读了信，激动地向梅尧臣写信表示：“读轼书，不觉汗出，快哉快哉，老夫当避路，放他出一头地也。”

就在苏氏父子春风得意时，意想不到的噩耗从老家传来：苏东坡的母亲程夫人去世了。这是嘉祐二年四月的事，不过，苏东坡接到消息，已是五月仲夏了。

父子三人，仓皇回乡奔丧。

水路：故乡飘已远

1059 年十月，天气渐渐凉了，在朝廷一再召命下，苏氏父子决定再度前往首都。这一次，他们走水路。同行的也不止父子三人，而是增加了两个年轻女子和一个几个月的婴儿，即苏东坡的夫人王弗、苏子由的夫人史氏、苏东坡的长子苏迈。

一家人中，苏洵的心情与众不同。——他已经敏感地意识到，以老迈多病之躯告别故园，很可能，再也无法活着回来了。出发前一个月，他请人打造了观音、天藏、地藏等六尊佛像，请求神灵保佑地下的亡妻，并到坟前与亡妻告别。与父亲的沉痛和悲怆不同，苏东坡毕竟年轻气盛，母亲亡故的悲哀渐渐平息，他和子由开始向往远方——功名的远方，前程的远方，也是梦想和诗意的远方。

眉山城侧就是波涛滚滚的岷江。岷江对眉山意义重大：没有公路和铁路，更没有航空的宋代，它为眉山人提供了上成都下乐山的黄金水道。更重要的是，沿着黄金水道，经过乐山，折而东下，可以通往宜宾。结束了岷江航程后，远去的帆船就进入了中国第一长河长江的怀抱——以后是猿声四起的三峡，星垂平野阔、月涌大江流的荆楚，乃至杏花春雨里的江南。

在行路难的古代，远行是一件令人头痛的苦差事，远非今天的旅游爱好者所能想象。远行的最佳选择，无过坐船，尤其是顺流而下。“故乡飘已远，往意浩无边”的写意，令年轻的苏东坡既感到轻舟前行的舒适，也由此联想到日后美好的前程。

从四川嘉州（今乐山）到湖北江陵（今荆州），其间水路1000多公里，苏东坡的船足足行驶了两个月。一方面说明，即便是顺水，速度也慢得可怜；另一方面还说明，沿途过多的美景花费了他们相当多的时间。

这的确是一条美景迭出的路线，借用古人的话，那是如行山阴道上，令人目不暇接。一辈子与大自然关系亲密的苏东坡——事实上，古人几乎都像苏东坡一样热爱着雄伟或秀丽的大自然，他们力求从大自然中悟到一种浩然之气——肯定不会放过这种难得的机会，沿途的风景都留下了他的脚印和诗行。

苏氏一家于十月六日来到眉山下游的嘉州。在这里，三江交汇——青衣江汇入大渡河后，东流约 5 公里，一头扎进岷江。举世闻名的乐山大佛，就矗立在江畔。苏东坡写道：“奔腾过佛脚，旷荡造平川。”

犍为是乐山下游岷江之滨的一座小城。这座城地处汉族与少数民族交汇地带，向来是兵家要地；至于地下丰富的盐、铁资源，则为它赢得了“金犍为”的美称。

犍为既因地处群山之间而偏远，又因岷江沟通而四通八达。这种独特的地理条件，让不少文人墨客都在犍为有过长长短短的停留，并留下了为数众多的诗篇，犍为也因这种文化浸润而养成了崇文尚教的传统。

坐落于县城的文庙便是犍为作为文教重镇的重要物证。当苏东坡一家行经犍为时，文庙才落成 40 多年。苏氏父子是否到文庙拜谒，史无明载。不过，犍为的一家私人藏书楼给苏东坡留下了深刻印象。

藏书楼主人姓王，到苏东坡时代，藏书已历七世，其藏书之富，自然蔚为大观。三苏父子均嗜书如命，于是慕名前去拜访。但从苏东坡留下的诗看，高大的藏书楼虽然伫立江畔，但主人似乎不在。他为此感叹：“云是昔人藏书处，磊落万卷今生尘。”

奇妙的是，20 年后，苏东坡被贬黄州，跌入人生低谷，到黄州第十天，他偶然认识了王氏兄弟——王齐愈、王齐万。他们不仅与苏东坡同为四川老乡，而且恰巧就是犍为藏书楼的主人。早些年，兄弟俩用船载了大量书籍，客居于黄州对岸的鄂州。从那以后，王氏兄弟与苏东坡时相往来，苏东坡常从王家借书，并为王氏兄弟写过好几首诗。其中一首，透露出王家七世藏书的秘密：“君家稻田冠西蜀，捣玉扬珠三万斛。”

2018年，我为央视《中国影像方志·犍为篇》撰稿，数次到犍为调研，问及王氏藏书楼旧址，均无准确答案——其实，早在清朝年间，藏书楼就已渺不可寻了。侥幸苏东坡为它留下了诗篇，才让我们知道在将近1000年前的这座偏僻小城，居然有一座宛如琅嬛福地的私家藏书楼：“塞江流柹起书楼，碧瓦朱栏照山谷。”

客船顺着岷江，在戎州（今宜宾）进入长江，江面更为开阔，水量更加丰盈，而故乡也愈加邈远，回首西北方向，唯见苍茫的云雾与水鸟。

“即从巴峡穿巫峡，便下襄阳向洛阳。”老杜当年计划中的归家之路，基本就是苏东坡前往首都之路。

巫山山脉是中国大地第二、三级阶梯的分界线，长江蜿蜒至此，遇其阻挡，江水夺路而出，形成长江三峡。

由于顺水顺风，船的速度相当快，两岸叠翠的青山如同马群一样向后疾速奔去，苏东坡看到岸上的行人，兴奋地想和别人拉话，可还等不到别人回答，他的船已经如飞鸟一样远逝：“船上看山如走马，倏忽过去数百群……舟中举手欲与言，孤帆南去如飞鸟。”

经过巫山十二峰时，当地的一个老船夫给苏东坡讲述了他年轻时的经历。他说他经常登上江边最高的山峰，山峰上有池塘，他就在池塘里洗澡，把衣服挂在池边的树上。巫山有大量的猴子，但他所到之处太高，连猴子也不见踪影，不过他并不害怕。他还在神女祠附近看到一种奇特的竹子，竹枝特别柔顺，一直垂到地上。风吹修竹，竹枝来回摆动，竟自动把神女祠前的空地打扫得干干净净，好像神女的仆人。苏东坡听了，不禁神思悠然：人也许可以成仙，不过最大的困难就在于无法忘记作为人的欲望——终其一生，苏东坡就像中国古代大多数文人那样坚信，世界上真的有神仙，自己有一天也许就会追随他们而去。不过，同样是终其一生，苏东坡虽想乘风归去，却永久留在坚实的大地上。

夷陵是今天湖北宜昌下辖的一个区。历史上，在扼守于三峡出口的夷陵曾发生过知名的夷陵大战。夷陵这个名字，意味着连绵数百里的高山峡谷已经结束："水至此而夷，山至此而陵。"

对苏东坡来说，夷陵和他终生感激的伯乐有关。伯乐，就是欧阳修。

欧阳修长苏东坡 29 岁。1036 年，也就是苏东坡出生那一年秋天，欧阳修被贬为夷陵县令。夷陵属峡州地盘，虽是州治所在，却是一座破败小城。用欧阳修的话来说，"通衢不能容车马，市无百货之列"。居民住处逼仄，灶房、仓库、厕所、水井混在一起，一个房间上面住人，下面养猪。房子都用茅草和竹子修建，一年要遭好几次火灾。

1035 年，朱庆基任峡州知州。他上任后，极力整治夷陵城，修栅栏，铺街道，种树木，建官署，终于使夷陵城有所改变。在京师时，朱庆基与欧阳修就有交情。这样，当欧阳修贬任夷陵县令后，朱庆基对他十分关照，在州衙东侧为他修了居所，命名为至喜堂。

与至喜堂相映成趣的，是位于长江边的至喜亭。1037 年，朱庆基在长江之滨建了一座亭子，供来往船家及客商休息。欧阳修将其命名为至喜亭——意思是说，从上游而来的船家客商，都因走出了凶险的峡江而心生欢喜。

一堂一亭，欧阳修都为之作记。20 多年过去了，苏东坡舟过夷陵，欣然前往至喜堂并作诗纪念。他看到，欧阳修居住过的屋子已经很破了，但当地人还在不时修缮；欧阳修亲手种植的楠木，已经亭亭如华盖。

清人袁枚认为，贬谪夷陵对欧阳修的人生影响极大，甚至是他后来有大成就的重要基础，即所谓“庐陵事业起夷陵，眼界原从阅历增”。先辈这种处逆境而自安自强的精神，对年轻的苏东坡来说，无疑是一种激励和鞭策——以后，苏东坡能在比夷陵更为偏远落后的惠州、儋州乐观地生活，早年的这些启示不无潜移默化之影响。

水转陆：古驿无人雪满庭

“朝辞白帝彩云间，千里江陵一日还。”李白这首小学生都能背诵的诗，使江陵声名远播。如今的湖北荆州市，有一座荆州古城。这其实就是古代的江陵。很多年来，江陵或为荆州州治，或为江陵府治，直到20世纪才被一分为三。

苏氏父子轻松愉快的水路行程在江陵画上句号。1059年农历十二月八日，一家人顺利抵达江陵。自嘉州到江陵，行船计60日，沿途经过了11个郡、26个县。

春节已近，一家人在江陵过节。其间，苏东坡将父子三人沿途所写诗文100篇编为一册，题为《南行前集》。苏东坡的作品最多，诗歌44首、赋两篇，差不多占了一半。苏东坡在序言里强调，为文贵在自然，不能为了作文而作文，一定要到了胸中有话，不吐不快时才能写出好文章。他说，“昔之为文者，非能为之为工，乃不能不为之为工也。”这庶几也是苏东坡一生所信守的为文原则。

1060年正月初五，当江陵城还沉浸在春节的喜庆之中时，苏东坡一家又出发了。这一回，他们无船可坐，只有驴子可骑，家眷和行李则安置在租来的马车上。

从嘉州到江陵，他们一直由西向东；从江陵开始，由南向北。这余下的陆路1000多里，大体就是沿两条著名的古驿道前行。

一条是荆襄驿道。荆襄驿道又称荆襄古道，南起荆州，经荆门而北达襄阳。一条是南襄隘道。南起襄阳，北达南阳盆地北部的方城。自上古时起，这两条以襄阳为交会点的古道，就是南方与中原沟通的捷径。

汉水之滨的襄阳是一座历史悠久的古城，有控汉水扼古道的地利，从战国时起，就是兵家必争之地。襄阳也是一个人杰地灵的地方，诸葛亮年轻时即隐居于此，直到刘备三顾茅庐后出山。他当年躬耕垄亩的隆中，就在襄阳城西。苏氏父子欣然前往，并赋诗留念。

襄阳城南，岘山苍翠，它因西晋名将羊祜而著名。《晋书》上说，羊祜镇守荆襄时，经常到岘山饮酒，一次对同游者感叹：自从有宇宙就有了这座山，古往今来的贤达之士，登山远望，就像我与你们一样，真是太多了，不过都湮灭不闻，不免使人伤悲。后来，唐代诗人孟浩然隐居襄阳，也曾多次到此游览，并写下了一首著名的诗：

人事有代谢，往来成古今。
江山留胜迹，我辈复登临。
水落鱼梁浅，天寒梦泽深。
羊公碑尚在，读罢泪沾襟。

苏东坡当然明白，就在他伫立远眺的地方，名将来过，大师来过，而今，除了线装书里语焉不详的几行文字，这世上再也找不到他们的蛛丝马迹了。很自然，苏东坡心里也像孟浩然怀念羊祜那样，怀念羊祜和孟浩然。

古人总是怀念更古的人，这并不是他们好古，而是出于那种对生命流逝、时光不再的人生苦境的无奈。时光总是要远去，一切都将成为历史。孟浩然距羊祜400多年，苏东坡距孟浩然300多年。我们今天距苏东坡则又将近1000年。世间的人与事，只要落入时间的尘网，就注定要一步步成为过去。

从伏牛山和桐柏山之间的方城垭口出了南阳盆地，苏东坡一家来到了辽阔的华北平原。按竺可桢的理论，在苏东坡生活的11世纪，中国的气候已经从唐代的温暖期进入了又一个寒冷期。苏东坡一家北上京师的这年春天，气候尤其寒冷。苏子由在他的诗里说，尽管春天已至，但唐州（今唐河一带）由于天气太冷，“田冻未生麦”。

当他们行进到尉氏境内时，天降大雪，遂被困于冷清的驿站。苏东坡无事可做，就在大堂里饮酒。一会儿，他看到有一个人冒雪走进庭中，下了马，取下斗笠，上面的积雪有一寸厚。此人面色黝黑，一看就是长期漂泊在外。苏东坡招呼他同饮，那人也不客气，坐下来就喝。两人似乎没有更多的交谈，只是相顾饮酒，偶尔露齿一笑。不知不觉，苏东坡喝醉了。第二天一早，雪停了，那人策马离去。苏东坡这才想起，连他的名字也没问。

多年后，苏东坡在密州时，写下名篇《超然台记》。这篇作品最能体现苏东坡为人处世的原则。“凡物皆有可观。”这和苏东坡后来总结的自己“上可陪玉皇大帝，下可陪卑田院乞儿，眼前见天下无一个不好人”的脾性一脉相通。既然天下万物都有可观，那么就“皆有可乐，非必怪奇伟丽者也”。也就是说，“铺糟啜醨，皆可以醉。果蔬草木，皆可以饱”。于是，苏东坡进而认为，“推此类也，吾安往而不乐？”是故，哪怕一个素不相识的萍水相逢之人，苏东坡也能善待他，与他同饮同醉，如同相知多年的好友。这既是与人为善，也是豁达乐观。

后来，中年和晚年的苏东坡极为不顺，先后被贬黄州和更为遥远的岭南及儋州，却一直能够自得其乐，在属于他的狭小有限的空间里，感受生命的快乐和幸福，究其根源，和他那种超然的内心息息相关。

第二次来到京师，外省青年苏东坡兄弟和他们的父亲再一次名噪京华，甚至，超过了第一次。

嘉祐六年八月十七日，苏东坡昆仲参加了制科考试。制科是宋朝人事考试中的大科，极受优待，但不经常举行。两宋300多年间，一共只举行了22次。宋制：凡在制科考试中考中的官员，一律升官；考中的平民，立即得官，而且不会任命到边远地区。

主考官是包括王安石在内的几位重臣。苏东坡兄弟俩皆顺利通过，并参加了八月二十五日由宋仁宗亲自主持的御试。这次在崇政殿举行的考试，考生有苏东坡、苏子由和王介三人，考官却有胡宿、司马光、范镇和蔡襄等五人，以及宋仁宗这个超级主考。

苏东坡的考试成绩列入三等，苏子由和王介四等。粗粗一看，以为苏东坡似乎考得不尽如人意。其实不然：叶梦得《石林燕语》解释说：制科分五等，上二等皆虚，唯以下三等取人。也就是说，一等和二等不过是虚应故事，不会产生，三等就成了事实上的最高等。而自宋朝开国到苏东坡时代，制科考试获得三等的，只有苏东坡和吴育两人。

宋仁宗是一个求贤若渴的明君，他临朝几十年里，朝中可谓人才济济。当他读了苏东坡兄弟俩的制策后，忍不住兴奋地告诉皇后：我今天为子孙选出了两个宰相。

清代学者、苏东坡研究专家王文诰认为，“自此，苏轼父子赫然名动京师，苏氏文章遂擅天下，一时学者多众讲问，以其文为师法”。

这一年，苏东坡虚岁26岁。

那时，在这个春风得意的年轻人眼里，自己不仅诗文冠绝天下，乃至出将入相，建功立业，都将是顺理成章的事——就像舟行长江，一路俱是好风好水。

那时，他完全意想不到，以后命运要峰回路转，他将遭遇乌台诗案，遭遇一次次贬谪，一次次背向京师远行。“问汝平生功业，黄州惠州儋州。”——而这些意想不到的苦难与挫折，却将进一步雕琢他，造化他，成就他，把他从一个文思泉涌的才子，升华为文章与品行都可圈可点的哲人和智者。这一切，如蛹化蝶，似花结果。

春梦无痕：苏东坡的人生地理（上）

那年三月，苏东坡背负一只大瓢，在田野间边走边唱。其时的他，白发苍颜，已是年过六旬的衰翁。

那里是与中原相距数千里的昌化军（今海南儋州），苏东坡贬谪到荒凉遥远的孤岛，已有一年多了。

一个与他相熟的老妇正在劳作，她看到自得其乐的苏东坡，忍不住说："内翰昔日荣贵，一场春梦耶。"苏东坡哈哈大笑，从此喊她春梦婆。

有趣的是，多年前，正值壮年的苏东坡就曾经写道："人似秋鸿来有信，事如春梦了无痕。"

那时，他当然不可能预测到后来的风雨苍黄。

站在 64 岁的高处往回望，步入仕途以来的日子，潮起潮落，起承转合，确如一个个了无痕迹的春梦。唯有走过的路，还留下一些深深浅浅的脚印……

凤翔：此身无计老渔樵

文学史上的凌虚台已经有900多年了，我眼前的凌虚台却只有100年。

无论多么巍峨牢固的建筑，都无法抵挡以千年计的自然风雨和人为损毁。当初版的凌虚台永远地消失后，后人在大致相同的地方，一次又一次重建。

凤翔是陕西宝鸡下辖的一个区，街道凌乱，建筑陈旧，一切都表明它的普通。然而，历史上，凤翔不仅是周朝和秦朝的发祥地，其行政级别也比今天更高。安史之乱时，唐肃宗驻跸于此，将凤翔升格为西京。到了苏东坡的宋朝，它仍是管辖周边九个县的凤翔府。

苏东坡的仕途，就从凤翔府迈出第一步。其时，朝廷任命他为大理评事、签书凤翔府判官。宋例，官制分为官、职、差遣三种。官和职代表品级，差遣才是工作。苏东坡此职，意味着他以掌管刑狱的京官身份，到地方上辅助州官。

这一年，苏东坡26岁。比起之前朝廷授予他而他未赴任的福昌县主簿来说，职位明显提升。

然而，年轻的苏东坡初进职场，并不顺心。因为，他与顶头上司，也就是凤翔知府关系紧张。

开初，知府为宋选，两人相处尚可。一年后，宋选调走，陈希亮接任。陈希亮字公弼，与苏东坡乃四川老乡，两人老家相距只有几十里。按理，陈希亮应该对苏东坡更亲近更关照。

孰料，陈希亮性格刚直，不苟言笑，说话常常不留情面。这与乐观随和甚至有几分孩子气的苏东坡自然格格不入；而彼时的苏东坡初出茅庐，顺风顺水，大概也不怎么把这个黑瘦老头子放在眼里。

苏东坡曾在名为“贤良方正能直言极谏科”的制科考试中斩获上等。有一天，一个小吏便尊称他苏贤良。陈希亮听了，大为生气，说：“一个小小的判官有什么贤良的？”甚至打了小吏几板子。苏东坡不仅尴尬，而且愤怒。

尤令苏东坡不能容忍的是，当时他的文名已海内共知，可他撰写的公文，陈希亮却要删改甚至打回重写。

有时，苏东坡和同事一起去见陈希亮，陈希亮却把他们晾在客厅，半天不出来。同事面有愠色，苏东坡写诗自嘲：“谒入不得去，兀坐如枯株。岂惟主忘客，今我亦忘吾。”

因为与上司屡屡抵牾，苏东坡过得很不开心。有一年中元节，府里办宴会，苏东坡赌气不去，陈希亮毫不通融地对他罚铜八斤。

意外的是，尽管与陈希亮关系不睦，但苏东坡与陈希亮的儿子陈季常却很友好。后来，苏东坡贬居黄州，陈季常成为他最好的朋友之一。这是后话。

不久，苏东坡就找到了一个“报复”的机会：陈希亮修了一座台，取名凌虚台，要苏东坡写一篇记。苏东坡便在《凌虚台记》里借题发挥，讽刺说，“夫台犹不足恃以长久，而况于人事之得丧”。

这一次，陈希亮却没有生气，反而笑着对人说：“我把苏洵当儿子辈看，苏轼就像我的孙子辈。我平时对他严厉，故意不给他好脸色，是因他年少暴得大名，我怕他骄傲自满，想挫挫他的锐气。没想到这小子还往心里去了。”

——许多年后，尘埃落定，经历了太多坎坷与挫折的苏东坡终于恍然大悟，当年陈希亮的敲打，事实上是出于对自己的爱护。他认真检讨往事，承认当时年轻气盛，“屡与公争议，至形于言色。已而悔之”。

只是那时，陈希亮已作古，苏东坡能做的，就是为他写一篇情真意切的传。

凌虚台矗立于凤翔城中的东湖之滨。亭台掩映，廊桥迂回。父老相传，周朝时，曾有凤凰飞来饮水，称为饮凤池。苏东坡到任次年，为之疏浚扩张，并引泉水注入，沿岸遍植柳树。因湖距府城东门咫尺之遥，故名东湖。

如今的东湖，水面近两百亩，被长堤隔为内外两部分。其中，内湖即苏东坡所扩，外湖为光绪年间新开。

自从苏东坡在湖岸植柳后，来往政要名流莫不效仿。今天的湖岸，当年林则徐被流放新疆和左宗棠西征时种下的柳树，均已大如怀抱。

凤翔所处的关中平原，历史悠久，古迹众多。商代时，公亶父率周人迁于周原，三代灭商。周初伟大的政治家姬旦，晚年隐居于此，死后葬在凤凰山麓。此外，董卓修筑的郿坞，诸葛亮北伐的斜口，发现石鼓文的石鼓山，都在这一带。居凤翔三年多，苏东坡多次到属下各县视察。作为一个热爱山水名胜的人，每到一地，他必定挤出时间寻幽访古。

年轻的苏东坡凭高凌远，心中常常生出一些无端的惆怅。当时的宝鸡县有一座斯飞阁，苏东坡登临后，写下一首七律：

西南归路远萧条，倚槛魂飞不可招。
野阔牛羊同雁鹜，天长草树接云霄。
昏昏水气浮山麓，泛泛春风弄麦苗。
谁使爱官轻去国？此身无计老渔樵。

诗人在诗里发牢骚，表露出归隐之意。中国文人总有这种身在魏阙却心驰江湖的念头，但大多不过说说而已，并不会真的挂印而去，莼鲈秋风毕竟只是极少数。更何况，苏东坡还这么年轻，还从来没有遭遇过真正的打击呢。

路上：江南江北青山多

东湖之后，西湖也进入了苏东坡的人生地理。

1065 年初，苏东坡自凤翔任上回到首都。这时，欣赏他的宋仁宗去世了，坐在皇位上的是宋英宗。对苏东坡来说，这也是一个丧乱之秋：到京三个月，妻子王弗去世，留下 6 岁的儿子苏迈；转年，父亲苏洵也去世了。

苏东坡和弟弟苏子由告了假，将父亲和王弗的灵柩运回眉山。服满，苏东坡与王弗的堂妹王闰之成亲，并于 1069 年正月返回开封。此时，宋英宗也已去世两年，继任的是以支持王安石变法而著称的宋神宗。

三苏对新政和施行新政的王安石一向持怀疑态度——对王安石人品的怀疑，要追溯到老苏那里。有一次，苏洵在欧阳修家做客，饭后，其他人走了，只有苏洵留下来。苏洵问欧阳修，刚才座中那个囚首丧面的人是谁？欧阳修说，王安石王介甫，你没听说过吗？苏洵说：以某观之，今后此人必乱天下。

不知道父亲对王安石的厌恶是否影响到苏东坡及弟弟，不争的事实是，苏东坡对新法并无好感。他与王安石虽然保持了君子之交，但细究起来，也是和谐时候少，芥蒂时候多。

1071年，当欧阳修、司马光、张方平、范镇等被视为保守派的重臣纷纷离开开封这个是非之地时，苏东坡也向朝廷请求外放。不久，朝廷任命他为杭州通判。苏东坡为期八年、历仕四州的地方官生涯由此展开，他的人生也变得更加丰富多彩。

从开封到杭州，行程约2000里。和自蜀入汴比，这条路轻松易行。一是大量路段可乘船，二是无须翻越高山大岭。

1071年七月，苏东坡踏上了前往杭州之路。第一站是开封东南300余里的陈州，即今河南周口市淮阳区。

在陈州，苏东坡停留了70余天。因为，与他毕生相亲相爱的弟弟苏子由，时任陈州学官。而陈州知州，则是对三苏有知遇之恩的张方平。

停留陈州期间，苏东坡认识了一位青年才俊，即后来成为苏门四学士之一的张耒。之前，18岁的张耒游学陈州，苏子由很赏识他。及至与苏东坡相见，苏东坡大概从这个英气勃发的少年身上看到了曾经的自己。宋代文人有奖掖后进的传统，经苏东坡举荐，不久，张耒应举姑苏，并在20岁时中进士。然而，难以预料的是，如同苏东坡一样少年得志的张耒，晚年却困顿不堪，贫病中死于陈州。

学官是一个穷差使，苏子由过着清贫的生活。他的居处逼窄低矮，并且漏雨透风，身材高挑的苏子由在居室读书，伸个懒腰都会碰头。苏东坡写诗和弟弟开玩笑："宛丘先生长如丘，宛丘学舍小如舟。常时低头诵经史，忽然欠伸屋打头。斜风吹帷雨注面，先生不愧旁人羞。"

70多天里，苏氏兄弟"近城可观者无不到"，令苏东坡记忆深刻的景点有两个，一是柳湖，一是太昊陵。

今天的淮阳区，有一片湿地公园，由包括柳湖在内的四片湖面组成。这里，就是苏氏兄弟携酒同游的龙湖。从苏东坡留下的诗看，在宋代，湖滨曾大面积种植山茶。

龙湖中有一座小岛，名为画卦台，与画卦台相邻的岸边便是太昊陵。淮阳是一片古老的土地，古籍相传，上古时代，太昊，也就是伏羲，曾经定都于此。湖滨的太昊陵，留下了苏氏昆仲凭吊的身影。兄弟二人，以及随侍的张耒都有诗为证。

张方平酒量很大，号称一百杯，苏东坡却瘾大量小。一次宴席上，苏东坡说：对你们这种海量的人我并不羡慕，你们喝一百杯才醉，我喝一杯就醉，同样都是醉，不是和你们一样乐得其所吗？

70 多天后，苏东坡再次踏上路途，不忍与哥哥分别的子由送他到 300 里外的颍州。

颍州，即今安徽阜阳市颍州区。

《苏东坡全集》里，有一首《陪欧阳公燕西湖》。当苏氏兄弟抵达颍州时，序属三秋。他们在西湖之滨饮酒，看到湖边的草木都披着一层薄薄的霜，水边的芙蓉和菊花却开得正艳。东道主欧阳公，须发如雪，举杯畅饮，谈笑风生。

欧阳公，就是三苏的另一个恩人欧阳修。

这一年，欧阳修 65 岁。早就名满天下的大师于几个月前致仕，定居颍州。欧阳修本是江西庐陵人，出生于四川绵阳，却与颍州关系最亲密。早年，他曾知颍州，后来虽因宦游东奔西走，却在颍州置业买田，“乐其风土，因卜居焉”。

颍州对欧阳修的吸引力，其中一部分就来自西湖。有句俗话说，天下西湖三十六。以西湖命名的湖泊不胜枚举，其中，杭州西湖、惠州西湖、颍州西湖、扬州瘦西湖并称为中国四大西湖。巧的是，苏东坡与四处西湖都有深厚渊源。可以说，苏东坡是西湖的知己。天下西湖若要公推形象代言人，非苏东坡莫属。

欧阳修好客而健谈，他对二苏的到访不胜欣喜，烟水迷茫的西湖之滨，欧阳修与二苏把盏言欢，还让苏东坡观看他收藏的石屏，并请苏东坡作诗纪念。

颍州相聚时，欧阳修看起来精神不错，他本人也才刚开始享受功成名就的晚年生活。然而，世事难料，一年多后，远在杭州的苏东坡得到噩耗：欧阳修病逝于颍州。

作别颍州西湖，苏东坡的路线，大致自颍水进入淮河，自淮河进入大运河，再从大运河进入长江。其间，除了在洪泽湖因遇大风而不得不返回港口，旅途十分顺利。古人的宦游，重点固然在宦，也就是仕途；但游也必不可少，即借前往各地做官的机会，优游风景名胜。

颍州之后，苏东坡先后在濠州（今凤阳）游览了与大禹有关的涂山、建有彭祖庙的云母山、庄子墓和庄子祠，以及观鱼台。

大运河在扬州与长江相接，大江对岸，便是镇江。长江近镇江的南侧，江中有一座岛，名叫金山；山上建有金山寺，梁武帝曾亲临寺里举行水陆法会。苏东坡登上金山，他看到江流西来，水势浩荡，不由想起数千里之外的故乡，“我家江水初发源，宦游直送江入海”。是的，对在岷江之畔长大的诗人来说，长江来自故乡，乃是亲切而又令人百感交集的“我家江水”。

距苏东坡 800 多年后的清朝末年，由于泥沙堆积，原本四面临水的金山与陆地连为一体。

金山寺下游 20 多里，有另一个知名去处：北固山。北固山上也有一座古寺：甘露寺。甘露寺不仅有众多三国遗迹，而且唐代诗人刘禹锡、韦应物、白居易均到访并留下诗篇。

苏东坡自然也有题咏。不过，公正地说，以北固山为题材的最优秀的作品，还要等上近百年才问世。它的作者就是后世与苏东坡并称为豪放派代表的辛弃疾。同样在北固山怀古的苏东坡不会想到，数十年后，异族入侵，衣冠南渡，后世同道将在几乎相同的风景里发出“千古兴亡多少事，悠悠，不尽长江滚滚流”的无尽喟叹。

江山依旧，风景不殊，唯有不同的时代命运与不同的人生遭遇，将会带来千差万别的感触——因此，从某种意义上讲，旧江山，都是新愁。

杭州：故乡无此好湖山

十一月下旬，霜风凄紧，苏东坡一家终于抵达了美丽的杭州。这座灵秀的南方城市给了诗人温柔而深刻的最初印象，诗人甚至认为，这里比他的家乡还要风光无限。初到杭州，苏东坡用一首小诗表达内心喜悦：

> 未成小隐聊中隐，可得长闲胜暂闲。
> 我本无家更安往？故乡无此好湖山。

苏东坡去世20多年后，金人南下，北宋帝国像一道被掏空了的大堤轰然倒塌。赵构南渡，几经周折，终于再续大统，史称南宋。都城杭州，改称临安。

“山外青山楼外楼，西湖歌舞几时休？暖风熏得游人醉，直把杭州作汴州。”这是南宋“愤青”写在临安酒楼上的讽刺诗，却从反面证明了这座都市的繁华与富饶。

如同《东京梦华录》记录了开封的花样年华一样，《武林旧事》记载的则是杭州的锦绣时代。南宋时期，杭州已成为世界上人口最多、商业最发达的城市——一如两千里之外的昔日开封。

在苏东坡足迹所到之处，杭州乃他人生旅程中所占分量最重者之一。他曾两度到杭州做官，杭州既留下了苏堤，也留下了他生命中金石相击的华章。

广袤的中国国土上，江南无疑是最富诗意的地方。“杏花春雨江南”，六个韵味无穷的汉字，洗练地勾画出江南的妖娆多姿。或许可以说，江南是最适合诗人生活的地方：小桥流水，瓦屋粉墙，莺声燕语，吴越娇娃，三秋桂子，十里荷花……这些最能触动诗人敏感神经的事物，都是江南最富有的典藏。以苏东坡的真性情，把他任命到江南明珠杭州做官，就像把鱼儿放进江水，把苍鹰放归蓝天一样。

诗酒趁华年。30多岁的苏东坡正值生命的黄金时段，他来到杭州，这座秀丽的江南古城，赐予了他一段无比安逸的诗意和幸福。

首先是接连不断的酒局。杭州文人和官员对这位远道而来的大名士，尊敬之外，还对他保持着某种好奇，不断邀请他出席酒局，而他本人也喜欢聚众泥饮。有时，酒局设在西湖的画舫上，长相俏丽的乐伎在一旁弹琴，画舫在烟雨中缓缓前行，飘浮的琴声如雨滴般滑落。有时，酒局设在孤山或是杭州城边的其他山岭上，那就多了把酒临风的写意。醉眼蒙眬之际，苏东坡起身离座，亲自弹琴，琴音一直传到山下……

美丽的西湖使诗人目瞪口呆，苏东坡为中国这方最著名的湖泊留下了最著名的诗篇。1072年夏日的一天，苏东坡独自来到钱塘门外昭庆寺前的望湖楼，一个人自斟自饮——倒不是没有朋友陪他，而是太多喧哗与骚动之后，他偶尔需要独处。

酒至微醺，苏东坡放眼远眺，天边出现了大片黑色的云朵，一会儿便下起了倾盆大雨。雨打荷花，雨打西湖，雨打杭州，雨打江山，他放下酒杯，索来笔墨，在墙上笔走龙蛇：

黑云翻墨未遮山，白雨跳珠乱入船。
卷地风来忽吹散，望湖楼下雨如天。

苏东坡是西湖的知己，他为西湖写下的众多诗篇中，最有名的当数那首《饮湖上初晴后雨》：

水光潋滟晴方好，山色空蒙雨亦奇。
欲把西湖比西子，淡妆浓抹总相宜。

美景总得与佳人相映，才更显温柔动人。《瓮牖闲评》津津有味地记载了苏东坡的一次美丽邂逅：有一天，苏东坡和朋友坐在临湖的亭子里喝茶，闲散地观看湖景。这时，有一叶小舟从远处的荷叶丛中撑过来，船上是几个化着淡妆的女子。其中最漂亮的，是一个三十来岁的妇人，坐在船头鼓筝，“风韵娴雅，绰有态度”。苏东坡是真性情的男人而不是道学家，他“竟目送之”。妇人一曲未完，飘然而去。

美丽的邂逅引发了美丽的惆怅，而美丽的惆怅催生了美丽的词作。苏东坡回到家，那位风姿绰约的妇人的影子，总也挥之不去。

夜不能眠的他披衣下床，一首《江城子》一挥而就：

凤凰山下雨初晴，水风清，晚霞明。一朵芙蕖，开过尚盈盈。何处飞来双白鹭，如有意，慕娉婷。

忽闻江上弄哀筝，苦含情，遣谁听？烟敛云收，依约是湘灵。欲待曲终寻问取，人不见，数峰青。

让苏东坡又惊又喜的是，事情并没有结束。几天后，当苏东坡坐在同一座临湖的亭子喝茶时，那位动人的妇人竟再度坐着小船前来。这次，船上只有她一个人。她径直来到苏东坡旁边，告诉苏东坡，她对他倾慕多年，“无由得见，今已嫁为民妻。闻公游湖，不惮呈身以遂景慕之忱”。

密州：诗句明朝万口传

离开杭州，苏东坡的下一站是密州。与杭州的诗酒幸福相比，密州是另一种迥然不同的境界，苏东坡把它定位为：超然。

接到朝廷调令是1074年九月，苏东坡知山东密州。宋制，通判作为知州、知府的辅助者和监督者，两者级别相同。不过，毕竟知州或知府才是真正的主官，苏东坡调往密州，算升迁。

但与地处江南富饶之地的繁华杭州相比，山东半岛上的密州，即今天的诸城，是一个贫瘠的小地方：荒凉，落后，旱灾和蝗灾时常降临。苏东坡在文章里，也比较了杭州和密州的区别：“余自钱塘移守胶西，释舟楫之安，而服车马之劳；去雕墙之美，而蔽采椽之居；背湖山之观，而适桑麻之野。”

既来之则安之，怨天尤人就不是苏东坡。这个有现代精神的古人，即便把他安置到最艰苦的地方，他也能自得其乐，遑论密州并非后来的黄州、惠州、儋州呢。更何况，调往京东东路（今山东）也是苏东坡向朝廷提出的。因为，与他既有骨肉之亲又有朋友之情的弟弟苏子由任职于京东东路下属的齐州（今济南）。他希望和弟弟近些，再近些。

蝗灾和旱灾是密州的“常客”。在苏东坡时代，对于旱灾，人们似乎永远只有一个办法：求雨。苏东坡是有求雨经验的，他在凤翔时就多次求雨。到了密州，当旱灾伴随蝗灾时，他又一次次地求雨。为了求得哀怜，求雨必须写祝文，这些例行公事的祝文，到了大师笔下，也变得文采斐然：

> 哀我邦人，遭此凶旱，游殍之余，其命如发。而飞蝗流毒，遗种布野。……
>
> 比年以来，蝗旱相属。中民以上，举岁无蓄。量日计口，敛不待熟。秋田未终，引领新谷。

与天堂般的杭州相比，密州虽不能说就是地狱，至少也是地狱的隔壁。在杭州，由于酒局太多，苏东坡喜忧参半，把它称为酒食地狱——这是一个有美酒、美女和美景的地狱，之所以称为“地狱”，缘于诗人只有一个胃、一双眼睛和一张嘴巴，无法消受太多的美。到了密州，大地像陶轮一样翻转过来，美酒、美女和美景全都消失了，只有无尽的旱灾和蝗灾，以及灾荒中啼饥号寒的百姓，他们一个个面带菜色，用无助的目光看着他们的父母官。

苏东坡在密州期间，写了一首诗寄给他的朋友刘贡父：

何人劝我此间来？弦管生衣甑有埃。
绿蚁沾唇无百斛，蝗虫扑面已三回。
磨刀入谷追穷寇，洒涕循城拾弃孩。
为郡鲜欢君莫叹，犹胜尘土走章台。

——这首诗细致记录了诗人在密州的生活：没有娱乐，很少饮酒，蝗旱相继，盗贼蜂起，无衣无食的灾民把孩子扔弃于途，诗人只得含着眼泪把他们一一收养。可贵的是，诗人认为，即便做这样一个捉襟见肘的地方官，也比走马章台那样的风流更有意义。

也许有人会把这看作苏东坡无奈之下的强作欢颜，但只要想想几千年来中国知识分子骨子里那份达则兼济天下，穷则独善其身的立身准则，我们就会明白苏东坡的心情是真实的，就像他真实地奔走于密州的穷乡僻壤之间一样。

弦管发霉，饭甑落尘，这并不是夸张之词，而是活生生的现实——苏东坡的《后杞菊赋》可作例证：

移守胶西，意且一饱，而斋厨索然，不堪其忧。日与通守刘君廷式，循古城废圃，求杞菊食之，扪腹而笑。

两位地方最高长官，为了填饱肚皮，竟然到处采摘杞菊充饥。当他们相互注视时，不由得扪腹而笑。这笑中既有辛酸，也有自甘淡泊的伸屈自如。

令苏东坡内心沉重的是那些饥民，他们食不果腹，衣不蔽体，不少人甚至把亲生孩子扔弃路旁。苏东坡在给朋友的信中说，每遇荒年，他就拨出数百石稻米另外储藏起来，专门用于支持收养弃儿者。一年以后，孩子和收养者有了感情，也就不至于再流离失所。

苏东坡是1074年十一月三日到达密州的。第二年新年刚过的正月二十日晚，他做了一个凄凉的梦：他梦见了故乡。梦见去世多年的亡妻王弗正在窗下梳妆。为此，苏东坡写下了那首柔肠百转的《江城子》：

> 十年生死两茫茫，不思量，自难忘。千里孤坟，无处话凄凉。纵使相逢应不识，尘满面，鬓如霜。
>
> 夜来幽梦忽还乡，小轩窗，正梳妆。相顾无言，惟有泪千行。料得年年肠断处，明月夜，短松冈。

然而，怀念故乡、怀念亡妻的多情之子，终其余生，再也没能回到故乡，再也没能到亡妻的坟前悄悄地坐一坐，想一想。

在命运的洪流中，每个人都是漂浮不定的浮萍。即便苏东坡，也是。

密州当然不只有灾荒和愁苦，如同穷人家也有自己的欢乐一样，苏东坡在穷困的密州也有属于他的欢乐。欢乐之一就是打猎。打猎既是难得的郊游，猎得的禽兽还可给索然的厨房增添新内容。同时，打猎也让苏东坡心中有一种豪迈之情奔腾如潮，这种豪迈落于纸上，便是千古流传的绝妙好词："持节云中，何日遣冯唐？会挽雕弓如满月，西北望，射天狼。"

密州任上，苏东坡度过了40岁生日，四十而不惑，作为大师，苏东坡此时的文字已趋化境，炉火纯青。令人意外而惊奇的是，恰巧是在物质生活最为困顿的境况下，他迎来了一生中的创作高峰——他在这一时期写下的诗、词、赋、文，无一不是最优秀的。苏东坡出没于密州这座弹丸小城，青年时期的火气渐渐消退，他的心底涌起一种安详和豁达。顺天知命，超然物外，虽然不时还有烦心事困扰，但他已经能够以一种不变应万变的洒脱去对付。

1076 年中秋节，41 岁的苏东坡喝了一个通宵的酒，月华如水，照着诗人在后花园里痛饮。酒酣耳热之际，苏东坡写下了他一生中最优秀的辞章，那就是脍炙人口的《水调歌头》：

明月几时有？把酒问青天。不知天上宫阙，今夕是何年？我欲乘风归去，又恐琼楼玉宇，高处不胜寒。起舞弄清影，何似在人间。

转朱阁，低绮户，照无眠。不应有恨，何事长向别时圆？人有悲欢离合，月有阴晴圆缺，此事古难全。但愿人长久，千里共婵娟。

这首作品被称为“天仙化人之笔”，词前有小序，说明是“兼怀子由”，也就是思念他弟弟。然而，它又包含了诗人面对宏阔宇宙和永恒自然时的困惑、追问和解脱。他对人间亲情的珍爱，在明月清辉映照下，仿佛寒烟笼罩的秋草，一一挺立而生。

密州对苏东坡的重要，在于他的生活开始转型——这生活既包括了物质，更包括了精神。那个才高八斗的青年长大了，成熟了，他原本白皙的脸庞变得黝黑，瘦削的身子变得结实而微胖，颔下长出一大把浓密的胡须，原本早白的头发，这时竟然重又浓黑。更大的变化来自精神。苏东坡修整了官舍北面一座废台，子由为之取名超然台。苏东坡借酒浇块垒，写下了吐露心路历程的《超然台记》。

这篇重要文章最能体现苏东坡的处世原则，他的人生态度和对待物我的关系都寄托其中。“凡物皆有可观”，这和苏东坡后来总结的自己“上可陪玉皇大帝，下可陪卑田院乞儿，眼前见天下无一个不好人”的脾性乃是一脉相通的。既然天下万物都有可观，那么就“皆有可乐，非必怪奇伟丽者也”。也就是说“餔糟啜醨，皆可以醉。果蔬草木，皆可以饱”。于是，苏东坡进而下结论说：“推此类也，吾安往而不乐？”

后来，苏东坡被贬黄州和更为遥远的惠州及儋州，一直能够自得其乐，在属于他的狭小有限的空间里，感受生命的小小幸福，究其根源，和他在密州时养下的这份超然息息相关。不以物喜，不为己悲，这原本是中国文人一代接一代苦心经营的品质，只不过到了苏东坡那里，他把它真正细节化和生活化了——与其说我爱苏东坡，不如说是爱一种清洁的生活方式。可悲的是，这种清洁的生活方式渐行渐远渐无踪。

今天的诸城市区，潍河南岸，恐龙公园与张择端公园之间，耸立着一座高大的仿古楼台，那便是重建于十多年前的超然台。至于苏东坡所建的超然台，尽管历代不断修葺，依然于 20 世纪 40 年代末完全毁弃。幸好，我们知道，真正永恒的亭台，只能矗立于人心之中，而非大地之上。

徐州：他年谁识此时心

我犹记得，第一次到徐州时，曾有一些惊讶。

这座以交通枢纽和能源基地著称的城市，在想象中，应该偏工业，偏硬派；然而，没想到的是，城中心竟然有一列秀丽的山峦，山下有一汪清幽的湖泊。城郭内外，还有河流迂回缠绕。明山丽水，让这座北方城市有了南方的湿润和灵秀。

山叫云龙山，湖名云龙湖。遥想当年，苏东坡多次登临云龙山。曾经，一个恬静的春夜，月光淡淡，杏花怒放，他和客人在云龙山上饮酒。他也曾在山上遥望山下烟波淡起的云龙湖——那时，云龙湖叫石沟；后来以讹传讹，称为石狗湖。

至于那条迂回的河流，更是大名鼎鼎，那就是废黄河，又称故黄河。

游荡于中原大地的黄河常发大水并造成严重水灾。徐州任上，下车伊始，苏东坡便面临洪水的严峻考验：四月，苏东坡来到徐州；七月，黄河在澶州决堤。其时黄河河道距徐州足有四五百里之遥，一个月后，在平原上四处泛滥的洪水终于波及徐州。

当洪水抵达徐州城下时，水深近三丈，高于城中平地一丈多，泡在水中的城墙随时有倒塌的危险，有钱人纷纷外逃。

身为徐州最高长官，苏东坡认为，如果有钱人都跑了，只会引得人心动摇，无法抗洪。苏东坡一方面禁止所有人员外出，另一方面向他们保证，他会与他们一起守城。接着，苏东坡前去动员驻守当地的禁军，尽管调动禁军需要朝廷命令，但苏东坡希望禁军将领事急从权："河将害城，事急矣，虽禁军宜为我尽力。"禁军将领慨然应允。

治水守城时，苏东坡就住在城楼上，指挥军民分头堵水。其时，洪水加上两天暴雨，徐州城外，茫茫一片，房屋被冲毁，老弱随水而没，一些强壮的人侥幸躲在小山丘或是树上，却因缺少食物而饿死。苏东坡派水性好的人驾着小船，带着粮食四处救援。

此后，一个叫应言的和尚向苏东坡建议，凿开清冷口，把积水引入黄河故道。苏东坡采纳了建议。被大水围困了70多天后，徐州城终于转危为安。当苏东坡回到官署时，他发现房顶的瓦上也留下不少泥沙。

劫后余生的苏东坡饮酒作诗，他在诗里感叹："岁寒霜重水归壑，但见屋瓦留沙痕。入城相对如梦寐，我亦仅免为鱼鼋。"

这一年的大洪水，也让苏东坡生出远虑：如果不主动采取进一步措施，也许明年悲剧还会重演。于是，苏东坡向朝廷提出，希望增筑徐州城堤。他在诗中说："明年劳苦应更甚，我当畚锸先黥髡。"

次年开春，朝廷批准了苏东坡的请求，徐州外城得以顺利改筑和加固。为了镇住黄河水患，实实在在的筑堤是必要的，而带有某种象征意义的修黄楼，也是必要的——苏东坡在徐州东门外建了一座楼，用黄土涂刷外墙——古人的五行学说认为，金木水火土五行相生相克，其中土克水。

1078年九月初九，黄楼举行盛大的落成典礼。据说由于黄楼太高，一些年迈体衰的老人伫立楼头，竟然感觉十分寒冷，苏东坡只好令人给他们送来几壶热酒暖身子。

为了纪念这一盛事，苏东坡写了《黄楼赋》，并勒石刻碑。据说，碑上的"山川开合"四个字，并不是苏东坡手笔，而是出自一个叫马盼的歌女之手——这位美丽的风尘女子，"东坡极喜之"，经常带在身边。马盼书法颇有功底，专学苏东坡，"山川开合"四个字，就是她模仿苏东坡的笔迹所写。

苏东坡徐州治水50余年后的1128年，为了阻挡金军南下，杜充掘开黄河，以水代兵，黄河又一次严重改道：正流夺泗入淮，黄河从此经行徐州。一直到700多年后的1855年，黄河在河南兰考铜瓦厢决口，正流改道大清河入海。从那以后，黄河不再从徐州流过，但留下了大沙河、不牢河、废黄河等河流，并让北方的徐州多了水乡风采。

今天的徐州有不少煤矿，在徐州主城东北的贾汪区，有一座夏桥公园，公园里立着一块徐州煤矿开采纪念碑。徐州煤矿的大规模经营性开采，始于 1882 年。100 多年来，徐州也因煤矿名噪一时，成为北方能源重镇。

如果追根溯源，最早在徐州发现煤并开采煤的，却是苏东坡。

作为一种深埋于地下的化石燃料，中国古代对煤有各种不同称呼，如石炭、石墨、石涅等。上古时期的《山海经》中有关于煤的最早记载——很巧的是，书中所说的产煤之地，就有苏东坡的老家四川。汉代，煤开始用于冶铁。到了苏东坡的时代，煤进入了普通人家，成为做饭和取暖的能源。

不过，苏东坡任知州之前，徐州一直没有发现煤。此地冬天严寒而又漫长，居民取暖只能烧柴，柴火价格昂贵，一床被子甚至还换不到半捆湿柴，“湿薪半束抱衾裯，日暮敲门无处换”；一些贫苦人家，只能忍受彻骨的寒冷，“君不见前年雨雪行人断，城中居民风裂骭”。

很可能，因家乡盛产煤并大量用煤，苏东坡很自然地联想到了在徐州开采煤。1078 年冬天，他派人四处勘探，很快在徐州西南的白土镇发现了煤。组织开采后，优质的煤从此源源不断进入千家万户，老百姓不必再为柴火发愁，森林也不再惨遭剃头式砍伐。并且，用这种优质煤炼出的铁，质量更好，制作出的武器，“犀利胜常”。

苏东坡很有成就感，他在诗里兴奋地写道：“根苗一发浩无际，万人鼓舞千人看。投泥泼水愈光明，烁玉流金见精悍。南山栗林渐可息，北山顽矿何劳锻。为君铸作百炼刀，要斩长鲸为万段。”

治水和开矿两桩事，充分体现了苏东坡的敬业精神和对民众的体恤；换言之，他辗转出知数州，所作所为，颇有古人所谓的能吏风范。

但是，苏东坡毕竟是苏东坡，他不仅是地方长官，更是诗人和生活家。职守之外，他努力寻求生命的愉悦，享受生活的欢乐。

如前所述，在徐州，苏东坡有一个颇有才华的红颜知己马盼，苏东坡称她盼盼，既是爱称，也有另一层更深的意义：

中唐时期，徐州也有一个美女加才女，芳名盼盼。她与徐州太守张建封（一说张愔）相亲相爱。张死后，盼盼独居十年，拒绝了无数渴求的目光，绝食而死。白居易是张建封的好友，他在作品中记下了这个痴情女子的故事。苏东坡来到徐州时，盼盼独居十年的那座小楼还在，叫燕子楼。

苏东坡是真正的性情中人。在徐州，他回忆青年时期的生活，写下了“十五年前我是风流帅……花枝缺处留名字”的自白。如同张建封一样，他也有一个盼盼，前世与今生，过往与将来，这些说不清道不明的巧合难道没有打动过他吗？

有一天晚上，苏东坡独自登上燕子楼，在那里度过了一个漫长的夜晚。第二天，他告诉人们：他梦见了盼盼——那位已死去200多年的唐代佳人。他写下了一首词，这些跳跃的文字见证了大师内心的灼人情怀：

明月如霜，好风如水，清景无限。曲港跳鱼，圆荷泻露，寂寞无人见。紞如三鼓，铿然一叶，黯黯梦云惊断。夜茫茫，重寻无觅处，觉来小园行遍。

天涯倦客，山中归路，望断故园心眼。燕子楼空，佳人何在？空锁楼中燕。古今如梦，何曾梦觉，但有旧欢新怨。异日对，黄楼夜景，为余浩叹。

苏词中，有一组看上去似乎远离豪放派风格的作品，即《浣溪沙·徐门石潭谢雨道上作五首》，其所歌吟的乃是徐州乡间生活。如其四：

簌簌衣巾落枣花，村南村北响缫车。牛衣古柳卖黄瓜。

酒困路长惟欲睡，日高人渴漫思茶。敲门试问野人家。

清新而质朴，像午后乡间一阵安详的微风，又像微风下水波不兴的湖面。这首词，也和求雨有关——看来，苏东坡是与龙王打交道的老手了。那年求雨得雨，徐州风调雨顺，苏东坡前往龙王庙表示感谢。正是暮春时节，苏东坡和随行人员免不了在龙王庙里喝喝酒，菜品就是那只名义上献给龙王享用的猪头。

求雨的灵验预示着苏东坡心情不错，他喝得有点高了，回城路上，他放着轿子不坐，乘着酒兴一路走来。远近百姓早就听说名满天下的知州大人来了，纷纷放下手里的活计，跑到大路边一睹大人尊容；尤其那些年轻女子，个个粉面含春，伫立在暮春的微风里。

苏东坡脚步有些迟缓，脸色出奇地红润，他向父老乡亲问好，还不时和那些须发花白，看上去年纪一大把的长者拉拉手。一个喝醉了的老头干脆睡在路中间，一点也不怕知州大人下令打他的屁股。这个春风浩荡的下午，姑娘们的笑声在风中飘散，苏东坡内心的喜悦与自得如春潮涌动。回到官署，他写下了这组《浣溪沙》，那是一种和民间水乳交融的生命喜悦，诗人感受到了乡土与人情的浸润：

旋抹红妆看使君，三三五五棘篱门。相排踏破蒨罗裙。
老幼扶携收麦社，乌鸢翔舞赛神村。道逢醉叟卧黄昏。
……

知徐州两年后，1079 年三月，苏东坡调湖州。七月，深文周纳的政敌将苏东坡带入一场可怕的文字狱：苏东坡被解往开封，关押于御史台监狱。这就是著名的乌台诗案。

乌台诗案是苏东坡人生的一大转折。他的宦游之路的上半场结束了，他的天真烂漫的诗酒生活开始罩上浓重的阴影。不过，他正值壮年，他还有机会，而人生之路的一波三折，也才刚刚开始……

春梦无痕：苏东坡的人生地理（中）

在河汉纵横的江南，湖州是一座流水浸润的丰沛小城。七八年前一个暮春的傍晚，我来到市中心的一座桥上。桥名骆驼桥。距桥不远，有一组骆驼雕塑。若追根溯源，骆驼桥的得名并非真有骆驼出没，而是它最初的模样弯如驼背。

清风吹拂，细雨霏霏。很自然地，我想起了苏东坡描写骆驼桥的诗句：“今日骆驼桥下泊，恣看修网出银刀。”那一年，苏东坡履新湖州，也是暮春时节。舟次骆驼桥，他袖手立于船头，饶有兴味地观看渔人劳作。

然而，命运的吊诡之处在于它突如其来的峰回路转——仅仅三个月后，苏东坡就被来自京城的使者逮捕，在骆驼桥附近被押上囚船。那一天，湖州百姓蚁集桥头，焚香哀告，祈求上苍保佑他们的父母官平安归来。

对苏东坡来说，这是43年来最大的灾难，它如同呼啸而至的陨石击中了他，而他，措手不及，全无防备……

开封：平生文字为吾累

在中国人的习俗里，黑色而喜腐食的乌鸦乃不祥之兆。巧合的是，汉朝掌纠察的御史台院中，柏木森森，上千只乌鸦栖于其上，朝去暮来，得名朝夕鸟。自那以后，人们把御史台叫作乌台。

不过，乌台之所以在后世知名，更大的原因在于乌台诗案。在苏东坡风浪交集的一生中，乌台诗案是一个巨大的转折。以乌台诗案为标志，前半生风雅浪漫的诗人从此脱胎换骨——他将会深深地明白，命运是一个完全不讲规则的对手。

事情得从苏东坡调离徐州后说起。元丰二年（1079）三月，朝廷任命苏东坡为湖州知州。依惯例，他向朝廷上了一道谢表。谢表中，苏东坡发牢骚说："知其愚不适时，难以追陪新进；察其老不生事，或能牧养小民。"

对宋神宗支持的王安石新政，苏东坡向来不赞同，这一次他竟公开在给朝廷的文书里发泄不满，改革派——或者说以改革派自居者——大为恼怒。斯时，新政灵魂人物王安石已经靠边站，那些对苏东坡不满的"新进"，大多是以改革之名混官场的见风使舵者。

为了找出罪状，舒亶、李定等人成了最早的苏东坡研究家，他们把苏东坡此前刊印的诗文一首首、一篇篇地研读，企图从中发现蛛丝马迹。这些人中，李定是最极端的一个。早年，他不守父丧，苏东坡骂他是禽兽。这一回，他总算找到了报复的好机会。他在奏章中认定：苏东坡必须为其对朝廷和君父的无礼而受到惩罚。这惩罚就是处死。

当朝廷派到湖州捉拿苏东坡的使者皇甫遵抵达官署时，已经有所风闻的苏东坡十分恐惧，躲在房间里不敢出来。面对从天而降的祸事，大师并不比小民更镇定。通判祖无颇劝他：事到如今，躲不是办法，还是去见见他们吧。苏东坡问：那我该穿什么样的衣服呢？祖认为，现在还不知道什么罪名，还是穿朝服吧。于是，苏东坡匆匆穿好衣服，出来和皇甫遵见面。

皇甫遵拿足了派头，他一声不吭地盯着苏东坡。苏东坡心里没底，越发慌张，自顾自地说：我向来得罪朝廷，今日必定被赐死，死固不敢辞，只希望让我和家属告个别。这时，皇甫遵才勉强说了声：不至于此。

苏东坡就这样被押往京城，史料记载说“顷刻之间，拉一太守，如驱犬鸡”。离开州府前，苏东坡先与妻子诀别，尔后给弟弟子由写信交代后事。握笔作书时，平日洒脱的诗人忍不住涕泗纵横。及后横渡长江，苏东坡一时想不开，企图跳江自杀，幸好皇甫遵看守很严，苏东坡找不到像屈子那样纵身一跃的机会。

苏东坡北上时，跟随他的是长子苏迈，其他家人坐另一条船跟随。当家属一行到达宿州，朝廷要求查抄苏东坡家中往来的书信和他本人的文稿。一群如狼似虎的兵丁闯上船东翻西挑，小点儿的孩子吓得哇哇大哭。等到兵丁们走了，面对一船狼藉，东坡夫人王闰之又惊又怒，她说：这都是写书招惹的祸事，他乱写东西有什么好处呢？把人都吓死了。骂罢，干脆把苏东坡的大批手稿付之一炬。

20 天后，苏东坡到达开封，被关进了乌台监狱。

入狱不久，就有官员询问苏东坡有没有可以免死的誓书铁券。

按惯例，这种询问只针对死因。对此，苏东坡自忖凶多吉少，他偷偷藏下一些平时服用的一种叫青金丹的治疗肺虚和咳嗽的药物，准备一旦宣布死刑，就超量服用自尽。

对苏东坡的审讯持续了40多天，苏东坡的前后态度判若两人：先前，他对一切加在自己身上的罪名统统不予承认，后来却委曲求全，承认了捕风捉影的不实之词，并招认之所以讽刺朝廷，是因多年未能升迁。——苏东坡在狱中是否受到刑讯逼供，不得而知。不过，当时被关在苏东坡隔壁的苏颂写诗记下了他听到的苏东坡在狱中被凌辱的情景："遥怜北户吴兴守，诟辱通宵不忍闻。"

君子落难，意味着小人得势。舒亶得意地向神宗上奏，请求英明的陛下把苏东坡和他的几个朋友——也就是被舒亶们看作旧党的司马光、范镇、张方平等人一并处死。

小人们为了落井下石，不惜故意误读苏东坡。比如苏东坡写过一首咏柏树的诗，诗中有"根到九泉无曲处，世间惟有蛰龙知"的句子，身为副相级别高官的王珪向神宗告发说苏东坡有谋反之意，理由就是这首诗在恶毒地咒骂陛下。幸好神宗不是昏君，他有些生气地回应：他明明写的是柏树，与我有什么关系？

当小人们罗织罪名企图将大师置于死地时，营救也在同步进行。所有的营救中，最打动神宗的是已经致仕的前宰相王安石，王安石只说了一句话："岂有盛世而杀贤士乎？"

苏东坡时常讥讽王安石的新法，而王安石不以为忤，反而站出来为政敌说话，宋人的宽容大度可窥一斑。多年后，当两位大师都历尽沧桑，他们将在金陵再次相逢。一壶浊酒，两头白发，过眼的都是逝去的锦瑟年华。

王安石的继任者叫吴充，是王安石的亲家，两人向来政见不合，但吴充同样为苏东坡的命运而奔走。有一天，吴充问宋神宗：您觉得魏武帝怎么样？神宗不屑地说：何足道哉。吴充说：陛下您以尧舜为榜样，当然看不起魏武帝。不过，魏武帝虽然性多猜忌，却能容得下狂士祢衡。陛下您为什么就容不下一个苏轼呢？

听了吴充的话，神宗吃了一惊，忙解释说，我没有其他意思，只想让他把事情说清楚，很快就会释放的。

中国建筑的惯例，一般都是坐北朝南，以便能沐浴充足的阳光。但御史台却很奇特，它坐南朝北，背向太阳。这种朝向使得御史台更加阴暗冷寂，更能从心理上威慑被关押其中的犯人。

从苏东坡的囚室望出去，不是汉代御史台院子里成片的柏树，而是杂植的一些植物——苏东坡与它们朝夕相对了100多天，并为它们各写了一首诗：榆树、槐树、竹子、柏树。当他刚进去时，槐叶虽然已经开始飘落，但仍有半树碧绿，叶间藏着整日高鸣的蝉儿。后来，槐叶掉光了，蝉声消失了，只有一群饥饿的乌鸦哀叫啄雪。南方故乡四处可见的竹，经冬仍然青翠，这让苏东坡感到一丝安慰，并用它来鼓舞自己："萧然风雪意，可折不可辱。"

狱中的苏东坡真切感受到了死亡迫近的恐惧。入狱前，他与儿子苏迈约定以送饭为暗号：平时不送鱼，如有不测，以鱼示警。一连过了一个多月，每天送进狱中的食物都没有鱼。不想，有一天苏迈临时有事，委托一位亲戚代为送饭，这位不知情的亲戚特意给苏东坡烧了一条鱼。

这条不合时宜的鱼让苏东坡听到了死神的脚步声。短暂的恐慌和委屈后，他不得不直面人生——既然要来的已然到来，那就得做好准备去应对。苏东坡给弟弟写了两首诗，其中一首写道：

是处青山可埋骨，他时夜雨独伤神。
与君今世为兄弟，又结来生未了因。

意想不到的是，绝命诗很快传到了神宗手里。神宗读罢，不由生出一些感动——他原本就不打算杀苏东坡，只是想通过处分他来打压一下朝野之间对新政的批评而已。

就这样，元丰二年腊月二十八日，朝廷宣布了对苏东坡的处罚。二十九日，苏东坡走出了阴森的乌台监狱，重又见到自由的阳光。

次日即除夕。那个除夕夜，苏东坡一定饮了许多酒。不然，我们很难理解，为什么刚刚摆脱了一场文字狱，他怎么又诗兴大发，写下了这种不无讥讽的诗句：

平生文字为吾累，此去声名不厌低。
塞上纵归他日马，城东不斗少年鸡。

后两句翻译成白话，意思是：老子今后宁肯到塞上去骑马奔驰，也不和你们这帮小人相争了。

黄州：一蓑烟雨任平生

乌台诗案的处罚是贬苏东坡为黄州团练副使，本州安置，不得签书公文。就是说，他的团练副使是虚职。他本人未经批准不得离开黄州。更重要的是，没有俸禄。

元丰三年大年初一这天，开封一派喜气洋洋的节日气氛，而苏东坡带着苏迈踏上了前往黄州的路。杳无人迹的茫茫雪原上，他们踩出了几行歪斜的脚印，随即又被风雪一一吞没。

十天后，苏东坡来到河南陈州，这里同样风雪交加。驿道旁，苏东坡的弟弟苏子由凄然相迎。此时，因受哥哥牵连，苏子由被贬到陈州几百里外的江西筠州（今高安）任盐酒税监，穷困潦倒的他还不得不替哥哥供养暂时还不能随其前往黄州的家小。

三天后，大雪初霁，兄弟俩在陈州洒泪而别，各奔一方。

苏东坡时代的黄州属淮南西路，隔江而望的武昌（古武昌，在今鄂州）属于荆湖北路，黄州类似于两省交界地带。自从安史之乱后，黄州日益衰落，人口稀少，经济凋敝。

元丰三年二月初一，经过一个月的长途跋涉，苏东坡看到了万里长江翻涌的雪浪，无边无际的大雪被他抛在了身后。他终于抵达了他的贬谪地黄州，迎面吹来的是早春二月的南国春风。

陌生的城池，迥异的风物，捉襟见肘的经济，难以预料的世事和前途，当诸多忧虑萦绕于心，苏东坡通过一首词表达了初到黄州的寂寞和不安：

> 缺月挂疏桐，漏断人初静。谁见幽人独往来，缥缈孤鸿影。
>
> 惊起却回头，有恨无人省。拣尽寒枝不肯栖，寂寞沙洲冷。

很多年过去了，当我追随苏东坡的脚步来到黄州，这座江畔的古城依然宁静安详，一如温婉的宋朝。宽阔的长江和四围的青山，让人一下子就想起苏东坡初到黄州写的诗句：“长江绕郭知鱼美，好竹连山觉笋香。”

以戴罪之身贬谪黄州，虽然政治上还拥有团练副使的虚衔，但此时的苏东坡是一个没有工资更没有灰色收入的编外官员。为了用有限的积蓄对付无限的光阴，苏东坡执行了“计划经济”：他规定每天只能用150钱。具体办法是每月拿出4500钱，分作30份，一份份悬挂于屋梁上，每天早晨用叉子挑一份下来，然后藏起叉子。即便150钱不够用，也决不再取。一旦有节余，便放进一只竹筒。等到竹筒里的钱足够多时，再邀约朋友，或是与身边的两个女人——夫人王闰之和侍妾王朝云共饮。

苏东坡预算了一下，按这种用度，积蓄大概可以支撑一年。那么，一年以后怎么办？妻子忧心忡忡，朋友也替他着急。苏东坡却说：“至时，别作经画，水到渠成，不须预虑。”

又一个春暖花开的季节到来时，苏东坡果然找到了水到渠成的途径。

在朋友的帮助下，官方同意苏东坡开垦约50亩荒地。这片荒地是一座军营的旧址。对土地和耕种，苏东坡并不陌生。在老家眉州，苏家就有土地数十亩。在徐州等地任地方官时，依照宋朝官员的待遇，俸禄之外，他还有近百亩叫职田的土地。只是，与以往那些肥沃的田地相比，苏东坡在黄州开垦的荒地贫瘠而单薄。

但是，再贫瘠的土地，只要有阳光和雨水，只要播下希望的种子，它们总会生根发芽，开花结果。开荒耕种的岁月，苏东坡买了一头牛，以及锄头、水桶、镰刀之类的农具。劳作时，他头戴一顶遮雨也遮阳的竹笠在田间挥汗如雨。看上去，他既不像名动天下的风流诗人，也不像曾官至知州的帝国官员。他已成为一个以双手劳作慰藉心灵的地地道道的农夫。

耕种第一年，苏东坡的土地丰收了。他让奴婢用大麦代替粳米做饭，这种粗粮，吃惯了大米的人难以下咽，嚼起来啧啧有声，孩子们开玩笑说是在“嚼虱子”。某日，又让庖人在大麦里杂以小豆做饭，“尤有味”，夫人王闰之则笑称是“新样二红饭”。

苏东坡在黄州的居所有两处，一处是为了耕种方便修建的雪堂，一处是刚来黄州时居住的临皋亭。

为了寻找临皋亭，我在黄州颇费了一番功夫。如今，和临皋亭有关的地方，至少有三处。一处在黄冈中学校园内。黄冈出版的一些史料认为这就是苏东坡临皋亭遗址所在。一处在遗爱湖公园。公园里，建有颇多与苏东坡相关的纪念性建筑。还有一处，在西湖一路附近。那里，矗立着一块石碑，上书红色大字：临皋亭遗址。立碑者为湖北省考古学会。加以比较，我以为最后一处更可能是真正的临皋亭遗址。

至于雪堂旧址，黄州虽然还有一个叫雪堂的景点，但事实上已经无法考证是否当年的雪堂所在地了——我们凭借文字唯一可以知道的是，当年，在雪堂，苏东坡亲手种植了不少果树和桑树。等到桑枝长出又亮又绿的桑叶，王闰之和王朝云便作为蚕妇开始操劳。

苏东坡毕竟是诗人，是生活的艺术家，他在桑树和果树之外，还种了不少蜡梅。每年冬天，寒梅竞发，幽香沁人，诗人徘徊在这片疏影横斜的梅林，眼神渐渐变得辽远而空寂。他不再是头戴竹笠的农夫，他依然是执掌汉字军团的统帅。

多年后，另一位大师来到黄州，他看到雪堂还在，院中梅花依旧，桑树依旧，感慨万千。雪堂正中挂着苏东坡的画像：他身着紫袍，头戴黑帽，手拿拐杖，倚坐石上。这位感慨万千的大师就是陆游。此时，苏东坡去世已近 70 年；而距苏东坡离开他的黄州，更是已过 86 载春秋。

到黄州后的第一个中秋节，苏东坡填了一首词：

世事一场大梦，人生几度秋凉。夜来风叶已鸣廊，看取眉头鬓上。

酒贱常愁客少，月明多被云妨。中秋谁与共孤光，把盏凄然北望。

这首《西江月》一不小心就暴露了诗人内心的秘密：那是一种贬谪后的悲愤与悲凉。中秋之夜，唯有独自把盏。凄凉之际，不由想起远方的弟弟。

时间是医治创伤最好的医生，苏东坡受到的伤害也必将被时间治愈。更何况，除了时间这个医生，苏东坡还可以借助美食和美景。美食而言，贬居黄州的苏东坡虽然清贫，却因地制宜地发明了东坡肘子、东坡鱼和东坡汤等家常饮食。它们和芬芳的美酒一道，共同抚慰诗人的愁肠。

至于美景，那就是赤壁。

稍具古典文学常识的人都知道苏东坡传诵千古的名篇《念奴娇·赤壁怀古》。少时读书，“大江东去，浪淘尽，千古风流人物”的豪迈曾令我悠然神往。然而，许多年后，当我来到黄州赤壁时，却未免有些失望——由于长江改道，根本无法看到苏东坡笔下“惊涛拍岸，卷起千堆雪”的壮观了，唯有如城墙一样壁立的岩石，依然呈现一种夺目的赭红，不负赤壁这个名字。

长江上有两个赤壁。上游的赤壁在今天的赤壁市，下游的赤壁就是黄州赤壁。历史上，曾发生过大战的赤壁是上游那个，人称武赤壁；而下游的黄州赤壁，因了苏东坡的诗文，人称文赤壁。苏东坡知道此赤壁非彼赤壁，但这并不妨碍他巧妙地移花接木——他把古代的战场平移到了自己所在的黄州赤壁。

初到黄州那年，苏东坡就和儿子苏迈探访赤壁。等到日渐习惯了黄州生活后，他更是经常驾着小船，漂流于赤壁之下，长江之上。

元丰五年七月十六日，正是暑热天气，这个月明星稀之夜，苏东坡邀约了几个朋友，坐一条小船夜游赤壁。船很小，但照例有酒有菜。酒过三巡，一个叫杨世昌的道士吹起了呜咽的洞箫。杨世昌是绵竹人，与苏东坡是四川老乡。

其时，小船顺着长江自西而东漂流，明月升起在大江对岸，箫声伴着江流如泣如诉，在空中久久回荡。苏东坡不由问杨世昌为何吹得如此悲凉？杨回答说，月明星稀，乌鹊南飞，这不就是曹孟德当年吟诗的地方吗？想当年他的军队势如破竹，他在这里横槊赋诗，固然乃一时之英雄，可如今安在呢？更何况我和你这样的人只不过在江边打鱼砍柴，在天地间寄托短暂的生命，渺小得像大海里的一粒小米。我慨叹我们生命短促，羡慕长江无穷无尽……

苏东坡听罢，提出了另一番见解。他说：天地之间，万物都有各自的所有权，假使不是我的东西，即便一丝一毫也不能取。只有江上的清风和山中的明月，耳朵听到它就成为声音，眼睛看见它就成为色彩，这是大自然无穷无尽的宝贵财富，是我们可以共同享受的……

——彼时的真实情景，我们不必认为一定如苏东坡文中所写，但借杨世昌之口说出的“哀吾生之须臾，羡长江之无穷”，庶几是苏东坡心灵的真实写照。面对永恒的大自然，人类，尤其是人类中多情善感的文人墨客，又怎能不感到生命的短暂易逝呢？“譬如朝露，去日苦多”，生命只是一场幻梦，大前提已然如此，那些仕途上的鸡虫得失，又何足道哉？

就像阿尔是凡·高内心的隐秘世界，塔希提是高更的复活之岛，赤壁之于苏东坡，大约也是这样一种崇高而又略显虚幻的精神地标。

和杨世昌夜游赤壁后三个月，苏东坡又一次泛舟江上。

那是一个月光皎洁的秋夜，苏东坡和两个朋友从雪堂回临皋亭，路过黄泥坂，看到霜露沉沉地打在秋草上。三人为这月夜的静谧所感染，兴之所至，唱起了歌。歌之犹不足，干脆夜游赤壁。食物是其中一个朋友提供的，他说他那天捉到了一条鱼，“巨口细鳞，状似松江之鲈”。朋友感慨说，菜是有了，只是没有酒。苏东坡回到家，王闰之说：“我有斗酒，藏之久矣，以待子不时之需。”于是，三人带着酒和鱼，开始了他们浪漫自在的秋夜之游。

寄情美丽山水，淡忘残酷现实，这是中国文人惯有的生存方式，苏东坡亦然。今天的黄州赤壁，在我看来，名气固然很大，风景却算不上有多么殊胜。但苏东坡的身影却一而再再而三地出没于赤壁，并为我们留下了多篇关于它的诗文。我们与其怀疑苏东坡没见识过真正的美景，故而为黄州赤壁所倾倒，不如说黄州赤壁只是他的一只酒杯，他要借这只酒杯，浇胸中块垒。

对苏东坡而言，黄州赤壁是不是昔年曹操的战场，是否真正具有天地之大美都不重要。重要的是，他已经从这似有灵性的山水间感觉到了生命的短暂、韶华的易逝、人世的无常。他要享受生命，趁着还有健康的身体，趁着还有自由的呼吸。他要及时行乐，及时寻找幸福——即使身处逆境，即使沦为朝廷罪臣。

黄州居住几年后，苏东坡的另一首词，向我们透露出，经过美食美景调解后，他的内心已变得从容洒脱，与刚来黄州时那首《西江月》相比，这首《定风波》宛如另一个人的作品：

莫听穿林打叶声，何妨吟啸且徐行。竹杖芒鞋轻胜马，谁怕？一蓑烟雨任平生。

料峭春风吹酒醒，微冷。山头斜照却相迎。回首向来萧瑟处，归去。也无风雨也无晴。

也无风雨也无晴，当命运多舛的诗人打算在贬谪之地购买田地定居时，我在他身上看到了一种可贵的品质：随遇而安。随遇而安不是简单地听从命运的驱赶，而是像莎士比亚借他笔下人物之口喊出的那样：上帝哪，即便你把我关在一个胡桃核里，我也能把自己当成拥有无限江山的君王！

杭州：不见跳珠十五年

当苏东坡已经适应了黄州贬谪生活，从京城下达的一纸文书，再次改变了他的人生轨迹。原来，神宗一直想起用他，但由于王珪等人的反对而拖延下来。贬居黄州四年多后，神宗总算下诏将他量移至离京城较近的汝州。就在他赴汝州途中，神宗去世，10岁的赵煦继位，是为宋哲宗，由其祖母高氏垂帘听政。高氏一向十分欣赏苏东坡，在她的过问下，苏东坡出知登州。登州任上仅五天，旋即调往京师，任礼部郎中。

此后几年，苏氏兄弟的仕途顺风顺水，一路升迁：苏东坡升至翰林学士、侍读学士、龙图阁学士、兵部尚书、礼部尚书；苏子由升至相当于副相的门下侍郎。其时，朝中有朔党、洛党和蜀党之分，苏东坡便是蜀党之首。

尽管荣华在握，富贵逼人，但苏东坡依然厌倦无休无止的党争，他多次向朝廷请求外放州郡。1089 年，即苏东坡 54 岁这一年，他如愿以偿地出知杭州。

告别杭州 15 年后，他再次来到这座锦绣之城，为此写诗感叹：

到处相逢是偶然，梦中相对各华颠。

还来一醉西湖雨，不见跳珠十五年。

苏东坡对杭州是有深厚感情的。15 年前，他正是 30 多岁的壮年，以通判这一闲职，纵情于山水与诗酒，而杭州的湖光山色、美酒丽人，曾给他留下了多少梦幻般的记忆。15 年后，再来的大师青春不再，年华渐老，已过了知天命的年龄。不过，令人欣喜的是，由于 15 年前在杭的良好口碑，父老对 15 年前的苏通判既热情又饱含期待。

15 年前后对比，知州苏东坡要比通判苏东坡敬业得多，忙碌得多；毕竟他是一州首长，不能不把勤政放在第一位。

苏东坡知杭州，最大的政绩是疏浚西湖。西湖这座巨大而美丽的湖泊，不仅是杭州的象征，也是江南画图的压卷之作。15 年前，壮年的苏东坡曾在湖上留下无数和风景一样怦然心动的旧游——那个大胆自荐的妇人，那些妙语连珠的友人，那些画船箫鼓、别院笙歌，都已成为永恒的温情记忆。15 年后，开始步入老年的大师又来了，这时的西湖依旧春风梳柳，夕阳满楼。只是，由于长期疏于治理，湖水干涸得厉害，湖中长满杂草。

一生热情歌咏西湖的苏东坡，不可能让这座西子般的湖泊日渐荒芜。为此，他两次上书朝廷，请求拨款治理。给朝廷的公文中，苏东坡说：杭州之有西湖，如人之有眉目。朝廷批准了苏东坡的报告，并以发放度牒的方式拨付了工程款。由于工程庞大，苏东坡还从邻近的秀州（今嘉兴）抽调人手前来帮忙。一时间，西湖成了一片喧嚣忙乱的工地。

施工期间，苏东坡也放下诗笔，每天前往视察。有一天，他肚子饿了，命手下人去置办食物。食物一时未到，而筑堤的农民们开饭了，他就请求这些农民匀些饭给他吃——那是陈年老米煮的糙米饭，下饭的只有几片烂青菜叶，苏东坡端起碗，吃得津津有味。

疏浚工程中，湖里挖出大量淤泥，如何处理这些淤泥是一大难题。思来想去，苏东坡很巧妙地解决了：他下令用这些淤泥连同石头一起，在西湖中铺了一道长堤，长堤宽 5 丈，长 880 丈，既为就近处理淤泥找到了对策，也为西湖两岸的来往新修了一条捷径。后来，堤边大量种植杨柳和芙蓉，还修筑了六道桥和九座亭子，长堤卧波，桥亭掩映，西湖的风景更秀丽了。这道长堤，就是我们熟知的苏堤。苏东坡写诗说“六桥横绝天汉上，北山始与南屏通”。《武林旧事》则记载，苏堤第一桥通赤山，名曰映波；第二桥通麦岭，名曰锁澜；第三桥通花家山，名曰望山；第四桥通茅家埠，名曰压堤；第五桥通曲院，名曰东浦；第六桥通耿家埠，名曰跨虹。

西湖的整治工作为时三个多月，五月动工，八月竣工。次月，苏东坡带着一帮朋友，坐着画舫，兴致勃勃地夜游西湖——从他事后写下的词作看，他固然为衰颜华发而略有喟叹，更多的却是面对无常人生而努力自适：

湖上雨晴时，秋水半篙初没。朱槛俯窥寒鉴，照衰颜华发。

醉中吹坠白纶巾，溪风漾流月。独棹小舟归去，任烟波飘兀。

为了防止湖泥再次淤积，苏东坡下令在湖中建了三座塔做标志，三塔以内禁止种菱植芡。奇妙的是，三座塔是空心的，塔身球面各有五个等距离的圆洞。月圆之夜，将灯点燃后放进塔心，在洞口糊上薄纸，圆洞映入湖面，湖中映出多个月亮，真月与假月交相辉映，这就是西湖最知名的景点三潭印月。如今，我们看到的三塔系明朝万历年间重建，但这创意，却源自苏东坡。

经历了黄州的艰难生活后，身为地方最高长官的苏东坡，对普通民众更多了一份理解和同情。到杭不久，“岁适大旱，饥疫并作”。为了救治饥民，苏东坡多次向朝廷打报告，请求减免了包括杭州在内的整个浙西路（苏东坡还兼任浙西路兵马钤辖）三分之一的上供米，使得米价回落；又向朝廷请得度牒 100 张，销售后用来买米，以救济穷困者，“民遂免大旱之苦”。

苏东坡对医药也有研究，并能开处方。他在黄州时，来了一个老乡，名叫巢谷。巢谷向苏东坡传授了一个秘方，称为圣散子。巢谷要求苏东坡对着长江发誓，绝不把秘方透露给外人。但苏东坡认为，秘方只有救治众生才能物尽其用，不久就把它告诉了名医庞安常，嘱庞安常写进医书。后来苏东坡发现圣散子对流行于杭州一带的疫病有效，就制作了大量圣散子丸，派官吏带着医生，分头为百姓治病。

为了治标又治本，苏东坡拨出公款 2000 贯，自己再捐出积蓄 50 两黄金，在杭州建成一家医馆，取名安乐坊。安乐坊聘请懂医的僧人坐堂，官方每年从地方税收中拨出一笔经费维持其运转。这样，安乐坊便成为我国最早的公立医院，而苏东坡则是我国开设公立医院的鼻祖。安乐坊的旧址，据考证，在今天杭州岳王公园附近的众安桥一带。

知杭州期间，苏东坡常常不在州衙办公，而是别出心裁地把办公室弄到城外：他令手下人打着他的仪仗从钱塘门出城，自己却带两三个心腹家人自涌金门坐船横湖而过。当城里的人都站在街道两旁看知州出行时，他已在普安寺吃早饭了。早饭后，手下的小吏在冷泉亭旁摆开桌子，苏东坡坐在桌前批阅文件。苏大人一目十行，目如闪电，其工作效率令人惊讶。处理了政务之后，他召集朋友或是同事在灵隐寺一带风景绝佳处饮酒赋诗，直到夕阳西沉，他才歪歪斜斜地骑马回城。

可以说，杭州知州任上的苏东坡是自足的，他既有身为地方长官的权力去按自己的意愿为民办事，也有身为诗人骚客的情怀去按自己的兴致享受生活。其情其景，略如其诗所云：

春来濯濯江边柳，秋后离离湖上花。
不羡千金买歌舞，一篇珠玉是生涯。

扬州：此生定向江湖老

扬州是江南的另一座美丽城市，它的精致与优雅，与杭州在伯仲之间。它们相距不远，如同江南这篇锦绣文章的两个华彩段落彼此呼应。

扬州也是文人的扬州，唐人对它的赞赏几乎到了无以复加的地步："人生只合扬州死，禅智山光好墓田。"俗语则认为，天下最快乐最幸福的事莫过于"腰缠十万贯，骑鹤下扬州"。

结束了杭州和颍州的任职，苏东坡来到扬州，出任扬州知州。就像在杭州，苏东坡曾追寻前辈白居易的足迹一样，在扬州，他则追寻了另一位前辈杜牧的足迹。

苏东坡来到扬州的200多年前，唐代诗人杜牧做过扬州太守。苏东坡一定吟哦过这位先辈诗人在扬州时写下的著名诗作：

落魄江湖载酒行，楚腰纤细掌中轻。
十年一觉扬州梦，赢得青楼薄幸名。

与杭州相比，扬州的脂粉气和诗酒味甚至更浓，从苏小小到杜牧之，从"二分无赖是扬州"到"春风十里扬州路"，扬州分明集中了江南的精华。非常遗憾的是，苏东坡在扬州只生活了半年多：暮春三月时到达，秋风刚起时就匆匆离去，他甚至没能完整地体会扬州的四季更替。

在扬州市区文昌中路，街道中间的绿化带里，有一座不太起眼的石塔，被遮掩于远处的楼房和近处的树丛中。如果不刻意寻找，很可能视而不见。这座石塔，是扬州一座曾经有名的古寺的遗物——古寺初创于晋代，后来多次重修，唐朝时因珍藏舍利而建了石塔，从此称为石塔寺。苏东坡到扬州后，即前往石塔寺观光。

石塔寺之所以出名，并不是它有什么绝妙的景致，而是因为一件广为流传的往事。

唐朝太原人王播，年轻时随父亲客居扬州。父亲死后，穷困无依的王播不得不寄食于扬州惠昭寺，也就是苏东坡所说的石塔寺。寺里每餐饭前都要打钟，听到钟声王播就前往饭堂吃饭。时间久了，寺里的和尚很讨厌他。一次，和尚们故意先吃饭后打钟，等王播来到饭堂，早已无饭可吃。王播深以为耻，在墙上题了两句诗："上堂已了各西东，惭愧阇黎饭后钟。"

后来，王播飞黄腾达，出任淮南节度使，开府扬州，于是重游少年时吃过受气饭的惠昭寺。和尚们听说王大人要来，急忙把他早年题在墙上的诗用碧纱罩起来加以保护。王播抚今追昔，感慨万千，提笔在昔年的诗后又题了两句："三十年来尘扑面，如今始得碧纱笼。"

苏东坡对王播的故事并不陌生，游这座不大的寺院，当然会想起王播。不过，与了解这个故事的人一般都是批评和尚们前倨后恭不同，苏东坡所作的诗却表达了另一番意思，那就是王播既然受过人家和尚的一饭之恩，就应该心怀感激，而不是过了 30 年还耿耿于怀。

值得一提的是，尽管我在绿化带里看到的石塔，就是苏东坡看到过的石塔，但其位置已经有所变动——苏东坡时代，石塔寺在扬州西门外，南宋时迁址重建。岁月板荡，今天寺已不存，仅余石塔和一些以石塔为号的地名。

苏东坡是三月抵达扬州的。那是包括扬州在内的广阔江南地区（扬州尽管在江北，但文化上仍属江南）最美好的季节，古人所谓"暮春三月，江南草长，杂花生树，群莺乱飞"是也。

瘦西湖无疑是扬州的精华。这是一片隋唐以来历代城濠连缀而成的水面，湖水一直与大运河相沟通，形成了不规则的带状。与西湖相比，它显得很"瘦"，很苗条。

瘦西湖西北侧，有一座建于隋朝的古庙：大明寺。自宋代以来，大明寺最知名的去处，不是佛殿，而是平山堂。

平山堂修建于庆历年间，它矗立于一座名为蜀岗的小山上，人立堂前，举目遥望，江南群山，似与堂平，因而得名。不过，对苏东坡而言，清丽的风景固然宜人，但他前往平山堂的原因，乃在于平山堂的修建者是对他有知遇之恩的文坛领袖、曾任扬州知州的欧阳修。

苏东坡一生三到平山堂。最后一次，就是在他知扬州任上。这一次，他写下了一首《西江月·平山堂》。词里，苏东坡深情地回忆了须发皆白、状若仙翁的欧阳修——现在，唯有墙壁上他留下的墨迹还能证明，他曾经在这片秀丽的风景中留下过自己的笑声与脚印：

三过平山堂下，半生弹指声中。十年不见老仙翁，壁上龙蛇飞动。

欲吊文章太守，仍歌杨柳春风。休言万事转头空，未转头时皆梦。

大奸臣蔡京也做过扬州知州。蔡京比苏东坡小 11 岁，1070 年中进士，但升迁速度却超过苏东坡。1085 年，苏东坡离开黄州时，蔡京知扬州；等到苏东坡知扬州，已是 1092 年。

扬州以产芍药花而出名，蔡京任上，每年都要以官府的名义举办万花会。万花会需展出芍药达 10 万株以上，所需费用都向民间摊派，老百姓深以为苦。可谓官方热闹几天，百姓困苦几年。

苏东坡到任不久，快到以往举行万花会的日子了，属吏们照例向他报告，想听听这位新大人的意见——万花会该搞多大的规模，每户人家该征收多少钱。不想，令属吏意外的是，苏东坡竟淡淡地说：从今年起，就不要再搞了吧。

对于此事，苏东坡写信给朋友说："花会检旧案，用花千万朵，吏缘为奸，乃扬州大害，已罢之矣。虽杀风景，免造业也。"

林语堂曾称赞苏东坡是一个有现代精神的古人。我的理解是，在苏东坡身上，体现了现代语境下的民本思想。在扬州，除了停办万花会，另一件事情也可为证。

赴扬州时，苏东坡与儿子苏迨、苏过同行。他曾多次屏去随从，亲自到村落访民疾苦。当时，麦子快熟了，但许多农民流落外地，不敢回家收麦。他询问后方知，每逢丰年，官府就要征收积欠，也就是历年欠下的债务。苏东坡向两个儿子感叹："苛政猛于虎，昔常不信其言。由今观之，水旱杀人百倍于虎，而民畏催欠乃甚于水旱矣。"——老虎够凶残的了，水旱灾害比老虎凶残百倍，而官府的横征暴敛又比水旱还凶残。到任后，他上书朝廷，请求免除积欠。但朝廷不同意。夏天时，扬州周边瘟疫大作，他再次上书，这一回终于打动皇帝，下诏宽免一年。苏东坡为之兴奋作诗："诏书宽积欠，父老颜色好。再拜贺吾君，获此不贪宝。颓然笑阮籍，醉几书谢表。"

知扬州任上，苏东坡57岁了。他的性格进一步发生了变化。这种变化可以从他不断地唱和陶诗看出来，即他的心性越来越趋向平和与冲淡。那是一种经历了大绚烂之后的平和，也是一种沐浴了大风雨之后的冲淡。

苏东坡在扬州写了一组多达20首的诗，题为《和陶饮酒二十首》，陶就是陶渊明，他是苏东坡一生中最喜爱、自觉声息最为相通的前辈。从苏东坡到陶渊明，其间是七百载悠悠岁月，但这七百载岁月也不足以阻隔大师之间血脉相通，精神相继。

扬州半年，苏东坡和以前一样，几乎天天饮酒。不过，他的酒量越来越小，不知是身体不佳还是为了养生而有意少饮。这位以把盏为乐的老人，小饮几口就鼾然入睡，从浓睡中醒来后，他开始工作——有时写诗作文，有时挥毫画竹，有时书写陶渊明诗作。

总之，历经了少年的得意与中年的困顿和觉醒之后，这位平静而慈祥的老人打算就这样颐养天年——以前，他曾经想终老黄州。不想，人算不如天算，出黄州后，他继续着走马兰台类转蓬的人生。如今，他希望在地方官任上致仕并安度晚年。

然而，苏东坡完全没有想到，他的晚年不会那么平安恬静。命运是一条没有航标的河流，没有人知道它到底要流向哪里。

即便是智者苏东坡。

……

1092 年九月，朝廷将苏东坡调往京城，任龙图阁学士、兵部尚书——很显然，这一提拔，仍是出自一直欣赏他并重用他的太皇太后高氏之手。不久，转端明殿学士兼翰林侍读学士、礼部尚书。苏东坡毕生功名，至此达到令人仰目的巅峰。

然而，盛极必衰，九个月后，高氏驾崩，哲宗亲政。和祖母完全不同，哲宗是新政的积极支持者。这时候，被当作旧党重要人物的苏氏兄弟显得如此不合时宜。尽管苏东坡名义上是皇帝的老师，然而，哲宗亲政当月，就罢去苏东坡的礼部尚书，将他派往偏远的定州任河北西路安抚使兼定州知州。

从京师调往边地，这只是打击的第一步。半年后，更大的打击随着一纸诏令传到定州：贬宁远军节度副使，惠州安置。

与贬谪黄州相比，贬谪惠州更加令人绝望到窒息：黄州虽偏，毕竟还在内地；惠州却远在瘴气弥漫的岭南。并且，贬谪黄州时，苏东坡 45 岁，年富力强；贬谪惠州时，苏东坡已 59 岁，风烛残年。

尤为甚者，贬谪惠州还只是苏东坡晚岁流贬生涯的开端。以后，道路更加遥远，风物更加恶劣，宵小的迫害更加疯狂。

这一切，苏东坡不得不独自承受。

春梦无痕：
苏东坡的人生地理（下）

深秋，古道两旁的梅树掉光了叶子，细细的枝条在风中晃动，既像坚硬的铁丝，又像章法零乱的草书。

乱石铺就的古道岁月久远，来往的人马将它踩出了幽暗的光泽。顺着古道行走半小时后，我看到路旁有一株高大的松树。树下，有一块石碑，红字书写：东坡树。

相传，这棵树已有近千年历史。当年，苏东坡亲手种下了它。苏东坡早已从喧嚣的人间撤退，不过，如同他的诗文书画一样，他种的树也留了下来。

这条遍植梅树的古道，地处著名的梅岭——南岭之一的大庾岭的组成部分。

1100 年正月，25 岁的宋哲宗去世，其弟赵佶继位，是为宋徽宗。五月，苏东坡结束了贬谪生涯，自海南北归。

次年正月，苏东坡翻越大庾岭。在梅岭古道的一座小村庄休息时，一位白发苍苍的老人问他的随从：这位官人是谁？随从说：苏尚书。老者又问：是苏子瞻吗？随从称是。老人激动地上前作揖，对苏东坡说，我听说你遭遇了很多迫害，今天能够平安北归，这是天佑善人啊。苏东坡笑而致谢，并在墙上题诗一首：

鹤骨霜髯心已灰，青松合抱手亲栽。
问翁大庾岭头住，曾见南迁几个回？

试问青天路短长

对苏东坡来说，1093 年的秋天的确是一个多事之秋。在这个万木摇落的凄怆季节，他的命运再一次发生逆转。这逆转，与两个女人之死密切相关，而林语堂称她们为苏东坡的守护神。

八月初一，苏东坡之妻王闰之去世，享年 46 岁。王闰之是苏东坡的第二任也是最后一任妻子。回想起这个与自己相伴了 25 年的女人，苏东坡凄然命笔，在祭文中说：“已矣奈何，泪尽目干。旅殡国门，我实少恩，惟有同穴。”王闰之的遗体暂殡于开封城西的惠济院。以后，由于苏东坡被贬往岭南，王闰之一直没能入土为安。要等到十年后，苏东坡也魂归道山，才由苏子由将她与苏东坡一起安葬。

九月初三，一直欣赏并重用苏东坡的太皇太后高氏驾崩，哲宗亲政。很快，苏东坡就被外放定州。如果说高太皇太后去世，让苏东坡意识到从此少了一株可以依靠的大树的话，那么，当他向名义上是他学生的哲宗辞行，哲宗却避而不见时，他更加明白：曾经如锦似绣的仕途，此后必将布满荆棘。

一生中，苏东坡一直相信，他那坎坷曲折的人生，其实早就由上天注定——那就是他的星座不好。

用星座占卜起源于古巴比伦，隋朝时此俗经印度传入中国。到苏东坡时代，已成为一种广为流传的时尚，占五星就是其中一种。苏东坡的生日，查万年历可知，是公元1037年1月8日，属摩羯座。

就像我们今天特别爱黑处女座一样，唐朝人和宋朝人特别爱黑摩羯座。唐代诗人韩愈就属摩羯座，他感叹说："我生之辰，月宿南斗。牛奋其角，箕张其口。牛不见服箱，斗不挹酒浆。箕独有神灵，无时停簸扬。"意思是说，他生的时辰恰好月在斗宿，牵牛星舞动双角，箕星张开大口。牵牛星没有拉来豪车，斗宿没有盛来美酒。只有箕星独显神灵，使我一生不停地颠簸劳累。

苏东坡对十二星座颇有研究，他自认和韩愈一样，因星座不佳而命运坎坷。他感慨说，我与韩愈都是摩羯座，同病相怜，命格不好，注定一生多灾多难。

不仅星座让苏东坡把自己和韩愈牵扯到一起，太行山也让苏东坡联想到韩愈：他从开封前往定州履新时，途经太行山东麓。对于这座纵贯华北平原的名山，苏东坡自然想一睹尊容。然而，风沙太大，太行山若隐若现，未能如愿。当朝廷免去他的端明殿学士兼翰林侍读学士，罢定州任，命他以朝奉郎身份知英州（今英德）时，虽然这无疑是断崖式的降级和不折不扣的贬谪（端明殿学士为正三品，朝奉郎为正六品），但他还是抱着比较乐观的心态。因为，从定州南下，再次经过太行山时，天气由阴转晴，他看到了官道西侧逶迤而过的大山，就连山上的草木也历历可数。

这让苏东坡想起韩愈。韩愈曾被贬潮州，自潮州北返时，途经衡山，衡山也由阴转晴。苏东坡由是想到，或许，他也将像韩愈被贬潮州那样，很快就会结束贬谪，重归中原。

然而，后来的事实证明，苏东坡过于乐观。他没能像韩愈那样在潮州只居住半年。他将在偏远的岭南，度过艰难而又漫长的六年多，相当于他生命的十分之一。

1094 年闰四月，苏东坡由定州前往岭南，其路线是从定州陆路南下，经临城、内丘、相州（今安阳）、滑州（今滑县）至陈留（今开封陈留镇）。陈留距京师开封只有几十里，意外的是，苏东坡没有进京。或许，京城纷繁复杂的人事已令他厌倦和畏惧。

才从定州出发，御史虞策认为对苏东坡“罪罚未当”，于是第二道诏命下达，苏东坡由正六品降为正七品，以左承议郎的身份知英州。过了几天，御史刘拯又向哲宗进言，说“轼于先帝，不臣甚矣”，于是第三道诏命下达，苏东坡仍担任英州知州，但永远不得提拔。

在陈留，本应东南行的苏东坡折向西南，绕道 400 多里，前往汝州。到汝州，是为了看望上月才从京师调任汝州知州的弟弟苏子由。苏东坡曾经感叹他没有更多的兄弟，“嗟余寡兄弟，四海一子由”，苏子由既是他的骨肉兄弟，也是他的精神知交。一生中，苏子由给了苏东坡巨大而又无私的帮助，既有道义上的理解和支持，也有物质上的帮衬与扶助。苏东坡陷乌台诗案时，苏子由真诚地向朝廷提出，希望用自己的官职换来对哥哥的从轻处理。这一次，苏子由又拿出一笔钱给苏东坡，苏东坡这才有能力叫长子苏迈带着大半家人到宜兴居住。苏东坡在给参寥和尚的信中说：“子由分俸七千，迈将家大半就食宜兴。既不失所外，何复挂心，实翛然此行也。”

与弟弟小聚后，苏东坡又踏上征途。他向东北而行，抵达开封附近的雍丘（今杞县）。之后，艰辛的陆路，将由相对较为舒适的水路替代——淮河的二级支流惠济河自开封而来，流经雍丘。苏东坡买舟东去，自惠济河而入涡河，自涡河而入淮河，自淮河而入大运河，自大运河而入长江。水路虽然绕行不少，但毕竟人在舟中，既不必辛苦骑马，更不用走路，且有夹岸风光可赏。从苏东坡留下的诗作可以看出，当舟至淮河下游时，随着两岸风光愈加明丽，他的心情也渐渐变得开朗起来。他坐在船上，看到淮水幽深，鱼影成串；浅滩上，菖蒲簇拥，水草如龙；两岸林木茂密，临水的合欢开花了，红色的花朵毛茸茸的，甚是可爱。

苏东坡经高邮、扬州后进入长江，溯流而上，于六月七日抵达江宁（今南京）。

王安石被排挤出朝廷后，曾贬官江宁，后辞官隐于江宁城外半山园。年轻时，苏东坡受父亲影响，加上个人见解不同，对王安石及其新法颇有讥讽。但是，随着年齿渐长，阅历日丰，他慢慢理解了王安石——至少，哪怕他不同意新法，对王安石的人格与才学也保持着一份敬意。1084 年，苏东坡结束黄州贬谪时，舟次江宁，专程拜访已优游林泉的王安石，两人推心置腹，流连宴语，苏东坡写诗感叹“从公已觉十年迟”。然而光阴倏忽，匆匆十载。此时，王安石已去世八年，墓木已拱。被风困在江宁城外的苏东坡，再也没法去拜访那个誉满天下、谤满天下的倔强老人了。

二十多天后，苏东坡到达当涂。这时，又一道诏命从京师传来，这也是对苏东坡的最终处分：下落左承议郎，责授宁远军节度副使，惠州安置，不得签书公事。也就是说，取消了他承议郎的正七品级别，名义上是宁远军节度副使，但并不到宁远军就任，而是安置惠州——如同当年被贬黄州团练副使一样，名义上还有职务，事实上既无权也无薪，乃是被监管的犯官。

命运就像在开玩笑，它让苏东坡在结束黄州贬谪后数年里，一路高升，成为举足轻重的朝廷重臣，又让他从高处猛然跌下，重回十多年前的起点。

苏东坡只能接受这一切不公的安排。之前，他已令长子苏迈到宜兴居住；此时，又令次子苏迨也前往宜兴。至于他，他让幼子苏过和侍妾朝云，以及两个老婢跟随，继续前往岭南。

溯江而上，到达鄱阳湖与长江交接的湖口后，苏东坡的船折而南下，越鄱阳湖，进赣江，溯赣江而上，经南昌、丰城而达庐陵（今吉安）。庐陵是欧阳修的老家，欧阳修不仅对苏东坡有知遇之恩，后来还成为亲戚——欧阳修的孙女嫁给了苏东坡的次子苏迨。和王安石一样，此时欧阳修也已死去多年。尽管年龄比欧阳修和王安石小得多，但曾经有过交游的老友们一一离世，苏东坡心中不免升起淡淡的忧伤。

赣江由南向北，纵贯江西。在赣南的万安境内，一道大坝横立于峡谷之间，高峡出平湖，形成了碧波荡漾的湖泊，称为万安水库。大坝矗立之前，这里是千里赣江上最险要的路段，十八个险滩一个接一个，成为旅行者的畏途。其中一个滩，它的名字广为人知：惶恐滩。

比苏东坡晚两百年的文天祥被俘北上时曾对惶恐滩记忆深刻："惶恐滩头说惶恐，零丁洋里叹零丁。"至于苏东坡，当他小小的客船在纤夫们的拉动下逆流而上时，接连不断的险滩，尤其是这处名为惶恐滩的险滩，让他生出了行路难、人生更难的感慨。他体悟了命运的无常与行走的艰辛：“七千里外二毛人，十八滩头一叶身。山忆喜欢劳远梦，地名惶恐泣孤臣。”

《读史方舆纪要》“赣水条”称，十八滩“怪石如精铁，突兀廉厉，错峙波面”。不过，随着20世纪末万安水库竣工蓄水，十八滩均没入水中，昔年令苏东坡、文天祥无限惶恐的惶恐滩不复存在。

赣州是江西南部重镇，章水和贡水在宋代城墙下交汇，始称赣江。站在赣州最知名的郁孤台上遥望，江水浩浩北上，不舍昼夜。在苏东坡时代，赣州名为虔州。今天的赣州市区，有一座草木葱茏的天竺山，也是赣州烈士陵园所在地。900多年前，当苏东坡系舟虔州，登临郁孤台后，又去了天竺山。

苏东坡一直记得，12岁时，父亲苏洵从虔州归家，告诉他说，虔州城外天竺山中，有一座天竺寺。寺里，有一块石碑，上面有白居易亲笔书写的诗句“一山门作两山门，两寺原从一寺分”。如今，他终于寻访到了父亲的旧游之地——其间是四十七载漫漫岁月。当初那个聪慧的少年，已入垂垂老境。令苏东坡失望的是，父亲说过的那块碑，上面的诗句已看不清了，历尽沧桑的石碑，独对斜阳草树。苏东坡慨叹，“四十七年真一梦，天涯流落泪横斜”——当一个垂老之人怀念早已亡故的父亲时，他一定像父亲那样，过多地领略了人世的冷暖炎凉。

赣州之后，苏东坡的船进入狭窄的章水，继续溯江而上。当他来到距赣州两百多里的大余时，必须舍舟登岸。因为，他将翻越横亘于江西、湖南、广东、广西之间的南岭——准确地说，是南岭中最东边的大庾岭。

梅岭是大庾岭诸峰中的一座，北为大余，南为南雄。一条叫梅关的古道斗折蛇行，穿越林莽，将岭南与中原联结在一起。苏东坡就顺着梅岭，一步步从中原来到岭南。

在南岭南麓的南雄，他再次登船——一条发源于南岭的河流，名为浈江，是珠江支流北江的上游段。他经韶州（今韶关）而至英州——如果按朝廷最初的任命，他将是这座城市的最高长官，虽然边远，毕竟好于惠州；更重要的是，身份也不同于现在。

由浈江入珠江，顺流而下，到广州后，苏东坡稍作停留，又溯东江而上。十月初二，苏东坡终于到达目的地惠州。此时，距他从定州出发，已经过去了六个月。

梦想平生消未尽

苏东坡时代的惠州，是一座偏僻落后的岭南小城。如今，则是一座风景秀丽的宜居之城。西枝江在市区汇入东江，两条河形成了一个巨大的Y形，今天的惠州城被两条江分割为三部分，而纵横江上的桥梁又将它们紧密地连为一体。

如同苏东坡曾驻留过的其他城市一样，惠州人也以苏东坡为傲。在今天的惠州，和苏东坡有关的景点、建筑或遗迹比比皆是。其中，名头最响亮的，无过于西湖。惠州西湖由几片相通的水域组成，原名丰湖。苏东坡第一个把它叫作西湖，一则它位于城市西边；二则，它碧波荡漾，让他想起杭州西湖——理所当然地，我以为，他同样还想起了在杭州西湖度过的那些优雅浪漫的诗酒岁月。从那以后，人们就把丰湖改称西湖。

很显然，西湖是苏东坡谪居惠州时日常的游玩之地。“一更山吐月，玉塔卧微澜”，他的诗句透露出他曾在月夜漫步。今天，六如亭、景贤祠、东坡纪念馆等景点都次第分布于湖畔。

不过，我更感兴趣并着意寻访的，不是西湖，而是苏东坡在惠州居住过的三个地方。

1094 年十月二日到达惠州后，苏东坡居住于合江楼。今天的惠州城里，西枝江注入东江的地方，有一座东新桥。桥头，赫然耸立着一座高达九层的塔楼。这就是合江楼。然而，如此崭新气派的建筑，显然出自现代人手笔。苏东坡时代的合江楼，是皇华馆内临江的一栋房子。皇华馆，相当于政府招待所。

按规定，像苏东坡这种被管制的犯官，没有资格住政府招待所。因此，十六天后，迫于时议，苏东坡不得不搬出合江楼。

苏东坡住进了一座寺庙，即嘉祐寺。如今，在西枝江南岸，一座重檐翘角的庙宇，掩映于火红的木棉花和常绿的小叶榕荫里。这就是嘉祐寺。不过，它并非苏东坡时代的嘉祐寺。苏东坡居住过的嘉祐寺故址在西枝江北岸的东坡小学校园内。

东坡小学被周边高高低低的民居包围遮蔽，哪怕大门，也因在一条小巷深处而显得很有几分局促。透过围墙，能看到操场上立着一尊手持书卷的苏东坡塑像。学校不对外开放，我无法走进校园。当地的有关资料说，嘉祐寺旧址就在校园里，不过，仅余一间偏房——而且，也不可能是苏东坡时代的遗留。

苏东坡在嘉祐寺住了五个多月，又一次搬回了“政府招待所”合江楼。他为什么去而复来呢？

这得从苏家的一门早就不走动的亲戚说起。

苏东坡有一个姐姐，小名八娘，16 岁时嫁给表兄程正辅为妻

（苏东坡的母亲程夫人是程正辅的姑姑）。虽是亲上加亲，公婆却长期虐待她。次年，八娘产后身患重病，程家不为她医治，苏洵只得将她从程家接回。然而，当八娘的病稍有好转，程家却上门指责她不守妇道，并将婴儿抢走。八娘忧愤交加，几天后即去世，年仅18岁。

苏洵对爱女之死大为悲愤，宣布与程家断绝一切来往。从此，两家几十年都不通音问。苏东坡刚到惠州，他的前姐夫程正辅被任命为广东提刑，即提点刑狱司长官。在宋代，这一职位的职务是负责一路（约相当于一省）的司法、纪检和财政监督工作，相当于今天的省委政法委书记兼纪委书记兼审计署特派员。

程正辅被派往广东，正是有人知道程家与苏家几十年不和，想利用这种不和，给苏东坡制造麻烦。

这个如此有心机的人，就是苏东坡年轻时的好友章惇。

章惇早年曾与苏东坡过从甚密，是无话不谈的知交。苏东坡在凤翔任判官时，时任商洛县令的章惇来访。两人在山中游玩，一根独木桥通向对面的绝壁，桥下是万丈深渊。章惇提出两人从独木桥上走过去，在绝壁上留下墨迹。苏东坡连称不敢。章惇却轻易地走过独木桥，在苏东坡胆战心惊的注视下，从从容容地在绝壁上写下六个字：章惇苏轼来游。

等章惇写毕再回来，苏东坡不由抚着他的背感叹：尔日后能杀人。章惇问其故，苏东坡回答说：能自拼命者能杀人也。

后来，随着时局发展，两人政见不合，越走越远，友谊的小船早就打翻在风浪中，他们从无话不谈的朋友蜕变为势不两立的敌人——有一个令人深思的现象是，朋友一旦变成敌人，他整起你来会更加残酷也更加顺手。

哲宗亲政后，章惇被起用为相，对苏东坡的一贬再贬，他起到了关键作用。不过，即便把苏东坡作为犯官监管在惠州，他犹感未能解恨，便将与苏家有隙的程正辅调到广东，以为难苏东坡。

苏东坡得知前姐夫掌广东刑狱后，摸不清他将怎样对待自己。在朋友提醒下，他给程正辅写了一封情辞诚恳的信，信中感叹："昔人以三十年为一世，今吾老兄弟不相从四十二年矣，念此，令人凄断。"程正辅为苏东坡的信所感动，并且他早就有和苏家修好的想法，于是热情回信。不久，他来到惠州，与苏东坡"相得甚欢，前却尽释"。不仅章惇借刀杀人的阴谋落空，而且苏东坡很快又搬回了"临大江，极轩豁"的合江楼。

苏东坡在合江楼住了一年多之后，再次搬家——他原以为，贬谪生涯将像韩愈那样很快结束，孰料小人作祟，归期遥遥难觅。他只好在距嘉祐寺不远的一座名为白鹤山的小山下买了一片地，盖起了房子。房子盖成后，他写信给朋友，希望其为自己提供一些果树苗——树苗不能太大，大了不易成活；也不能太小，太小的话，自己年岁已高，怕等不到挂果了。

非常幸运，就像在黄州遇到了徐君猷这个"相待如骨肉"的地方长官一样，在惠州，苏东坡则遇到了知州詹范。对名闻宇内的大师，詹范十分亲近，不仅让他住进合江楼，还不时邀请苏东坡喝酒。到了后来，由于关系密切，两人有时就着一碟用槐叶做的凉菜，就可以兴致勃勃地消磨大半天光阴。

西湖既是苏东坡的闲游之地，也是他的垂钓之处。他一个人提着鱼竿到湖边钓鱼。可能垂钓手艺太一般，很多时候一无所获，但他仍乐此不疲。有一天，他在湖中钓到一条很大的鳗鱼，就兴高采烈地提着鱼，跑到詹范家里和詹范分享。这种亲密无间的友谊，于苏东坡是一种极大的安慰。他在给朋友的信中说“到惠将半年，风土食物不恶，吏民相待甚厚”。

与物产丰饶的中原相比，惠州的生活条件差得多。黄州有上好的猪肉，价格便宜。惠州城小，很少有猪肉卖。唯一的一座市场，每天只杀一头羊，僧多粥少，要吃上羊肉不是一件容易事。不承想，这种艰难条件，竟迫使美食家苏东坡发明了烤羊脊：全惠州每天只杀一头羊，苏东坡说他“不敢与在官者争买”，于是叮嘱屠户把羊的脊梁骨卖给他。苏东坡把羊骨煮熟后，用热酒淋一下，再蘸上盐巴，放到火上烧烤，烤熟后就用竹签慢慢地挑着吃。羊骨的肉很少，因此终日摘剔，好像吃螃蟹。

苏东坡给苏子由写信，详细地介绍了烤羊脊的制作方法，末了还调侃一句“但为众狗待哺者不悦耳”——把骨头里的肉渣渣都吃得一干二净，狗当然不高兴了。

苏东坡到惠州后才第一次品尝到荔枝。这种据说杨贵妃十分喜爱的南方水果，苏东坡早知其名，只是在气候温和的中原无法一饱口福。现在，他不仅吃到了荔枝，还看到了成片的荔枝林。荔枝散发出淡淡的清香，苏东坡戴着竹笠走在林子里，大快朵颐之余，写下了一首著名的诗：

罗浮山下四时春，卢橘杨梅次第新。
日啖荔枝三百颗，不辞长作岭南人。

只要有荔枝可吃，就不在乎贬谪在遥远的岭南了——这或许可以看作苏东坡的自我安慰，但这种自我安慰却显示了他对生活的物质要求如此之低。这是一个容易满足的人，因为容易满足，才有了应对困境的收放自如。

朋友们的安慰从四面八方飞向惠州。可以说，苏东坡贬惠之前，这座岭南小城还从来没有像现在这样吸引如此众多关注的目光。佛印和尚远在江南，想给苏东坡写封信，却没人传递。另一个和尚卓契顺说：惠州又不是在天上，多走点路就到了。于是他就带着佛印写给苏东坡的信上了路，风餐露宿，依靠两条腿走到了惠州。

苏东坡的感动自不用说。更让他感动的是佛印的信，佛印怕苏东坡想不开，引经据典地开导他，用佛家的虚无思想要他看开些，一定要大彻大悟。

其实，这时的苏东坡用不着开导，他早就看开了。虽说他不可能像出家人那样大彻大悟，但他至少可以比绝大多数人看得更开。参寥也派人送信安慰苏东坡，苏东坡给参寥回了封信，他的达观与看得开显而易见：

> 某到贬所半年，凡百粗遣，更不能细说。大略只似灵隐、天竺和尚退院后，却住一个小村院子，折足铛中，罨糙米饭便吃，便过一生也得。其余瘴疠病人，北方何尝不病？是病皆死得人，何必瘴气？但苦无医药。京师国医手里死汉尤多。参寥闻此一笑，当不复忧我也。

在惠州，苏东坡写过一首广为人知的词，那就是《蝶恋花》：

> 花褪残红青杏小，燕子飞时，绿水人家绕。枝上柳绵吹又少，天涯何处无芳草？
>
> 墙里秋千墙外道，墙外行人，墙里佳人笑。笑渐不闻声渐悄，多情反被无情恼。

这首美丽又伤感的词，没想到竟成了他心爱的侍妾王朝云早逝的诱因之一。据说，朝云十分喜欢这首词。这个原本一字不识，后来跟随苏东坡后耳濡目染，遂有相当的文学修养的女子，自从儿子夭折后就郁郁寡欢。秋天时，苏东坡令朝云唱这首词，朝云唱着唱着，不由得泪流满面。苏东坡问其故，朝云说："奴所不能歌，是'枝上柳绵吹又少，天涯何处无芳草'也。"不久，朝云染上瘴疫，病中，她常常情不自禁地念起这首伤感的词。

绍圣三年（1096）年夏天，跟随苏东坡已经 20 余年的朝云病逝，享年 34 岁。朝云死后，苏东坡把她安葬在惠州西湖之滨。至今，她小小的坟茔仍在。坟头草树碧绿，坟旁立着一尊雕像。自从王朝云去世后，悲痛的苏东坡再也不愿去西湖，也不再听那首《蝶恋花》。

毫无疑问，苏东坡有一颗伟大的心灵，这颗心灵最大的特点是善于化解痛苦和烦恼。他深知生命的珍贵，因此不愿在无能为力的忧郁中愁眉苦脸。换言之，苏东坡是一个即便上了刑场，也要顺便看看刑场风景的乐观主义者。

然而，乐观又一次为他惹来麻烦。那是朝云死后半年多，苏东坡从悲痛中解脱出来，写了一首七言小诗：

白头萧散满霜风，小阁藤床寄病容。
报道先生春睡美，道人轻打五更钟。

不久，这首诗就传到了京师。京城里，有人阴阴地笑了：苏轼还过得这般快活吗？

搔首凄凉十年事

纵然是今天，孤悬南海的海南岛也是一个遥远的地方；而在苏东坡所处的宋朝，简直就是神秘恐怖的月球。

那个在京城里冷笑的人就是章惇。他不能容忍苏东坡过得“这般快活”——在小人眼里，你苏东坡已经被贬谪到化外之地了，居然还“春睡美”，这不是存心和我过不去吗？所以，小人又动手了。这一次，苏东坡被贬为琼州别驾，昌化军安置。以章惇的行事风格来看，要是大宋在南极有领土，他一定要把苏东坡贬到南极才满意。

除了上路，苏东坡别无选择。命令是以陛下的名义发出的，除了谢主隆恩，他又能说什么呢？

比前往惠州时还要恓惶，这一次，苏东坡只带了儿子苏过。父子两人坐船到广州，再由陆路往雷州半岛而去。在藤州，苏东坡巧遇了被贬往雷州的苏子由。兄弟俩已经有好些日子没见面了，没想到却在白发如霜的晚岁相逢于遥远他乡。非常有意思的是，后来宋徽宗即位，章惇也遭贬谪，贬谪地就是雷州。天道好还，可见一斑。

陆游的《老学庵笔记》记载说，苏氏兄弟在藤州一家路边小店吃饭，这种穷乡僻壤，自然没什么好东西，店家只供应一种汤饼。兄弟两人默默吃着粗劣的汤饼，子由突然放下筷子唉声叹气——想必他想起了锦衣玉食的昨天吧。苏东坡却悠然一笑，一边吃饼，一边安慰弟弟：这种汤饼，你难道还想细细品味吗？

子由陪同哥哥前往雷州半岛南端的递角场，苏东坡将从这里坐船渡海。宋代的递角场，在今天的徐闻县南山镇。南山镇港头村一带，历史上是著名的港口和海盐生产基地。史书称：“雷州递角场，直对琼管，一帆济海，半日可到，即其所由之道也。”

渡海前夜，兄弟俩秉烛夜谈。然而，苏东坡的痔疮发作了，整夜呻吟不止，苏子由也竟夕不眠，陪侍哥哥，并劝告他以后一定要少喝酒。天明，苏东坡雇船渡海。

那一天的琼州海峡风平浪静，早上的太阳在海面跳跃着，把海水染成一片不真实的绯红。苏东坡和儿子上了船，他站在船头，向立在岸边的子由等人告别。此时的子由已经泪流满面，苏东坡忽然笑了，他对弟弟说：孔子所说的“道不行，乘桴浮于海”不就是这样吗？

是年，苏东坡62岁，苏子由59岁。这一次挥手，既是生离，也是死别——直到苏东坡病逝，兄弟俩也没再见过面。

七月初，苏东坡抵达海南岛西北部的儋州。昌化军军使张中对名满天下的大师很不错，亲自张罗为他修整了居所，还常常请他到府中喝酒下棋。然而，好景不长。不久，章惇派人将苏东坡逐出官舍，张中也为此被罢官。

苏东坡只好花尽了几乎所有积蓄买地建屋，竣工后，取名桄榔庵。桄榔是棕榈科的一种高大植物，苏东坡的新居，就位于一片辽阔的桄榔林里。以后，桄榔庵被当地人改为纪念苏东坡的东坡祠。——今天的儋州，有一座东坡书院，书院里，最重要的景点就是东坡祠。不过，北宋时，它并不在现在的位置，而是苏东坡去世两百多年后，才从儋州城南的桄榔庵迁建到这里。

苏东坡时代，孤悬海上的海南岛，生存境况无比艰难。苏东坡自陈：“此间食无肉，病无药，居无室，出无友，冬无炭，夏无寒泉，然亦未易悉数，大率皆无耳。”在写给子由的诗中，苏东坡说儋州生活极差，难得吃肉，当地人以熏鼠和烧蝙蝠作菜。他感叹过去一听到蛤蟆都要作呕，现在却不得不把它做菜了，过去在京城里天天以肥羊下白米饭都觉得食之无味，现在无食可吃，简直就是活该。

海南岛的食粮要靠船只从大陆运来，遇上风浪，岛上往往缺粮。这种尴尬对苏东坡来说已成家常便饭。元符元年（1098）冬天，他和儿子在缺少食粮的窘境下，已经“相对如两苦行僧尔”。最困难时，他甚至异想天开地研究如何食阳光止饿。海南几乎天天骄阳如火，可惜这遍地阳光却是没法止饿的。孤零零的日头下，清瘦的大师如同一株风中的修竹，他被命运流放到了天之涯海之角的孤岛。他无法突围。

苏东坡毕竟是苏东坡，无论外在条件如何艰难，也难以改变他用乐观的态度去面对茫茫世事。清贫如洗的日子，他继续寻找快乐。

十多年前，我为苏东坡写过一部小书。小书里，我曾经说：尽管很不情愿，也不得不承认，苏东坡身上有着淡淡的却纵贯一生的阿 Q 精神。假设我们判定阿 Q 精神拯救了苏东坡，请相信，这并不是危言耸听。我们甚至可以断言，如果不是阿 Q 精神，苏东坡也许早已在无尽的贬谪中郁郁而终。只有当这位可爱的老家伙即便被贬谪烟瘴岭南也仍然自我安慰、自寻其乐时，我们才有理由相信海明威的《老人与海》所揭示的主题——人来到世上不是为了被打败的。

年轻时，有一个问题令我感到迷茫：既然凡·高一生都过得那样悲惨，那样不堪回首，为什么欧文·斯通却将这位疯子天才的传记命名为《渴望生活》？一个人难道会在如此这般的逆境里反而更加热爱更加渴望生活吗？苏东坡当然与凡·高不同，但他们对生活的热爱却完全一样。不管是春风得意的顺境（这样的顺境少得可怜），还是身陷小人群狼般的算计，这位智者总有办法让自己快乐而达观。如果不是对生活有着炽热的爱意，我们很难理解，为什么大师在狼狈不堪的日子里仍然活得一丝不苟。

苏东坡和岛上的黎族人友好相处，无事可做时，常到黎族村子走走看看，天真的黎族儿童吹着葱叶欢迎这位头发花白、背着竹笠的老人。黎族父老对贬谪天涯的大师当然缺少理解，但他们以质朴的笑容接纳他，还教会了他如何烹制牡蛎。起初，苏东坡不敢吃，品尝后，就尝出了海味之鲜美。他甚至和儿子苏过开玩笑，调侃说："无令中朝大夫知，恐争南徙，以分此味。"——不要让朝廷里那些达官贵人知道，以免他们一窝蜂地跑来，把我的美味分走了。

缺少酒食，苏东坡屈指算着时日，明天是邻居祭灶的日子了，他一定会给我端来祭品，可以一饱口福："明日东家当祭灶，只鸡斗酒定膰吾。"

岛上没有好墨，苏东坡就自己动手，几次差点把房子烧了。他还养成了采摘草药的习惯，像一个辛勤的老中医，天天把那些采自岛上各处的草药分门别类加以研究。

椰子是海南的特产，如同在惠州饱食荔枝一样，在海南，苏东坡饱食椰子。有一次，他喝完椰汁后，把椰子壳制成一顶形状古怪的帽子。出门时，苏东坡就戴着这顶椰子帽，沿路的人都停下来看稀奇，苏东坡不以为意。他据此作诗，诗中借题发挥说"东坡何事不违时"。

海南岛不仅物质匮乏，文化更是乏善可陈。苏东坡的到来，对当地寥若晨星的读书人来讲，无疑是天赐福分。一位叫姜唐佐的书生仰慕苏东坡的名声，于元符二年九月前来拜访苏东坡。苏东坡亲自指导他作文之法，他在苏家住到第二年春暖花开时才告辞而去。

临行时，苏东坡书写了柳宗元的两首诗送给他，并赠诗两句：“沧海何曾断地脉，白袍端合破天荒。”意思是说海南虽与大陆隔着大海，但并没有中断地脉的相连；海南以前一直没有人中过举，将来破此天荒的人一定是你。他与姜约定：等到将来姜中了进士，他再把诗写完。

此后，姜唐佐到广州等地游学，后成为海南第一个举人。他于崇宁二年（1103）正月进京赶考，路过汝州，专程拜访致仕在家的苏子由。见面时，他把苏东坡当年写的两句诗拿给子由看，当时，苏东坡已经去世一年多了。睹物思人，子由涕泪纵横，提笔为哥哥写完了那首诗：

生长茅间有异芳，风流稷下古诸姜。
适从琼管鱼龙窟，秀出羊城翰墨场。
沧海何曾断地脉，白袍端合破天荒。
锦衣他日千人看，始信东坡眼目长。

问汝平生功业

古人早说过：“人情同于怀土兮，岂穷达而异心？”年迈的苏东坡依靠诗歌、酒和对生命的渴望抵抗命运的荒诞。然而，半醉半醒之际，仍然会有一丝丝伤痛爬上心头，像年代久远而愈加清晰的初恋记忆，驱之不走，挥之难去。那就是乡愁。

对他来说，故乡不是四川眉山，故乡是云水阻隔的大陆。他不想死在海南这座孤独的岛上，他想回大陆。毕竟，大陆才是他的梦想和才华的歇脚地。

这一辛酸的愿望终于实现了。他的双脚又站到了大陆的土地上，那是元符三年，也就是公元1100年的事。是时，25岁的宋哲宗去世，宋徽宗继位，此前被贬谪的元祐大臣次第内迁，苏氏兄弟均在其列。

在素有中国南极村之称的角尾乡，我找到一座三面环海的小村落：放坡村。这是雷州半岛的最南端，如同大陆探进茫茫南海的一条手臂，对岸，便是苏东坡困居三载的海南。

不知是归心似箭还是其他什么原因，苏东坡在一个夜晚离开了海南。这是六月二十日深夜，晚出的月亮挂在天上，天空清朗，万里无云，月光下是澄澈而又暗流汹涌的琼州海峡。回顾贬谪天涯的三年时光，苏东坡认为，这并没有什么值得怅恨的，因为天涯的奇景异俗足以回报所有的苦难："九死南荒吾不恨，兹游奇绝冠平生。"

次日，苏东坡在雷州半岛一个叫鹅房埠的地方登岸，他终于避免了当年想象过的将死在天涯海角的命运。后来，为了纪念苏东坡，鹅房埠改名放坡村。村里，建有东坡书院，塑有东坡雕像。站在村外高处，遥望海南方向，水天一色，云海苍茫。沙滩上，一种叫单叶蔓荆的植物匍匐生长，如同一张绿毯；绿毯中间，偶有三两朵紫色的小花。追忆往事，岁月如流，千年已逝。

回到大陆后，苏东坡一路北行。到达英州时，朝廷下诏，恢复他朝奉郎的级别，提举成都府玉局观，外军州任便居住。按宋代惯例，一般会安排去职后的大臣提举道教宫观，但并不需要真的去这些宫观，而是据此领一份俸禄。这也就是说，多年没有俸禄的苏东坡，又可以名正言顺地拿一份薪水了。更重要的是，他可以随便选择居住地。

但苏东坡一直拿不定主意，到底该选什么地方安度晚年。他的朋友太多，这些散居各地的朋友纷纷写信，请求他住在自己的城市。苏东坡就这样走走停停，停停走走，整个过程像一次自助旅行——比自助旅行更愉快更幸福的是，沿途都有朋友和他的崇拜者请他喝酒赋诗，而诗人也乐此不倦。他在岛上寂寞已久，太需要热闹和人气。

最初，他想和弟弟苏子由一起居住在颍州，后来又觉得颍州离京城太近，担心易惹烦恼。此外，他还考虑过舒州（今安庆）和真州（今仪征），最终，决定定居常州。

然而，意想不到的是，到常州不到一个月，苏东坡竟因病去世，享年 66 岁。

病势日重，情知回天乏术时，苏东坡把三个儿子叫到床前，向他们交代后事。他说，我一生不做恶事，死后必不会坠入地狱，你们不必伤心哭泣。他写给朋友维琳和尚的信中说："岭南万里不能死，而归宿田野，遂有不起之忧，岂非命也夫！"——在岭南极端困顿时也能快乐过活，一切风平浪静后却一病不起，这难道不是命吗？

到达常州前，苏东坡曾在润州（今镇江）游金山寺，他在寺中无意间发现了自己早年的一幅画像。细看年轻时的模样，再想今日老病之身，乐观豁达的苏东坡也不由悲从中来。他提笔在画像上写了几句诗，这几句诗，完全可以看作他留给这个冰冷世界的人生总结：

心似已灰之木，身如不系之舟。

问汝平生功业，黄州惠州儋州。

苏东坡弥留之际，他的家人和从外地赶来的维琳和尚以及钱世雄等为他送终。维琳对鼻息渐弱的苏东坡说：现在，你要想想西天。苏东坡却说：西天也许是有的，但空想又有什么用呢？钱世雄说：你就勉强想想吧。苏东坡的最后一句话是：勉强想就错了。

苏东坡去世后，苏子由把他安葬于河南汝州郏县的一座山上。很巧，这座山的名字也叫峨眉山——在距苏东坡的故乡眉山不远，有另一座峨眉山。

曲终人不见，江上数峰青。现在，苏东坡去世了，一种生活方式就此徐徐拉上帷幕。

在不绝如缕的纷争与迫害中，他努力营造过自己的小世界。在这个小世界里，他用文字书写诗文，那些内心的情愫顺着手上的狼毫源源不断地流淌而出——它们感动了一个时代和一个国家，更感动了难以计数的后来人。在苏东坡的故事里，我们看到了一个智者的形象。

弹指一挥间，九百多年过去了，曾经照耀过大师的月亮还在，滔滔岷江还在，黄州的赤壁与海南的椰风还在，只是，斯人已逝，除了那些生动的文字，我们已经无法想象，在世上，曾有这么一个时代，这么一个文人，这么一种生活方式。

但他们的确存在过。在这颗小小的星球上，在这颗小小星球的太平洋西岸，在一个叫作中国的古老国度，欢笑与泪水都曾经那样生动而清澈。逝者已远，但回忆和怀想却可以拉近我们与他的距离。

……

在那本关于苏东坡的小书中，我曾试图总结苏东坡。十几年过去了，我仍然坚持当年的总结——

苏东坡是一个形容词。他去世后的九百多年间，人类变化何其广大，他却是一种不变的永恒。他是诗人、词人、散文家、画家、书法家、生活家，但他的精神和这精神留给我们的，却非这些空洞的词语所能概括。

苏东坡是一个让我们念念不忘的奇迹，一个乐观、豁达而又富有智慧的形容词。要言之，他象征着即便在苦难的放逐中，一个真正大写的人，仍然能够完整地、完美地创造自己的世界。

万水千山，知他故宫何处：宋徽宗的北狩之路

在为尊者讳的传统文化语境下，同一件事往往有不同说法。比如皇帝逃出京城或被俘掠走，官方话语叫作狩，就是打猎去了。1126 年，金军铁骑包围北宋帝国都城汴京。次年春，以艺术知名的宋徽宗赵佶和他的儿子宋钦宗赵桓，就不得不到北方去“打猎”——那就是岳飞梦想过的必须用直捣黄龙府的痛快才能一洗了之的靖康耻……

花城人去今萧索

娇艳的杏花浮满枝头，远行的人忍不住悲从中来，不可断绝。

这一年的杏花同上一年的杏花一样楚楚动人。只是，上一年看见杏花是在天上人间的皇家

园林艮岳，这一年看见杏花，却是在以往做梦也没想到的荒郊野岭。

1127年的杏花在东风吹拂下烂漫如醉，大宋太上皇赵佶，即宋徽宗，正一路北行。家山渐远，宫阙渐远，列祖列宗陵寝渐远，唯有对未来的忧惧和对既往的追思越来越近。

作为罕有其匹的艺术家和高高在上的君王，赵佶在做了26年太平天子和1年多太上皇后，出人意料地沦为俘虏，被押往数千里外的苦寒边疆，在那里度过了一生中的最后时光。

众所周知，终结五代十国的北宋，虽然经济繁荣，文化兴盛，但有一个致命软肋，那就是周围并存着辽、金、西夏等民族政权。重文轻武的北宋，不得不通过岁币换取和平。然而，没有强大实力支撑的和平在丛林法则面前，几乎铁定是悲剧。

1125年，原本的盟友、崛起于东北丛林的女真人建立的金国，挟灭辽之余威，兵锋南指。赵佶派李邺为使求和，李邺回来后，感叹金军“人如虎，马如龙，上山如猿，其势如泰山”，而大宋“如累卵”。胆战心惊的赵佶束手无策，匆忙将帝位禅让给长子赵桓。赵桓继位，改元靖康，是为宋钦宗。

在诸种要求得到满足后，金军撤走，30多天的汴京之围得以化解。孰料，几个月后，金军再次南下，汴京二度被围。赵桓依然希望通过割地纳贡的方式息事宁人。但是，当他应金人之请到城外议和时，却被扣押并遭废黜。

1127年三月底，大获全胜的金军决定北撤。这是一次完胜的掠夺之旅：除了海量金银、丝帛、玉器、古玩、图书、药材，最引人注目的是多达1.5万名俘虏。俘虏既包括赵佶、赵桓两代皇帝的直系亲属和宫女、宦官及部分官员，还包括不少工匠、医师和艺人。

汴京即今河南开封。这座历史悠久的古都，其骄人的繁华在北宋达到顶峰，《清明上河图》描绘的就是当时汴京的太平盛景。北宋时，汴京分为外城、里城和宫城。宽阔的御道起自宫城南边的宣德门，笔直地向南延伸达十余里。御道是皇帝车驾出入的通道，称为天街。天街尽头是巍峨的外城南薰门，由于南薰门正对大内，民间丧葬车辆一律不得从此门进出，以免给圣上带来晦气。

然而，1127年三月二十七日，南薰门迎来了史上最晦气的一天。

这一天，闻知太上皇和皇帝即将被金人带走，在金人胁迫下登基的新皇帝张邦昌早早地带领文武官员和太学生来到南薰门。白衣飘飘，衣冠似雪。张邦昌一行立案焚香，行礼如仪，继而集体放声痛哭，以丧礼的形式向他们的旧主子永别。也就在同一天，距南薰门不远的汴京城外，赵佶一行也对着皇宫和宗庙的方向跪拜辞行。“黯然销魂者，唯别而已矣。”普通人的离别已是愁肠百结，何况天子辞别帝都与万里山河呢？悲痛欲绝的赵佶伏地行礼后，无法站起身子，他的儿子景王赵杞只得一边抹眼泪，一边把他扶起。

早在辞别帝都之前一个多月，尽管知道局势已然不可控制，赵佶还是想做最后一次努力。他满怀希望地给金军左副元帅粘罕写了封信。他苦苦哀求，希望代子北狩，把他的儿子安置到遥远的广南郡，以奉祖宗遗祀，终其天年。这时候，这位酷爱艺术的太上皇终于像一个慈祥而有担当的父亲了。他大概忘了就在一年多前，当金军大兵压境时，他将皇位禅让给儿子后，自己带着一干亲信，以进香为名逃往南方。

他的哀求没有得到理睬，他用瘦金体书写的信件被信使退了回来。就在他写信那天，一个更不幸的消息传来：金军要求，他和城里的嫔妃、皇子、帝姬、驸马，也就是他和儿子赵桓的所有直系家属都必须出城。出城意味着，他们将与此前就被金军拘押的赵桓一起，成为金人的俘虏并被押解北上。

起程前，金人将俘虏分为七批。其中，赵佶被分在第四批。他之外，还有他的两个弟弟、一些嫔妃和儿子，以及孙子、驸马、宫女，总计1940余人。七批队伍行进路线并不相同。一路经河北，一路经山西。不过，他们的第一个目的地都是燕京（今北京）。

“最是仓皇辞庙日，教坊犹奏别离歌。垂泪对宫娥。”饱读诗书的赵佶对先代亡国之君的典故和诗词烂熟于胸。只是，他绝对没料到，有一天，他也会成为亡国之君，也会像押解待宰的羔羊那样，被排闼而来的敌人押往未知的远方。

远方，是雪花大如席的边陲，也是失败者不祥命运的深渊。

凭寄离恨重重

赵匡胤建国时，不少大臣劝他把首都定在长安或洛阳。这两座城市，也是此前强汉盛唐等王朝定都的不二之选。赵匡胤却出乎意料地选择了汴京。黄河南岸的汴京，地处一马平川的华北平原，无险可恃，是典型的四战之地。尤其是虎踞北方的契丹和后起的金国，他们的铁骑数日间就能渡过黄河兵临京师。

赵匡胤也有他的不得已之处：此时中国的经济重心已转移到江南。就像唐朝时就依靠运河把粮食从南方运往京师一样，北宋也需要从江南运输包括粮食在内的大量物资。选择汴京，距江南更近，水运更便捷也更有保障。

今天，开封城北十余公里便是滚滚东去的黄河。这也是当年汴京唯一可以依靠的天险。略有不同的是，由于宋朝初年黄河改道，当时的黄河并不在今天的位置，而是还要往北几十公里。

跟随赵佶北狩的众多臣民中，有一个没有留下名字的人，他把从汴京出发后的行程详细记录在案，这些记录成为我们了解这段惨痛历史最珍贵的史料。这个没有留下名字的人，像是为了呼应赵佶及众多俘虏的命运，他把这本小书命名为《呻吟语》。

1127年三月二十九日黎明，赵佶所在的第四批俘虏从汴京城外刘家寺出发，踏上漫漫旅途。今天，从开封前往北京，沿着大广高速穿过广阔无垠的华北平原一路北上即可。900多年前赵佶北狩，他经行的路线大体与大广高速平行，不过偏西一些。

八百里太行山像一堵宽厚的大墙，矗立于华北平原西部，是华北平原与黄土高原的天然分界线。赵佶前往燕京的路线，大致就沿着太行山西南一东北的走向，次第经过今天延津、滑县、安阳、邯郸、邢台、正定、定州等地。

行走于太行山东麓，如果天气足够好的话，能够远远眺望到西边天际线上苍茫的青黛色，那就是太行山。不过，估计赵佶很难有观山赏景的雅兴，尽管他是当时最优秀的艺术家和最讲究的生活家。

从开封到真定（今正定）的几百里地，“行皆生路，无人迹”。废弃多年的道路铺满草木，行走时不得不伐木取道。金军骑兵随马带一些木头，遇到有水的地方，如水浅，就用木头架为便桥；如水深，就把更多木头推进水中，踩着木头走过去。为了赶路，哪怕天降大雨，也得按时起程。赵佶骑过马，更多时候坐一辆牛车，两个不会说汉语的金军士兵为他赶车。第一个晚上，宿于封丘。除了押送的金军主将和赵佶住毛毡帐篷，其他人只有薄薄的布帐篷。

一路上，所有俘虏都必须自备饮食。每天晚上到了营地后，金军的帐篷把赵佶的帐篷围在中间，再环以各种车辆。车辆之外，竖插着充当鹿角的树枝。最外层则是警戒的哨兵，严禁俘虏出入。金人给每个俘虏分发粟或米，但不提供柴和水。很快，俘虏们就学会了在赶路途中，一边走一边捡拾柴火并储备饮水。

疲于奔命的艰辛自不待言，更要命的是，出发才几天，就发生了一连串变故。这些变故令赵佶既愤怒又伤心，最终则是彻底地疼痛和无力。

四月初七，队伍抵汤阴。这座平原上的小城，是不久以后的岁月里最令金人头痛的南宋名将岳飞的故乡。只是，斯时岳飞年仅25岁，还是一个名不见经传的下级军官。

这天，一个叫阿林葛思美的金国官员，强暴了一个姓曹的宫女。对多见牛羊少见人烟的金人来说，美貌娇弱的宋室宫女无疑是一种无法抵挡的诱惑，尤其是这些宫女已沦为大金国俘虏。赵佶闻讯，只好吩咐后宫诸人多加小心。

不想，次日就发生了更为悲惨的事。是时，天降大雨，地位低下的宫女们连帐篷也没有，晚上就住在牛车上。当晚，一些宫女因牛车被雨水淋湿透，就到相邻的金军帐篷避雨——这简直相当于小白兔进狼窝。其结局，《呻吟语》的作者用了三个字。这三个字，每一笔每一画都透露出难以穷尽的悲惨：多奸毙。

事实上，不独地位卑贱的宫女受辱，即便是身体里流淌着皇室高贵血液的帝姬（公主），同样也是金人砧板上的鱼肉。早在汴京之围，宋金双方尚在和谈时，按协议，宋朝将8000名年轻女子送给金军。其中，就有赵佶的女儿茂德帝姬。茂德帝姬被分给对她垂涎已久的右副元帅斡离不。可怜的茂德帝姬见到斡离不时，吓得浑身发抖。斡离不令人将她灌醉，尔后强奸。

此后，赵佶父子被拘押于汴京城外。有一天，斡离不突然要求赵佶把女儿富金帝姬（赵佶有两个女儿的名字几乎同音。一个写作富金，被封为洵德帝姬；一个写作福金，被封为茂德帝姬）嫁给粘罕的儿子设也马。是时，富金帝姬已嫁田丕为妻。赵佶拒绝说："富金已有家，中国重廉耻，不二夫，不似贵国之无忌。"粘罕回以一番臭骂。最终，富金帝姬仍被分配给设也马。汴京之围期间，赵佶有三个女儿死于金军营中。她们要么因反抗强暴遇害，要么为保全贞操自尽。

都城铺村是京深高速西侧的一座普通的北方村庄，属河北内丘县。时值夏季，村子里绿树掩映，颇具江南气息，与印象中总是枯枝向天的北方有相当大的区别。民居门额上，写着"家和万事兴"之类的吉语。

在宋朝，都城铺村称为都城店。对仓皇北行的赵佶来说，这座默默无闻的小村庄是他的伤心之地。离开汴京半个月后，一向养尊处优的皇室成员及宫女们不断死亡。四月十六，赵佶的弟弟燕王赵俣去世。宋神宗众多儿子中，赵佶排行十一，比他小一岁的赵俣排行十二，兄弟俩感情向来不错。

弟弟死后，赵佶大放悲声。事发突然，人在荒郊，只找到一个马槽殓尸。燕王妃和燕王世子向金人请求把遗体送回汴京，但这种奢望自然不被允许。甚至草草掩埋也不行，必须火化。火化后，赵佶长久抱着弟弟的骨灰盒，对魂归西天的弟弟喃喃自语，"吾行且相及"。

从开封到北京，今天的路程大约 700 公里。这 700 公里路，赵佶耗时一个半月。五月十三，在付出惨痛代价后，赵佶终于抵达燕京。其他各批次的俘虏也先后到达。最惨的一批，出发时 5600 多人，沿途疾病与饥饿双重折磨致死的，加上不能骑马而被丢弃的，就有2000多人。到燕京半个月后，又有一半人非正常死亡。

在燕京，金人处理了不重要的俘虏：释放各种工匠、艺人，让其自谋生路。将女俘分配给金人。分到大户人家的，做妾的居多；分给下级军官或士兵的，不少人又被卖到青楼做妓女。有一个铁匠，花八两银子买了一个妓女做老婆。一问，才知道这妓女竟然是大宋亲王的孙女、宰相的侄媳；她的丈夫，也是有头有脸的进士。《燕人麈》作者认为，女人还算好，她们如果能“不顾名节”，那么“犹有生理”。

与之相比，最惨的是官N代、贵N代，他们被分给金人做奴隶。这些从前衣来伸手饭来张口的公子哥儿，现在“执炊牧马，皆非所长，无日不撄鞭挞”。在人生地不熟的异国，他们叫天天不应，呼地地不灵，只有在屈辱、饥饿和劳累中苟延残喘。偶尔回首从前富贵，恍如春梦一场。

在燕山脚下的寺庙里，赵佶作了一首诗，题写在寺庙墙壁上。诗中，他表达了内心永久的悔。只是，木已成舟，悔之晚矣：

> 九叶鸿基一旦休，猖狂不听直臣谋。
> 甘心万里为降虏，故国悲凉玉殿秋。

春梦绕胡沙

赵佶有一幅传世作品：《听琴图》。图上三个人，弹琴者为他本人；左右聆听的，青衣者为童贯，红衣者为蔡京。执政20多年里，赵佶最信任的首推同样有高超艺术造诣的蔡京。他们既是君臣，也是文友，还是儿女亲家。赵佶把茂德帝姬嫁给了蔡京第五子蔡鞗。

对蔡鞗来说，靖康耻不仅是国破，也是家亡。妻子被斡离不夺走，他本人也做了俘虏，陪伴岳父赵佶远行。作为赵佶身边人，蔡鞗发现，随着故国渐行渐远，赵佶正在努力接受已然发生的事实，并通过反思历史来说服自己。其实，早在汴京时，斡离不也曾劝说赵佶认命。他认为，改朝换代是不可避免的，即便尧舜这样的明君，也要禅位给别人；并表示，到了北方，也“必得安乐”——由于霸占了茂德帝姬，斡离不成了赵佶事实上的女婿。其人一向对宋朝较为宽厚，曾主张将赵佶释放，但遭到权力更大的粘罕极力反对。后来的事实证明，赵佶并没有得到安乐，还有更多的屈辱和更多的不幸等待着他。

燕京不是北狩的终点，与后来更为漫长的路途相比，几乎就是一个起点。在燕京居住四个月后，金人把赵佶迁往中京。中京系辽国所建，金灭辽后沿袭之，其旧址在今内蒙古宁城境内。

2019 年夏天，我自四川前往北方考察。车过北京六环向北而行，山体渐渐高大，那是横亘于华北与东北之间的燕山山脉。虽然燕山诸山海拔大多只有 1000 余米，但由于山势陡峭，地表破碎，行路极为艰难。以赵佶的北宋末年而言，从华北前往东北有三条路。自东而西，分别是沿海滨经山海关的傍海道以及卢龙道、古北道。后二者都要经过相对低缓的隘口穿越燕山。

赵佶一行走的是位于中间的卢龙道。其经行路线，《呻吟语》记载说：“过石门，至景州，上卢龙岭，渡栾撒河、泽河，过大漠。”通过对比史料，大抵可以复盘赵佶父子从燕京到中京的路线：经今三河、蓟州、遵化、迁西，在迁西境内的喜峰口穿越燕山，进入宽城，继续向东北而行，次第翻越燕山东缘支脉七老图山和努鲁儿虎山，尔后抵达宁城。约 500 公里的路程，耗时 32 天。许多年后，我两次行走于燕山及其支脉之间。与人烟稠密的华北平原相比，这里山高谷深，人烟稀少。从承德到宁城，山峦连绵起伏，不少地段植被稀疏，暴露出灰白而狰狞的山体。午后阳光炽烈，人迹罕至的山路上，风吹山梁，恍似波涛拍岸。

赵佶父子由燕京赴中京时，包括濮王赵仲理在内的 1800 余人被留在了燕京。这些锦衣玉食的公子王孙，竟然沦落到衣不蔽体的地步。临行前，赵佶把金人送给他的生绢分赠众人。赵佶走后，金人每天给燕京的俘虏们一升粟谷，“拘禁若囚卒”，不到一年，包括赵仲理在内，“死者过半”。

建于老哈河平原上的中京曾是辽国五京之一，其城池仿汴京而建。经过金灭辽的战火，这座城市不可救药地衰败了，“地极荒凉，远逊燕山”。粮食等物资，都要依赖从燕京运送。至于千年后的今天，已经只有一片荒凉的遗址和一个依托遗址而建的公园。唯一引人注目的是一座修建于辽国时期的高塔，鹤立鸡群地矗立于矮小的房屋间。这座塔，见证过赵佶父子受押北行的凄凉身影。

当赵佶父子暂住于中京时，金国君臣又决定了他们的命运。这一次，他们将被驱赶到更为遥远的地方，并在那里惨遭人生中最深重的侮辱。这个地方，就是金人的龙兴之地，也是大金国缔造者完颜阿骨打的长眠之处，即位于哈尔滨东南的阿城。当时，它叫会宁府，又称上京。

从中京到上京的路线及沿途情况，《呻吟语》和《宋俘记》等的作者、当事人留下的一手资料语焉不详，难以考证。

唯一可知的是，离开中京是 1128 年七月二十三，也就是说，赵佶父子在萧条的中京居住了九个月，到达上京的日子则为当年八月二十一。费时近一月。

阿城是哈尔滨的一个区，距哈尔滨市中心不过 20 公里。我从市区出发东南而行，沿路向当地人打听一个叫白城的地方。时值七月，草木葳蕤，坦荡如砥的平原青葱似碧玉。穿过种满玉米的田野，我踏上了一条高出玉米地数米的土坎。土坎笔直地伸向原野深处，从生的杂草中，点缀着一簇簇紫红的黄耆花。这里，就是金国早期的首都上京会宁府遗址。

1114 年，阿骨打起兵反辽，次年建国号金，即定都于此。不过，按史料记载，相当长时间里，这里虽然是首都，但阿骨打只设毡帐，到了晚年才开始修筑宫殿。靖康之变两年前，宋朝官员许亢宗出使金国，到过会宁府。他看到的大金国都城，“一望平原旷野，间有居民数十家，星罗棋布，纷揉错杂，不成伦次。更无城郭里巷”。哪怕是天子所居的皇城，也不过“阜宿围绕三四顷”，中间只有一座刚完工的乾元殿，由七间木结构建筑组成。阿骨打称帝八年后去世，安葬于距白城不到两公里的地方。

因此，对阿骨打身后的完颜子孙来说，上京会宁府既是都城，也是祖先长眠之地，是根与脉之所在。如今，子孙们俘虏了大宋皇帝，理应把他带到祖庙献俘，以告慰祖宗英灵。

1128 年八月二十四日黎明，金军士兵将俘虏们押往阿骨打庙。在那里，竖着五面白旗，旗上分别写着“俘宋二帝”“俘宋二后”“俘叛奴赵构母”“俘宋诸王、驸马”“俘宋两宫眷属”。庙前，二帝二后被勒令脱去袍服，仅着内衣。其余人等，不论男女，均赤裸上身。所有人都披上一张及腰的羊皮，手拿一根羊毛织成的绳子。二帝被引进幔殿，恭敬地将手中的绳子递到金帝手中。

这种仪式叫牵羊礼，意在表示自己就像羊羔那样，任由主人宰割。

仪式结束后，赵桓的正妻朱皇后不堪凌辱，愤而上吊，被人救起后，又投水而死。

除了赵佶父子各自的正妻等少数人，俘虏中的其他女人都被当作战利品分配。金人派来医官为她们做体检，凡有身孕的，一律堕胎——史料记载，北狩途中，先后有多名嫔妃为赵佶生子。这是一桩令我深感疑惑的悬案：作为俘虏，在前途未卜的艰难行旅中，赵佶真的还有如此强烈的性趣吗？是故，一个可能的真相是，这些孩子，多半是金人的。

牵羊礼之后次日，赵佶父子获得了公与侯的封爵。只是，封号是为了进一步侮辱他们：赵佶受封为昏德公，赵桓受封为重昏侯。

牵羊礼两个月后，赵佶父子又一次踏上旅途。这一次，目的地是韩州。农历十月底，东北已经降雪，气温一日低于一日。二十六日，赵佶一行在风雪中上路；两个月后，距新年只有四天时，他们终于抵达韩州。

900 多年后，我从长春出发去韩州。在四平附近下高速后，汽车转入一条土石公路。公路两旁，密布着高大的杨树，杨树林后面，是一望无际的玉米地，偶尔隐着几户人家。当土石公路变成硬化路面时，远远地，我看到一些楼房起伏在庄稼地尽头，隐约有城镇的模样。在一座烈士陵园对面，我寻到一块石头，上面用刺眼的红色写了四个字：韩州古城。旁边，是一段只有一米多高的有箭垛的城墙，城墙上，也有几个红字：八面城遗址。显然，这个所谓的遗址，是近些年的拙劣仿作。

历史上，金国设置的韩州曾三迁治所。我寻访的昌图县八面城镇，是它的第二个治所。比对年月，就是赵佶北狩时的韩州州府所在地。赵佶到韩州时，原本滞留于燕京的近 2000 名俘虏，病死饿死大半，幸存下来的 900 来人，也一同迁到韩州。双方会合后，韩州的俘虏约 2200 人。金人给俘虏们划拨了 45 顷土地，令他们耕种自食。

即便做了俘虏，赵佶仍是俘虏中地位最高的，且他年近五旬，在当时已是老人，自然不会躬耕。只不过，与从前的奢侈豪华相比，如今的生活早就捉襟见肘，人生的巨大落差简直可以用来发电。身为文化人，能够给北狩中的赵佶带来片时欢娱的是读书。不过，在文化极为落后的金国，他常常面临无书可读的窘迫。他曾对蔡鞗感叹说："北狩以来，无书可读。"有一天，偶然遇到货郎挑着书出来卖，他兴奋地"以衣易之"。

很可能，赵佶以为韩州就是他的终老之地，他的余生将在这片肥沃而沉静的平原上度过，最终就像他的儿子赵楷那样，死在韩州，葬在韩州。孰料，在韩州一年又七个月后，金人再次令他上路了。这一次，是韩州东北 1000 多里之外更加偏僻也更加恶劣的五国头城。

忍听羌管，吹彻梅花

依兰是哈尔滨下辖的一座普通小城，如同大多数内地县城一样，既有些冷清，也有些杂乱。城中，有一座修建时间只有十几年的"古城"，那就是作为旅游景点的五国头城。依兰这个名字，知之者甚少；相反，五国头城却有不少人都听说过。其原因，就是从宋朝流传至今的赵佶父子在这里坐井观天的传说。

五国头城常被简称为五国城，其实五国头城和五国城是有区别的。辽朝时，生活在今松花江、黑龙江和乌苏里江下游的生女真人建立了越里吉等五大部落，称为五国部。五国部的五座主要城寨合称五国城。其中，越里吉城是五国部会盟之城，因而称为五国头城。五国头城的旧址，就在依兰。

从八面城到依兰，今天的公路距离约 700 公里。在赵佶时代，这一数字要远远过之。他们在旅途上花费了整整 46 天。

复盘他们的路线，乃是从八面城出发后，经信州（今四平秦家屯）到宾州（治所在今农安县）。农安也是岳飞要直捣的黄龙府所在地——我没寻找到黄龙府遗址，只看到一座桥，名为黄龙府大桥。黄龙府大桥横跨的那条河，系松花江支流伊通河。赵佶一行顺伊通河而下，在伊通河注入松花江的地方，舍陆登舟，顺江而下。

船行到半路，金朝东路都统习古乃截住赵佶的船只，宣称金帝命令减少去五国头城的人员。经赵佶苦苦哀求，最后，只有 140 人随行。其余上千人则移居内蒙古临潢，甚至按照十人换一马的方式，被卖给党项人和蒙古人为奴。

依兰的五国头城景区里，复原了两个地窨子。所谓地窨子，是东北少数民族发明的一种穴式房屋。先在地面挖出长方形土坑，再立起柱脚，架上高出地面的尖顶支架，上覆茅草、兽皮或泥土。地窨子保暖性好，修建方便。赵佶等人到达五国头城时已是秋天，漫长而严酷的冬天即将到来。可能是为了抵挡严寒，也可能是来不及盖房屋，于是先住在地窨子里。这也就有了后世以讹传讹的坐井观天的故事。还有一种说法是，赵佶等人住在四合院中，而四合院的院子，俗称天井，因而也称为坐井观天。

南宋学者洪迈的父亲洪皓曾出使金国，并被金人扣留十余年。

洪迈听父亲讲述过随二帝北狩者的悲惨生活，他写道：“帝子王孙、宦门仕族之家，尽没为奴婢，使从作务。”金人给这些人每人每月发稗子五斗，舂成米后，只有一斗八升，这就是他们的口粮。每人一年发麻五把，自行纺纱制衣。“此外更无一钱一帛之入。”最可怜的是一些不会纺纱制衣的男人，只好“终岁裸体”。金人有时也发发善心，教这些人烧火，以便取暖。然而北方室内外温差极大，烧火时还算温暖，及至到室外取柴回来，往往“皮肉即脱落，不日辄死”。

赵佶父子虽然也是俘虏，但毕竟曾是宋朝皇帝，金人对他们要好得多。金朝皇帝不时会赏赐他们一些东西，《金史》就郑重记载“赐昏德公、重昏侯时服各两袭”。

总之，与韩州相比，五国头城气候恶劣，物质匮乏，含着金汤匙出生的宋朝贵族不断凋零：到五国头城不久，郑太后去世。赵佶一生育有 38 个儿子和 34 个女儿。靖康之难时，在世的儿子 26 个，除康王赵构逃脱后在南方建号称帝，其余 25 个都做了俘虏。北狩途中，死亡 9 个，到达五国头城时还有 16 个。但到达五国头城第一年，就有 3 人去世。此后两年，又有 2 人去世。他的 15 个年幼的孙子，活着到达五国头城的仅仅两个。死者长已矣，存者且偷生。金帝给这些皇子皇孙赐了配偶，昔日血统高贵的皇室，他们的后代像种子一样播撒在东北大地。到 70 年后的金世宗时代，金世宗还下令“敕有司给天水郡公家属田宅”。所谓天水郡公，乃是赵桓后来的封爵。

苦难的生活如一眼望不到头的荒原，每一寸都埋伏着煎熬和屈辱。昔日高高在上的皇亲国戚不仅失去了尊严，甚至连吃顿饱饭也是奢求。这时，发生了一桩令赵佶震惊而难过的事：他的儿子沂王赵楷与驸马刘文彦因绝望而诬告他谋反，企图以此获得金人的宽大对待。

金人获悉，立即派使调查。赵佶深知，身为俘虏，金人随时可以像踩死一只蚂蚁那样处死自己，是故，“太上惊惶”，左右“皆悚慄”。好在，负责调查的金使很快弄清真相，沂王也承认是捏造。金使征求赵佶的处理意见，赵佶叹息说：“虽系诬告，天伦之属，岂忍为之？”金使下令，将二人处死。

原本是骨肉之亲，是君臣父子，可到了真正绝望之时，如同溺水的人抓住最后一根救命稻草，他们再也不会顾及亲情和人伦。如果还能浮出水面，他们就敢踩住一切能够踩的人，哪怕是他们的君主和父亲。人性的黑暗在此显露无遗。这种人性的黑暗，对赵佶打击甚大。他对蔡鞗说，亲生儿子也诬告我，这件事，让我体会到什么是众叛亲离。

北狩时间越长，赵佶的性格变得越平和。他慢慢接受了命运的安排，并力图在尴尬的北狩中寻找到一点点生活的乐趣。他写字，绘画，作诗，填词，有时也和他的儿子、大臣联句。在待人接物上，他不再是颐指气使的太上皇，而是善于体恤他人的长者：比如，有一年他住的房子失火烧毁，手下人打算请金朝派人修盖，但赵佶制止了，他说：“正是农时，岂可妨废。”

手下人犯了小过失，金人追查，他尽力为其掩饰，使其免于处罚。当他听说宗室中有不少人因缺食而死时，他悲不自胜，流泪对左右说：“此辈何辜，至于如是。”

他的这种由己及人的悲悯，甚至惠及禽兽：但凡看到出售被捕获的禽兽，他一定要买下来释放。因为，笼中禽兽让他联想到了自己，“今伊辈皆在絷维之中，当求诸己也”。

令人扼腕的是，倘若当赵佶还是汴京城里一言九鼎的天子时，就深怀这种如同阳光雨露泽被苍生的宽厚与仁爱，哪里还会有草木风悲的北狩？

儿子和女婿的诬告，也让赵佶变得更加小心谨慎。自北狩以来，他写就的诗词多达千余首。此时，他生怕别有用心的人有意曲解，遂将绝大多数篇章付之一炬。可以想象的是，在极边的北国，铅云低垂，阴风怒号，地窨子里，一个憔悴的老人颤抖着将那些寄托了故国之思的诗篇一一投进火盆。当火焰舔着纸张，火光映红了他苍老的容颜，那种源自内心深处的寒冷，或许要冷过室外弥天的风雪。

诬告事件三年后，又一个杏花娇艳的暮春，赵佶于五国头城去世，享年 54 岁。他 14 岁被封为亲王，18 岁登上帝位，45 岁做了俘虏。北狩八年里，他常常痴痴地面南而立，遥对故国山河，梦想回到温暖而亲切的南方。但一直要等到金朝行将灭亡的 1221 年，也就是赵佶北狩差不多 100 年后，他的 70 多个后裔才得到金宣宗的恩典，自东北迁回汴京。只是，人不可能第二次踏进同一条河流，此时的汴京早不是从前的汴京。

比赵佶更悲惨的是他的儿子赵桓。父亲死后，赵桓又孤独地活了 26 年，才在彻底的绝望中死去。——1141 年，宋金再度议和，同赵佶一道北狩的赵构之母韦贤妃得以带着赵佶骸骨南归。临行，赵桓扶着车轮痛哭，请求韦贤妃给赵构捎话，将他接回南方。他不当皇帝，随便给个小官就行。然而，同父异母的赵构不可能让他回去。南方不再有他的位置。他是一个多余人，唯有终老北方。

赵桓在位仅一年又两个月，却做了长达 34 年俘虏。《宋史》感叹说他“享国日浅，而受祸至深”。他所受之祸，缘于他的父亲。对那些寡德不仁的人主的下场，古人早就有精辟论断：“近者祸及身，远者及其子孙。”沉溺于酒色、园林、金石、音乐、书画和修道的赵佶，在位20多年间持续不断胡作非为，不仅祸及自身，也祸及其子孙。躺在冰天雪地的五国头城，午夜梦回，赵佶一定流过悔恨而伤心的泪水。只是，天崩地坼的巨变早已发生，又岂是几行渐渐冷却的泪水能够化解？

早在赵佶行进于真定到燕京的路上时，他的儿子赵构在南方称帝，是为南宋之始。年轻的下级军官岳飞闻讯，激动上书，请求赵构亲率六军北渡，收复中原。岳飞的一腔热血换来八个字的斥责：“小臣越职，非所宜言。”

以后，通过与金人的一场场硬仗，岳飞成长为一代名将。岳飞最大的理想是收复失地，直捣黄龙府，迎回北狩的二圣。在名篇《满江红》里，他历数了“三十功名尘与土，八千里路云和月”的慷慨激昂后，又以十分沉痛的笔触写道：“靖康耻，犹未雪；臣子恨，何时灭？”

岳飞没有意料到的是，不仅臣子之恨没有灭逝之时，就连他本人的生命，也将成为宋金议和的牺牲品。至于他迎回二圣的理想，更是虚无的镜花水月。当岳飞以莫须有的罪名冤死后，残汤剩水的小朝廷苟且于杏花春雨的江南，在“直把杭州作汴州”的浮华中走上绝路。历史惊人地相似：与北宋末年的汴京之围一样，100多年后，同样是来自辽阔北方的异族铁骑，以气吞万里如虎之势摧枯拉朽，改朝易代……

遗民泪：
汪元量见证的宋室北迁

历史总是惊人地相似。

三百年王朝的首尾两端，居然都是一群彷徨无助的孤儿寡母。在别人家孤儿寡母的哭泣中黄袍加身，在自己家孤儿寡母的哭泣中黯然倒台。

这就是宋朝。

“我更伤心成野史，人看野史更伤心。”1288年，当风尘仆仆的汪元量重又回到久违的江南，他惊讶地看到，十多年来反复出现于梦境的江南，竟已是“青芜古路人烟绝，绿树新墟鬼火明”。记忆中的繁华与眼前的荒凉判若云泥，时代巨轮碾过之后，蝼蚁般的人生更显渺小和虚幻。

12年前，他从临安出发北上；12年后，他从北方回到临安。

汪元量踽踽独行的身影之后，曾经富庶而精致的宋朝随风飘散……

我愿人间春不老

高速公路在跨越了喇叭状的钱塘江口后，于盐官附近折而向西。城镇星罗棋布，屋舍俨然，如同杭嘉湖平原这片巨大的绿叶上匍匐的五彩甲虫。30 公里外，平原上隆起一列山，方圆十余公里，名为皋亭山。下了高速，我顺着一条小路盘旋上山。最高处也不到 400 米的山上，佳木秀而繁荫，掩映着工厂、民居、庙宇，甚至还有一个宽大的游客中心。人来车往，鸟啼花开，一切都是平淡而美好的小日子模样。

时光回溯到 700 多年前，回到 1276 年那个寒冷的早春，皋亭山迎来了一位手握重兵的大人物。大人物来自北方，他的祖先是辽阔草原上弯弓射大雕的英雄。那时候，皋亭山建有大宋国宾馆，国宾馆的工作人员，见识过五湖四海的各色客人。但他不是彬彬有礼的客人。他是志在必得的征服者。

那就是伯颜，以及他率领的席卷天下的蒙古铁骑。

三十里以西的临安城依旧繁华如昨，这座“烟柳画桥，风帘翠幕，参差十万人家”的城市，面对日益迫近的元军，就像一个怀揣珍宝的弱女子走进强人环伺的黑暗森林，既瑟瑟发抖，又不知所措。

上一年腊月以来，太皇太后谢道清一次次召集大臣开会——然而，不论迁都还是议和，两条路都越来越走不通。前者，一年前，殿前指挥使韩震奏请迁都，丞相陈宜中怒而杀之，为此引发了一场兵变。如今，陈宜中赞成迁都，太皇太后却不同意。后者，派往大元军营的使者带回的消息令人绝望：称侄、称侄孙或是称臣，赔款或岁贡，伯颜均不答应。

伯颜为南宋君臣划出的路只有一条：无条件投降。至此，宋人似乎终于明白，此前江南童谣所唱的“江南若破，百雁来过”中的百雁，其实就是伯颜。看来，大宋将要在这个名叫伯颜的蒙古人手上终结了。

倘若回过头看，山穷水尽的南宋王朝，它灭亡的命运早在三年前就已经注定——三年前，被称为“天下之腰膂”的襄阳陷落了。

1273 年二月，苦守襄阳六年的吕文焕在内无粮草外无救兵的绝望中，不得不向元军投降。半壁江山的南宋防线，被从中间撕开一个大口子，京湖无险可恃，元军随时可能顺流而下。

宋度宗在诏书中哀叹：“襄阳六年之守，一旦而失，军民离散，痛切朕心。”次年，年仅 35 岁的宋度宗在忧惧中去世，把一个烂摊子甩给了他的亲人——宋度宗 4 岁的儿子赵㬎即位，是为宋恭帝，改元德祐。赵㬎生母全皇后升级全太后，国政由太皇太后谢道清主持。

元军占领襄阳后，一路势如破竹。1275 年二月，弄权多年的丞相贾似道集结了 13 万军队——这是南宋王朝好不容易拼凑起来的孤注。然而，孤注一掷，却在丁家洲一败涂地。紧接着，元军又先后在焦山、扬州、真定等地再破宋军，宋朝水陆主力全部丧失。十月，伯颜取镇江，旋即兵分三路：一路沿太湖攻打独松关；一路以水军顺江而下，自海路封锁杭州湾；一路由伯颜亲率，水陆并进，经平江、嘉兴趋临安。

1276 年正月十八，三路元军在皋亭山会师。其时，风雪交加，蜡梅绽放，来自草原帝国的元军不识蜡梅为何物，纷纷把它喊作杏花。

当临安城里的南宋君臣还在围绕和、战、降、逃而争得唾沫横飞时，事实上，几乎所有人都明白：一个王朝已经到了油枯灯灭的最后时刻。

几个月来，南宋朝廷一方面不断派出使者求和，一方面下诏号令勤王。然而，圣旨如同自说自话，响应者寥寥无几——值得一提的仅有文天祥和张世杰等人而已。

树倒猢狲散，虽然帝国还在摇摇欲坠，尚未倒下，但平日里那些高喊忠君爱国的肉食者早就各谋出路。包括副相级别的高级官员，纷纷弃职逃走。正月初五，谢太皇太后任命新相，如此隆重大典，竟然只来了区区六个大臣。

悲伤，忧惧，恼怒，无助，诸种难以描述的情绪一次次打击着这位60多岁的老妇人。谢太皇太后在朝堂上贴出一道圣旨，宣称："我国家三百年，待士大夫不薄。吾与嗣君遭家多难，尔小大臣不能出一策以救时艰，内则畔官离次，外则委印弃城，避难偷生，尚何人为？亦何以见先帝于地下乎？"并表示，对坚守岗位的官员，官升一级；对逃离职守的官员，将令纪检部门追究。

然而，谢太皇太后不吝赏赐的鼓励或是不无义愤的批评，都没有几个大臣能看到了——就在伯颜合兵皋亭山后，谢太皇太后一向器重的左相陈宜中居然宵遁了——趁着夜黑风高，他悄悄逃出了生死未卜的首都。

文天祥是为数不多的主战派之一，但他可以调动的不过是一些几乎没经战阵也没经训练的义军。他向张世杰提议，不妨与元军来一次鱼死网破的决战。但是，张世杰劝他不如回江西等待时机。至于东行入海，就像一百多年前金人南下时，如宋高宗那样浮舟海上，则为时已晚——元军控制了杭州东边的出海口。

这个焦头烂额的夜晚，宫中灯火通明。当虚岁不过六龄，相当于今天幼儿园大班小朋友的小皇帝沉沉睡去，在谢太皇太后主持下，走投无路的南宋君臣终于艰难地做出决定：投降。

降表及象征国家权柄的传国玉玺连夜被送往皋亭山。伯颜收下了传国玉玺，并火速派人向忽必烈汇报，等待来自北方的最高指示。但他对这份依然署宋朝年号的降表不满，打回来要求重写，并要宋朝派丞相陈宜中到元军大营商量投降具体事宜。

既然陈宜中已经连夜逃跑，任务便落到文天祥头上。于是，才有了后来文天祥与伯颜抗争而被扣押并押往大都的故事。

遥想当年，陈桥兵变时，后周柴氏孤儿寡母痛哭流涕；而今，元军兵临城下，轮到了赵氏孤儿寡母凄惶无助。历史，似乎真的有报应也有轮回。难怪，伯颜奚落宋朝使者时说："尔宋昔得天下于小儿之手，今亦失于小儿之手，盖天道也，不必多言。"

三月二日，雨后初霁，春寒料峭，历尽沧桑的临安城迎来了它的新主人——伯颜以征服者的姿态入城："钱塘江上雨初干，风入端门阵阵酸。万马乱嘶临警跸，三宫洒泪湿铃鸾。"当天，谢太皇太后请求觐见，遭到拒绝。这令原本就惴惴不安的宋室更加惶恐。不过，悬在他们头顶的达摩克利斯之剑很快就掉了下来：次日，伯颜派人入宫宣读忽必烈诏书，命令将小皇帝、谢太皇太后、全太后——合称三宫——迅速送往上都朝见。

诏书宣读完毕，小皇帝的生母全太后哭着对儿子说，仰仗圣天子仁慈，才留你一条命，还不快拜谢。未通人事的小皇帝一片茫然，机械地由众人搀扶着跪倒在地，遥向北方行礼如仪。

在距杭州 1300 公里的广东江门，潭江东岸的一面斜坡上有一座小庙：慈元庙。如果说慈元庙是一个镜像的话，那么，它的真身在临安、在南宋。那就是慈元殿。从殿到庙，仅一字之差，却是一个王朝万劫不复的命运。

慈元殿乃谢太皇太后起居宫殿，慈元庙则是宋亡两百多年后的明朝弘治年间，当地人为纪念流亡至此的宋室遗脉及杨太后而建。

出没于慈元殿的，除了谢太皇太后和众多高官，还有一个职位低微的男子，他的身份是宫廷琴师，名叫汪元量。

谢太皇太后喜欢花草，慈元殿里种有不少名贵的牡丹，出入宫禁的汪元量多次欣赏过这些国色天香的花儿。几年前，国家艰危之际，他借牡丹表达了内心的美好祝福："我愿人间春不老，长对此花颜色好。"

但是，世界上没有不败的牡丹，正如世界上没有不倒的王朝。这一年春天，当慈元殿的牡丹还在春雨中竞相生长时，牡丹的主人却必须离它而去，从此再也不能回来。

三月，春归江南。1276 年的春天，江南依然美丽。然而，花红柳绿、莺歌燕舞的春天不懂人间兴亡——它不知道，以后的每一个春天，都和从前不一样了。

南朝千古伤心事

远行在泪水与绝望中拉开序幕。其情其景，让亲临此变的大多数人都联想到了 150 多年前他们远未出生时，发生在另一座城市的几乎相同的一幕。

对宋人来说，这是不祥命运的再次捉弄。一个半世纪前，金军南下，兵困汴梁，徽宗、钦宗及大批皇族、官员被金军押往北方。这便是宋人心中永远无法抹去的伤，岳飞称其为靖康耻，必须用直捣黄龙府、痛饮仇雠血的酣畅才能一洗了之。孰料，黄龙府没能直捣，耻辱却二度降临。更令人绝望的是，靖康之变后，宋朝还有广阔的南方可延国祚；而德祐之变后，残山剩水的闽赣等地独木难撑，已然无法与康王南渡时相提并论。

伯颜传达了忽必烈的圣旨后，谢太皇太后、全太后、赵㬎以及福王赵与芮、昭仪王清惠等人必须即刻上路。与他们随行的，还有大批官员、太学生和宫女。宫廷琴师汪元量也在北上之列——有一种说法认为，谢太皇太后因病缓行，汪元量系与谢太皇太后同行。但也有史料证明，谢太皇太后虽在病中，元军却强令上路，甚至将她连人带床抬出宫门。所以，我以为更大可能是三宫同行。

汪元量，字大有，号水云，约生于宋理宗淳祐元年（1241），钱塘人。汪元量身材高大，宽额头，长胡须，声若洪钟，精通音律与诗词。20岁时，他入宫为给事，以琴侍奉如今的谢太皇太后和王昭仪。

汪元量诗学杜甫，北上期间，他的满腔心事化为一路吟哦，故而数百年之后，我们还能根据他的作品，还原这支队伍的漫漫北行路。正如清人汪森所云："水云先生……由杭入燕，道里所经，皆百战之地，黄尘白月，败垣蔽棘，对之而伤心，言之而陨涕。……先生以片言只语，形容略尽，令读者身经目击，当时号曰'诗史'，夫岂吾欺！"

北行第一步在三月中旬迈出。

凌晨，汪元量早早起了床，坐在窗前发呆。一灯闪烁，家人凄恻无语。天还没亮，他便加入了远行者行列。冷雨霏霏，火光明灭，照耀着三宫的车辇从朱红色的宫门缓缓驶出。天亮了，他看到皇宫大墙下的御沟里，水流夹杂着一片片鲜红的花瓣淌过。这仿佛一个隐喻，隐喻从前那些锦衣玉食的好日子也如同落花流水一样渐行渐远渐无踪。

临安既是南宋政治、经济和文化中心，也是交通枢纽。作为长江与浙中之间大通道的江南运河，是帝国最重要的生命线。“自临安至于京口，千里而远，舟车之轻从，邮递之络绎，漕运之转输，军期之传送，未有不由此途去者也。”临安码头上，停泊着风帆高挂的船只。附近居民听闻三宫北迁，纷纷前来送行。这些生活在太平世界的南宋子民，知道山河破碎、改朝换代的陵谷之变已如铁铸，一边伏身叩拜，一边忍不住绝望痛哭。人群中，汪元量不由泪水长流：“吴山何青青，吴水何泠泠。山水岂有极，天地终无情。”

经江南运河北上，临安两百里外是吴江，估计需两天行程。这一天泊船时，两岸垂杨，群鸦乱噪。附近的渔人和村民，纷纷把做好的各种食物送到船上，“舟子鱼羹分宰相，路人麦饭进官家”。鱼羹麦饭，本是极粗糙的底层饮食，钟鸣鼎食的宰相与官家，或许实在难以下咽，但内心深处却一定会有无限感动——宋室虽然黯弱，南宋亦多昏君，但两宋皆无暴君，且驭人宽厚，藏富于民，故而民众对帝国的灭亡才会生出如此强烈的同情，才会有包括汪元量在内的诸多文人自视为大宋遗民。

苏州是江南重镇，也是宋室北迁的必经之地。队伍大约在苏州稍事休整，汪元量得以游览了著名的灵岩和虎丘。两地均有气象森严的古寺。骆驼本是北方物种，宋时南方极为少见。不过，随着元军征服江南，骆驼也随之而来。现在，甚至昔年吴王所建的馆娃宫里，也到处是高大的骆驼在悠闲吃草——可以想象，明媚的江南春天，杨柳堆烟，红花生树，一派娇艳之中，突然闯进几头粗糙迟钝的骆驼，其间的落差，便是帝国湮灭前后的物证。汪元量与寺里的老和尚谈起苏州经历过的一次次兴亡更替，不由对超然物外的方外之士羡慕不已：“却羡老僧无一事，自携瓶锡入烟萝。”

苏州的下一站是无锡。在无锡惠山寺，汪元量否定了他在苏州时认为方外可以免于兵火、优游世间的天真想法——他看到，惠山寺里，森森古柏被砍去了大半枝丫，用作元军柴薪；大殿里的佛像被打得粉碎，地上一片狼藉。唯有一池泉水，微波自漾。天降大雨，汪元量只好坐在僧房屋檐下发呆。

无锡之后，经常州继续西北行，便来到了长江之滨的京口，即镇江。镇江城北的长江中，金山与焦山相对，相距十余里。宋元之际，启东一带尚未成陆，崇明岛也比现在小，长江出海口一带，江面更宽，潮汐可以深入江阴。尽管镇江距江阴还有一段距离，但汪元量仍然看到了一条极为壮观的大河：“一江风起尘扬海，两岸潮来浪拍天。”“水卷岸沙连地去，风掀江浪接天流。”

镇江对岸是瓜州，王安石诗中说过，“京口瓜州一水间”。此前，按元军要求，谢太皇太后以小皇帝名义下旨，令各地军民放下武器，向元军投降，但仍有不少军民在苦苦抵抗。其中，就有驻守扬州的李庭芝——早年，李庭芝在襄阳与元军多次交锋。襄阳陷落后，他被贾似道当成替罪羊贬官。元军围扬州，李庭芝得以起复。对这位南宋名将，元军多次劝降，均遭峻拒。于是，元军筑高墙围城。城中粮尽，“道有死者，众争割啖之立尽”。南宋降元后，元军持谢太皇太后及小皇帝诏书令李庭芝出降，李庭芝回答：“我只听说过奉诏守城，没听说过奉诏投降。”

三宫抵达瓜州时，谢太皇太后再次派人劝降，并说，现在我和嗣君都投降了，“卿尚为谁守之？”李庭芝的回应是乱箭齐发，当场射死使者一人。

并且，在得悉三宫将从扬州城外经过时，李庭芝和姜才调集数万军队，希望从元军手中夺回三宫。然而，元军早有准备，双方一场恶战，元军押送着三宫连夜远走。李庭芝的希望落空了。

长江以北的扬州城东边，有一条不太宽的河，水量丰沛，河岸只比河床高出两三米，名为里运河。河上，各式货船来来往往，一派繁忙。里运河是京杭大运河的一段，沟通长江与淮河。它始自春秋时开凿的邗沟，以后历代均有疏浚，又称山阳渎、扬楚运河、江淮运河。今天的里运河在六圩乡入江，但几十年前，它是从六圩乡以西的瓜州入江。是以如今的里运河以西，还有另一条更曲折的河道，称为古运河，它有着更为漫长的历史。

对汪元量以及北行宋室而言，从长江进入邗沟，便意味着家山真的远了。傍晚，泊舟扬州城外，汪元量站在船头怅望，前面是无穷无尽的北方大地，后面是大江东去的滔滔流水。夕阳明灭，寒鸦悲啼，其情其景，汪元量不胜惆怅："北望燕云不尽头，大江东去水悠悠。夕阳一片寒鸦外，目断东西四百州。"夜里，有宫女弹起了琵琶，幽怨的曲调如泣如诉，汪元量既联想起昭君出塞的往事，更联想起数十年来，国事蜩螗，掌权的肉食者却"清歌漏舟之中，痛饮焚屋之下"，终至如今国破家亡，三宫都做了异族俘虏。他想象，他刚刚离别的临安皇宫的玉阶上，一定长满了萋萋野草："十数年来国事乖，大臣无计逐时挨。三宫今日燕山去，春草萋萋上玉阶。"

自古以来，倘若南北对峙，对南方偏安政权来说，人称天险的长江其实并非真正的天险。要守住南方，古人总结的经验是：守江必守淮——水网密布的淮河流域，对北方骑兵是一大障碍。并且，这样才能形成战略纵深。南宋与金以淮河为界，元军入侵南宋前，宋元势力也以淮河划分。江淮之间，便是长期拉锯的战场。连年兵火之余，汪元量看到的是一片劫后的凄凉：“淮南兵后人烟绝，新鬼啾啾旧鬼啼”，“兵后人烟绝稀少，可胜战骨白如山”，“淮南夜夜鬼灯青”。极目远眺，鲜见人烟稼穑，唯有半人高的荒草，在晚风中起起又伏伏。

不过，对押解的元军来说，北出淮安，便进入了元朝疆域，他们终于松了一口气，不用再担心残余的宋军突袭了。于是，在淮安水驿，元军开了一次庆祝宴。席上，官兵纵酒取乐，欢唱一首名为《荷叶杯》的曲子，并令随行的南宋宫女跳舞，又令汪元量这样的文人作诗唱和。宴会差不多搞了一个通宵，元军官兵自然快活无比，而不得不出席并虚与委蛇的南宋君臣，一个个如坐针毡：“月湿江花和露泫，潮摇淮树带风悲。”

淮安之后，经徐州等地进入山东。“此城为此地一带最大之城，有商人无数经营大规模之商业，产丝之饶竟至不可思议。此外有园林，美丽堪娱心目，满园大果。”很难相信，与汪元量同时代的马可·波罗笔下的这座城市，竟是如今一座十分普通的县城：东平。

得大运河之地利，东平既是交通枢纽，也是战略要地。宋金时，建制为府，元朝时，建制为路，均高于今。这一天，天气寒凉，有如晚秋。汪元量找了一家酒楼喝酒，座中有人吹起了胡笳。作为宫廷音乐家，汪元量自然知道，胡笳原本是北方草原民族的乐器，流行于塞北和西域。齐鲁之邦本是中原大地，随着蒙元的征服，如同骆驼一样，胡笳也由北及南，渐及天下。所谓黍离之悲，常常源自这种小小的不易察觉的细节变化：“天地不仁人去国，江山如待客登楼。市沽鲁酒难为醉，座咽胡笳易得愁。”

行至东平，路程已过三分之二。此后，汪元量一行经陵州、沧州、献州而抵杨村。途中，既有北人前来围观宫女，挤在船上喧哗不止的尴尬，“车马争驰迎把盏，走来船上看花娘”；也有因运河无风，船只无法前行，只得用马和驴来拉船的新鲜，“官河宛转无风力，马曳驴拖鼓子船”。在杨村，漫长但相对舒适的水路结束了。一行人舍舟登岸，由陆路前往大都（今北京）。先行抵达大都的吴坚和家铉翁等宋朝祈请使前来迎接，家铉翁汇报说，祈请无效，未能打动元帝以保全社稷。宋室残存的最后一点希望也化为乌有——尽管这一结果几乎早在预料之中，但在场的人还是忍不住哭了起来。

当亡宋君臣走进大都幽暗的城门洞时，他们多半会惊惧地联想到，徽宗和钦宗在冰天雪地的五国头城度过的那些不堪回首的凄凉岁月——现在，他们是否也将重复祖先的命运呢？

忽必烈不在大都，他在草原深处的上都。大都小住 20 来天后，三宫于 1276 年四月十五日又踏上了前往上都之路。这一次，船只换为驴马，河流变作草原。

上都位于今天内蒙古锡林郭勒盟下辖的正蓝旗。这是草原深处一座年轻的城市——从 1256 年忽必烈下令修筑，到汪元量走进它，只有区区 20 年。早在汪元量之前，马可·波罗从欧洲来到上都，他描写说：“上都是忽必烈大汗所建造的都城，他还用大理石和各种美丽的石头建造了一座宫殿。该宫殿设计精巧，装饰豪华，所有殿堂和房间里都镀了金。宫殿一面朝城内，一面朝城墙，四面都有围墙环绕，包围了一块整整有 16 英里的广场……”

景由心生，汪元量看到的上都却显得很荒凉。虽然已是农历四月底（这年有闰三月），但举目望去，原野上人迹罕至，牧草枯黄，远处山峰白雪闪烁，大风吹拂，一会儿天上便飘起了大片大片的雪花。

五月一日，在伯颜主持下，南宋君臣走进元朝太庙，向元朝列祖列宗行礼，以示臣服。次日，忽必烈正式召见三宫。

决定亡国君臣命运的时刻到了。

一灯夜雨故乡心

北宋皇室被金人押解北上后，无论男女，均赤裸上身，在完颜阿骨打庙中行野蛮的牵羊礼。仪式结束后，朱皇后不堪凌辱，愤而自杀。尽管忽必烈此前已下旨，称免行牵羊礼，但惨痛的历史记忆犹如一根从阴影里套过来的绞索。五月一日晚，安定夫人陈氏和安康夫人朱氏及两名宫女自缢身亡，并怀揣一首绝命诗："既不辱国，幸免辱身。世食宋禄，羞为北臣。妾辈之死，守于一贞。忠臣孝子，期以自新。"忽必烈闻知，极为震怒，他下令将四具尸体的头砍下来，悬挂在全太后居所前，以示警告。

一方面，由于南方还未平定，另一方面，由于忽必烈的个人素养，元朝对亡宋君臣的待遇还算不错，比起金人，要仁慈得多："僧道恩荣已受封，上庠儒者亦恩隆。福王又拜平原郡，幼主新封瀛国公。"——小皇帝的祖父福王赵与芮被降封平原郡公，小皇帝被封瀛国公。

仪式之后是盛大的宴会，汪元量在他的诗里详细记载了宴会盛况。席上的菜肴，不少是汪元量从前在南方所罕见的：驼峰、酥酪、葡萄酒、天鹅肉、熊肉、麂子肉、马肉粥。席间，又有各种演出，"诸行百戏都呈艺，乐局伶官叫点名"。然而，对社稷倾覆、远离故土的亡宋遗民来说，满案山珍海味，半堂歌吹乐舞，除非阿斗这种无情之人，才会有此间乐不思蜀之叹；在丝竹之乐与酒肉之香的映衬下，亡国之痛、故土之思变得愈加清晰，沉重。

忽必烈的正室察必皇后是一个宅心仁厚的女子。宴会上，元朝君臣无不兴高采烈，独有察必皇后郁郁不乐。忽必烈怪而问之，察必皇后说，我听说自古以来就没有千年不倒之国，不要让我的子孙像他们这样，那就是万幸啊。及后，忽必烈把从南方运来的各种珍稀物件摆放于大殿，让察必去挑选。察必却一件也没拿，忽必烈派宦官问她为何如此，察必回答："宋人贮蓄以遗其子孙，子孙不能守而归于我，我何忍取一物耶！"对同为女人且曾同为皇后的全太后，察必寄予了真诚而深切的同情，她甚至几次向忽必烈请求将全太后等人放还江南。然而，忽必烈是高瞻远瞩的政治家，他不可能将三宫中的任何一个放回去。他一方面批评察必是妇人之见，一方面又应察必要求，尽量给予三宫优厚的物质待遇："每月支粮万石钧，日支羊肉六千斤。""花毯褥裀三万件，织金凤被八千条。""大元皇后来相探，特赐丝绸二百单。"

北迁宋人中，核心自然是三宫，三宫中，又以谢太皇太后为首。谢道清的一生颇富传奇。她是丞相谢深甫的孙女，谢深甫因拥立杨桂枝为宁宗皇后而深得宠信。后来，杨太后为理宗选秀时，谢道清得以入宫。不过，谢道清有眼病，脸上还有一团黑疤，是一只地道的丑小鸭。但没想到，进宫不久，她出了一场麻疹，皮肤脱落，不仅黑疤消失，而且肤白如玉。加之医生治好了她的眼病，她一下子从丑小鸭蜕变成白天鹅。谢道清性情宽厚，颇有人缘，加上娘家给力，后来终成理宗皇后。

四月初八，是谢太皇太后生日。度宗即位后，身为太后的谢道清的生日被尊为寿崇节，总要极尽奢华地举国欢庆。在她六十大寿时，汪元量作《太常引》祝寿："广寒宫殿五云边，看天上，烛金莲。香袅御炉烟。拥彩仗，千宫肃然。世间王母，月中仙子，花甲一周天。乐指沸华年。更福寿，千年万年。"

最难捉摸，人间命运。10 年后的 1279 年，大宋的太皇太后已被降封郡夫人，昔日的王母与仙子，此时在苦寒的北方苟且偷生。谢太皇太后七十大寿，汪元量又作词纪念——这一次，花团锦簇的荣华不再，烈火烹油的权柄不再："一生富贵，岂知今日有离愁。锦帆风力难收。望断燕山蓟水，万里到幽州。恨病余双眼，冷泪交流。行年已休，岁七十、又平头。梦破银屏金屋，此意悠悠。几度见青冢，虚名不足留。且把酒、细听箜篌。"

上都朝拜后，三宫又被押回大都。此后，因南方局势有变，再次迁往上都；不久，又回大都。谢太皇太后在北方生活了七年，于 1283 年去世——那时，南方最后的抵抗运动已在四年前失败。她的两个孙辈曾相继被臣子拥立，却均在颠沛流离中夭亡。

全太后比谢太皇太后年轻得多，她曾希望元朝将她放回江南。然而，虽有察必皇后为之说情，她的心愿依然无法实现。后来，绝望的全太后于大都正智寺出家为尼，在青灯黄卷中走完了最后岁月。前半生的镶金嵌玉和后半生的晨钟暮鼓，两个截然不同的世界构成了她曲折的一生。

命运离奇甚至荒诞的是赵㬎。这个只在皇位上坐了一年多的小皇帝，从没真正行使过权力，他在天真烂漫的童年被扶上御座，忽然又被拉下来，忽然跟随母亲来到北国，忽然被封为瀛国公——所有这一切，都是外力强加给他的，与他本人意志没有半点关系。但是，他曾经是南宋皇帝，他身上流淌着赵氏血液，这与生俱来的烙印，指向了他此后的悲剧。童年时，他被元军严加看守，昭仪王清惠教他读书识字。他也曾奉忽必烈旨意前往狱中意图说服文天祥，然文天祥哭拜于地，口称圣驾请回。虽然大元势力所及，天下再无敌手，但他的存在始终是一种隐患，始终可能让潜伏民间的宋朝遗民心存幻想。

赵㬎18岁那年，忽必烈忽然下了一道圣旨，令他“学佛法于土番”。土番即吐蕃，今西藏。按旨意，赵㬎必须即日启程。他唯有听从圣旨，仓皇辞别帝都，辞别渐渐熟悉的北方生活。几个月后，几千里外雪域高原上的萨迦寺多了一名忧郁的青年僧人。

赵㬎显然是一个聪明好学的好青年。在萨迦寺，他很快掌握了藏文，并深入研究佛教，尤其是藏传佛教经典——对他来说，佛法的因果也好，虚无也罢，都是一种治疗与解脱。后来，他跻身吐蕃学识最精深的高僧大德行列，翻译了多种经书，并在萨迦寺主持讲经，吐蕃僧俗尊称他为合尊法宝。

然而，他可能不知道的是，在他背后，一直有一双看不见的眼睛盯着他。1323年四月——此时距临安受降已过去快半个世纪了，忽必烈也死去近30年之久。元英宗突然下旨，将赵㬎处死。赵㬎被判处死刑的原因，是一首怀念故乡的小诗。那一年，赵㬎53岁。那首小诗只有四句：

> 寄语林和靖，梅花几度开？
> 黄金台下客，应是不归来。

三宫命运如此，与之相比，命运更差的是随行的宫女和太学生。那些年轻美貌的宫女，以她们的羸弱之躯，能够活着到北方，已属奇迹。此后，她们被集体分配给工匠为妻。——花落民间，其实比在深宫守活寡强，但不少宫女被分配给年迈的老工匠，语言不通，习俗迥异，故乡遥远，不由悲从中来："再令出宫掖，相看泪交垂。分配老斫轮，强颜相追随。……可怜薄命身，万里荣华衰。江南天一涯，流落将安归？"

比宫女更惨的是太学生。早在北行途中，这些穷书生除了几本破书和几件寒衣，别无长物，无法贿赂押解的元军换来优待。一路上，不时遭受打骂。至于饥一顿饱一顿更是常有的事。一百多名北行的太学生，"道亡者多，身膏草野，至燕者仅十七八人"。

汪元量因善于鼓琴，经常被忽必烈召入宫中表演，甚至还被忽必烈派出去祭祀山岳。如是，他的物质生活相对优渥，只是没有重返江南的自由。

在大都，汪元量两度到狱中看望文天祥。一次是 1280 年中秋，汪元量把他心爱的琴带到狱中，为文天祥演奏了《胡笳十八拍》。两个月后，他再去探望文天祥，文天祥集杜句成诗，并与汪元量探讨。汪元量写下一首《妾薄命》，勉励文天祥杀身成仁："誓以守贞洁，与君生死同。君当立高节，杀身以为忠。岂无春秋笔？为君纪其功。"

两年多后的 1282 年十二月初九，对劝降失去信心的忽必烈下令处死文天祥。汪元量闻讯，悲痛不已，他连写九首《浮丘道人招魂歌》以表悼怀，其一如是："我作哀章泪凄怆，呜呼九歌兮歌始放。魂招不来默惆怅。"

北迁宋室中，与汪元量称得上知音的是一位能诗也擅瑟的女子，即王清惠。

王清惠是理宗的昭仪，由于级别远不及三宫（宋制后宫分六等，昭仪属第三等中的第七级，排在皇后、贵妃、淑妃、德妃、贤妃、淑仪、淑容、顺仪、顺容、婉仪、婉容之后），北上途中，王清惠受到不少伤害，也更多一分屈辱，她在驿站间壁上题了一首哀婉的《满江红》：

太液芙蓉，浑不似、旧时颜色。曾记得、春风雨露，玉楼金阙。名播兰簪妃后里，晕潮莲脸君王侧。忽一声、鼙鼓揭天来，繁华歇。

龙虎散，风云灭。千古恨，凭谁说。对山河百二，泪盈襟血。驿馆夜惊尘土梦，宫车晓碾关山月。问嫦娥、于我肯从容，同圆缺。

居大都期间，汪元量与王清惠时相往来，他们切磋琴艺，唱和诗词。音乐和文学，成为他们抵抗无常命运的最后的武器。后来，王清惠看破红尘，削发为尼。

明人田汝成认为，侍琴于忽必烈的汪元量，“骎骎有渐离之志，而无便可乘也”，这显系臆想之词。汪元量一介书生，手无缚鸡之力，焉有像高渐离行刺秦始皇那样的条件和勇气？

当文天祥就义，谢太皇太后去世，小皇帝西行，全太后和王昭仪遁入空门，偌大的北方，已经没有值得汪元量眷恋并居留的人了。他的心境，一如他的七律所云：

愁到浓时酒自斟，挑灯看剑泪痕深。
黄金台愧少知己，碧玉调将空好音。
万叶秋声孤馆梦，一灯夜雨故乡心。

庭前昨夜梧桐语，劲气萧萧入短襟。

他又一次向忽必烈恳求：哪怕是做道士，他也希望回到南方。

这一次，忽必烈批准了。

行前，昔日的宋室宫人置酒城隅，为汪元量送行。席间，分韵作诗。汪元量先弹琴，后击鼓。音乐声中，满座泪下如雨——这是生离，也是死别。

于是，告别家山十二载后，汪元量重又走进了千百回梦见过的江南——落英缤纷的江南，细雨蒙蒙的江南，燕子斜飞的江南，芦花遍地的江南，物是人非的江南，故国如梦往事如烟的江南……

“惟有周遭山似洛，不堪回首泪纵横。”这一年，汪元量 47 岁。

经历了宋元更替之战，富庶的江南已被摧毁。城市凋敝，人烟稀少。与宋室北迁几乎同步而行的，是南下的蒙古人、色目人，他们睁大惊奇与傲慢的双眼来到南方，出任各级官员，成为这方新土地的管理者。甚至多位宋朝皇帝以及众多皇后、公卿的陵墓，被番僧杨琏真珈发掘，陪葬的宝物被洗劫一空，理宗的头颅竟被制成一只杯子，尸骨被弃之于野，上面还建了一座厌胜之塔，名为镇南塔。

当汪元量行至临安——现在，它的名字又恢复为杭州——他看到的是一番凄凉景象：

朱甍突兀倚云寒，潮打孤城寂寞还。

荒草断烟新驿路，夕阳古木旧江山。

英雄聚散阑干外，今古兴亡欸乃间。

一曲尊前空击剑，西风白发泪斑斑。

在“行不得也哥哥”的鹧鸪声中，即使汪元量的双脚重又踏上江南大地，但那个曾经的江南再也回不来了。一个开放而重商的时代结束了。一种精致又市井的文化破碎了。来自草原帝国的霸气与强悍，成为古老土地上旁逸斜出的短暂插曲。

但是，人总得活下去，不论他遭遇了什么样的变乱。

以后，汪元量寄情山水，他游历江西、湖南和四川，履痕过处，歌诗不辍，乃至于“人莫测其去留之迹，遂传以为仙也，多画像祀之”。

大约在 1306 年，66 岁的汪元量回到杭州，他在西湖附近的丰乐桥头修筑小楼五间，命名湖山隐处。在那里，他还将生活十余年。当这个须发皆白的老人沿着西湖之滨的小径漫步时，那些迎面走过的年轻人，已经很少有人知道他是谁了。他们更无从知道，在这个老人胸中，深埋着一个逝去时代的隐隐风雷。汪元量悲欣交集的一生，或许，恰似舒婷诗句所云：

> 也许藏有一个重洋，
> 但流出来，只是两颗泪珠。

西行记：一个罪犯的文化苦旅

从广州到乌鲁木齐，直线距离3300公里。即便坐飞机，也需五个半小时。公路里程4200公里，一刻不停地行驶，也要两天。倘回到一个多世纪前，也就是我的曾祖父生活的晚清，这段漫漫长路，既无飞机可借青云之力，也无火车汽车呼啸驰骋，又得用多长时间，才能从波涛拍岸的南海之滨，抵达中国距海洋最远的省会级城市？

答案藏在一本日记里。

作者是一名被流放的罪犯。

他叫裴景福。

出发：天字码头

几年前，我带着儿子行走在珠江岸边。夜风吹拂的广州，灯火映入水面，江流搅动，满河都是绚烂如幻的灯影。我们要登上游轮，体验珠江夜游。上船的地方是一座滨水小楼：天字码头。

几年后，当我阅读裴景福日记时，发现他从东南海隅前往西北边陲的第一步，就是从天字码头迈出的。

珠江两岸码头众多，天字码头，就像它的名字昭示的那样，乃是广州乃至珠江第一码头。古人常用千字文排序——天地玄黄，宇宙洪荒。天字，就是第一号。

如今的天字码头，游船来往，游客出入，一派熙攘祥和景象。不过，在更长的时间里，它曾经禁止民船停泊。自雍正年间建成后，天字码头只为官员服务，大多来穗去穗的官员，都在此下船上船。

从天字码头踏上流放路的裴景福，曾经也通过天字码头来到广州。尽管他只出任过级别不高的知县，但是，当他以罪犯身份黯然离开广州，从熟悉的天字码头踏上溯流的客船时，他的内心一定百感交集……

安徽人裴景福，字伯谦，号睫暗，又作睫庵，出身于官宦之家，从小走的就是学而优则仕的传统士大夫之路。光绪十二年（1886），32 岁的裴景福中进士，得授户部主事。六年后，被外放广东，先后在陆丰、番禺、潮阳和南海任知县，所至之处，“举重若轻，治之裕如”，“皆著声绩”。

清季广州不仅为南方雄镇，更是东西交流的前缘地带，地方官常与洋人打交道。李鸿章任两广总督期间，北方义和拳起于青苹之末，广州洋商闻讯，纷纷迁往香港。在李鸿章授意下，裴景福与广州协副将一起前往会晤各国领事，耐心解释劝说，使得洋商重返广州。此事，相当于后来东南互保的预演。

同样在天字码头，裴景福送别了李鸿章。

八国联军入侵后，朝廷急调李鸿章北上，天字码头客船上，裴景福向李鸿章请教时局。李鸿章认为，京师的真正危机在八九月之交，陷落已不可避免。言及此事，李鸿章涕泪交织，不停用拐杖敲击甲板。

裴景福又问，万一京城不守，您入京后怎么办？李鸿章止住泪，胸有成竹地回答：必有三大问题，即剿拳匪以示威，纠首祸以泄愤，先以此要我而后索兵费赔款。——后来，事情的发展，和李的预言完全一致。

裴景福问赔款将有多少？李鸿章再次情绪激动地说：我不能预料，唯有极力磋磨，展缓年份，尚不知做得到否。我能活几年？当一日和尚撞一日钟，钟不鸣了，和尚亦死了。

送别李鸿章时，裴景福当然不可能想象得到，五年之后，他将在天字码头踏上自己的人生苦旅。

从地方官沦为阶下囚，缘于裴景福得罪了岑春煊。

作为晚清政坛炙手可热的人物，庚子事变后，岑春煊以护驾之功，深受慈禧宠信，于光绪二十九年（1903）升任两广总督——踌躇满志的岑春煊也是在天字码头下船进入广州城的。下车伊始，他立即将裴景福抓捕，罪名是“尤为贪吏之首”。

堂堂封疆大吏，为何与一个小小县令过不去呢？

事实证明，裴景福并非贪官，更不是两广贪官之首，而是岑春煊早就对他怀恨在心。原来，岑春煊任广东布政使时，与两广总督谭钟麟不睦，而裴景福被看作谭钟麟的人，且在言语上冒犯过岑春煊。另一说认为，岑春煊与变法领袖康有为交往密切。变法失败后，康有为遭通缉，他在南海的家被裴景福奉命查抄。岑春煊私下要求裴景福将抄到的他与康的书信交还他，裴景福没听。

裴景福案的审理很困难，由于找不到证据，只得以处罚 12 万银圆结案。裴景福家境不错，也拿不出如此巨款，交纳了 7 万银圆后，“力已竭”；岑春煊仍不放过他，他只得逃往澳门。岑春煊派军舰向澳门施压，要求交出裴景福。悲愤的裴景福欲跳海自尽，幸好，父亲的家书提醒他“逃则永为异域之鬼，死则必加以畏罪之名……速归，祸福听之可也”。于是，裴景福回到广州，继续接受关押。光绪三十一年正月，对他的最终处分下达：谪戍新疆，永不释回。

两个月后的三月二十八日，岭南遍野花开的醉人春季，裴景福在天字码头登船，踏上了漫漫征途。

从珠江到黄河

今天，从广州往新疆，公路将北上，由广东经湖南入湖北，尔后在湖北折向西北，进入陕西，再穿甘肃抵达新疆。

一百多年前的交通条件远不能与现在相比，如今这条路线，必须翻越横亘在广东与湖南之间的南岭和湖北与陕西之间的秦岭。在没有隧道和高架桥的农耕时代，要凭借人力与畜力翻越两岭，不仅难度极大，还可能面临不测之险。驿道必须避开高山大岭，哪怕迂回绕道，也是不得不为的正确选择。

负山面海的广东，珠江水系呈扇状分布。位于珠江入海口附近的广州，便有多条水道通往北边。只是，这些水道统统都得逆流而上。清朝中后期，全国共有驿站两千多处，广东作为天朝南方门户，却仅有十处，且都是水驿。这与珠江流域发达的水运密不可分。

佛山三水区有一座历史悠久的村庄，名为江根村。村子里，到处是浓密的龙眼树和肥大的香蕉树——一个多世纪前，客船上的裴景福看到的景象，应该和今天差不多。江根村北，珠江第一支流西江和第二支流北江，通过一条名为思贤滘的水道相通。过了江根村，意味着裴景福由珠江进入北江。

北江发源于江西信丰，经南雄、始兴、韶关、英德、清远而至三水。由是，裴景福的旅途便是溯北江而上。三月二十八出发，四月十四抵南雄，耗时超过半月。当然，他并非天天赶路，在曲江（今韶关），他休息了两天。此外，还顺路游览了清远飞来寺。

身为罪犯，裴景福心态尚佳，他时而观摩随身携带的字画，时而推敲诗文。当船只进入英德一带山区后，两岸峭壁茂林，江山如画，他不由赞叹：山水奇秀，不减宗少文卧游也。

在南雄，裴景福休整了两天。南雄是南岭之麓的一座小城，北江支流浈江自城中流过。因地处粤赣之交，南雄既是广东北大门，也是中原进入岭南的必经之地。

南雄北面，群山起伏，那就是南岭。这列中国的重要山脉，自西向东绵延于广西、湖南、广东、江西四省，东西长约 600 公里，南北宽约 200 公里。如果它像秦岭那样连续而高耸，势必成为中断南北往来的天下大阻。幸好，南岭既不像秦岭那样高耸，也不像秦岭那样连续。在群山的合围中，在山与山快要勾肩搭背处，总有一些或宽或窄的间隙。这些间隙，就天赐般地成为南来北往的隐秘孔道。众多隐秘孔道中，最重要的一条是梅关古道。从先秦到 1933 年赣粤公路通车的两千多年间，它一直是连接中原与岭南的咽喉要道。

梅岭分开了长江水系的章江和珠江水系的浈江，两条河相距仅仅几十公里。这样，长江流域的旅人可以坐船到大余，尔后经梅关古道翻越梅岭，在山下的南雄顺浈江而下，直达珠江水系沟通的城市，乃至漂洋过海。对此，宋人余靖称道："沿汴及淮，由堰道入漕渠，溯大江，度梅岭，下浈水，至南海之东、西江者，唯九十里马上之役，余皆篙工楫工之劳，全家坐而致万里。"

裴景福的行程方向与宋靖所说正好相反。南雄城里，他弃舟登岸，换乘肩舆。半躺在晃晃悠悠的轿子上，他毫不费力地翻越了梅岭，由广东进入江西。

梅岭上，松树给裴景福留下了深刻印象，他看到上百株古松，数人才能合抱，高达十丈。很多年后，我行走于梅关古道时，我也看到了松树。不过，松树至多碗口粗细。裴景福时代的古松，显然已在一百多年里消失殆尽。古道一侧，有一株据说是苏东坡手植的松树。其实，如果真是苏东坡手植，毕生崇拜苏东坡的裴景福不可能在日记里只字不提。

站在梅关北门城楼眺望，南岭北坡已属长江流域——从南岭的山谷里，发源了赣江支流章江。章江北上到赣州，与贡水合流，称为赣江。"赣"，就是"章"和"贡"合在一起。这也意味着，坐了一百来里轿子后，裴景福再次登船。

赣江由南向北，纵贯江西。万安境内，一道大坝横立峡谷间，高峡出平湖，是为万安水库。大坝矗立之前，十八道险滩道道相连，旅行者视为畏途。《读史方舆纪要》称，十八滩"怪石如精铁，突兀廉厉，错峙波面"；苏东坡经过这里，感慨"七千里外二毛人，十八滩头一叶身"；文天祥经过这里，伤感道"惶恐滩头说惶恐，零丁洋里叹零丁"。熟读诗书的裴景福对先贤往事耳熟能详。不过，他的心情要比苏、文好，他坐在船头，遥看两岸青山叠嶂，还向渔家买了一尾鳊鱼佐酒。

赣江中游的吉安，古称庐陵、吉州。与今日相比，吉安有着更为辉煌的过往——欧阳修、杨万里、胡铨、文天祥、解缙等名人都出自这里。

五月初二傍晚，裴景福泊舟吉州城外，红日西斜，烟树微茫，他想起了欧阳修。欧阳修故居早已不存，他死后远葬河南，裴景福无处凭吊，只得作诗纪念，盛赞欧阳修“雄文谁撷退之长，大笔惟公继有唐”。

次日，舟次吉安县。吉安是解缙故里。解缙才高识远，却因直言遭谗，被锦衣卫埋入雪堆冻杀。对异代的奇冤才子，裴景福大起知己之心。他前去探访解缙祠，在林子里寻来寻去，始终不得要领。末了，手捧一把从江边摘来准备敬献解缙的香草长久伫立——在屈原笔下，香草是君子人格的象征。

六天后，裴景福抵南昌，停留九天。九天里，仅出门一次，其余时间均待在客店。仅一次出门，是为了游览被视为南昌地标的滕王阁。

自初唐时落成于赣江东岸以来，滕王阁屡建屡毁，屡毁屡建。我看到的滕王阁和裴景福看到的滕王阁，除了名字相同，建筑完全两样——我看到的滕王阁建于20世纪80年代，雕梁画栋为皮，钢筋水泥为骨；裴景福看到的滕王阁系太平天国战乱后重建，毁于1908年大火。此前一年，日本人常盘大定为滕王阁留下了一张黑白照片：远处是赣江西岸的青山，近处是一片民居的屋顶与墙壁。大树掩映下，滕王阁藏身民居中间。虽比民居高出不少，却不像今天高大得鹤立鸡群。

南昌之后是九江。由南昌至九江，赣江江宽水丰，可行轮船。客轮来往两地，一日即达。

九江停留十天后，裴景福横渡长江，自赣入鄂。此前旅程，几乎都是轻松的水路；从此以后，水路变陆路，“不见片帆矣”。

在湖北黄梅境内，裴景福折向东北，前往安徽桐城。其时，安庆乃安徽省会。在九江，裴景福其实可以顺江而下，到安庆后溯长河，经菜子湖抵桐城，此程全为水路。不过，不知为什么，裴景福没有坐船，而是坐着轿子，由黄梅进入安徽，经宿松、潜山到桐城——他所经行的，正是清朝时沟通安徽与江西的主要驿道。

菜子湖滨的桐城，因桐城派而声名远播。有清一代，桐城派大师辈出，戴名世、方苞、姚鼐俱是文坛巨擘。以文才自负的裴景福至此，也不由得低首致敬：“名山淑秀毓文人，天柱龙来作势神。我为正宗求斗岳，望溪惜抱两嶙峋。”

更重要的是，桐城乃30多年前裴景福旧游之地。那时，裴景福拜访过一位工书法、擅诗文的父执，而今父执已作古多年。此外，他在广东时的一位同事黄子惠乃桐城人。黄已物故，黄的父亲听说裴景福路过，专门带着孙子来访，并“共餐而别”。尤令裴景福感慨的是，同样是30多年前，在桐城，他结识了妓女凤娃。光阴倏忽，佳人不知去向。纵然身在，也是风吹霜打的朽木之人：“龙眠山下野梅香，茅店櫃槽劝客觞。卅载卢生尘梦醒，清歌依旧听兜娘。”

作别旧梦依稀的桐城，流放者的道路在脚下继续展开。桐城、舒城、合肥、定远……裴景福行经的这些地方，都处于安徽驿道南北干线上。干线上的驿站，站房宽，驿马与驿卒充足——以桐城吕亭驿为例，定额是驿马60匹，马夫38名，差夫24名。按规定，驿站只向有勘合的官员提供级别不同的待遇，并严禁官员骚扰。裴景福已被革职，以罪犯身份西行，按理，没资格享受驿站待遇。但他的日记透露，他不仅常入住驿站，并且，沿途所经州县，地方官多半设宴招待或馈赠物品。

地处豫鲁苏皖交接处的永城，是河南最东部的一座县城，也是裴景福由皖入豫第一站。入永城后，裴景福的日记写得比之前详细多了。此前大抵只记路途里程，甚至有时全天只记日期和一个字：住。自永城始，日记不仅记载沿途风土人情，所见所闻，至于读书作文心得、字画鉴赏意旨，也一一记录。

在永城，裴景福病了。他颇通中医，自我诊断服药后，果然大有效果，一日而退烧，只是“尚觉软弱”。因病，他在永城待了好几天——也没闲着，为一位亡友撰写了墓志铭。亡友叫张隽，用裴景福的话说，他“孤冷如鸥鹭，而具鲲鹏之志”，多年科考不第，到60岁，才得了一个芝麻官：东莞县（今东莞市）教谕。这老人家性情孤僻，患有肺病，又黑又瘦。上任见上司，上司厉声喝道：“你难道是鸦片烟鬼吗？”张回答说：“教官食贫，菜色也。”——教官收入低，吃得不好，满脸菜色。他向裴景福抱怨：“不图一官，污人至此。”在任仅70余日，便怏怏而死。

七天后，裴永福离开永城，取道夏邑、商丘、杞县、陈留而抵开封，耗时十日——今天，走高速公路仅需三小时。尽管沦为罪犯，但裴景福毕竟是有身份的官宦人家，不仅水行坐船，陆行乘轿，就连仆人也雇大车代步，诸多行李，包括他最喜爱的书画、文物、图书，就装了两辆大车。然而，彼时的旅途仍然异常辛苦，风餐露宿，披星戴月自不用说；沿途水土与饮食，往往让初来乍到的异乡人颇不适应。离开永城，裴永福又病了——这一次是腹泻，一个下午就“水泻六七次”。

在开封，裴景福游览了山陕会馆和城隍庙，及后，登西楼远眺。沿城数里，俱是柳荫果林，风景殊佳。城隍庙里，明代所立的碑，有一半没入土中，那是因黄河决口带来了大量泥沙。不唯明碑如此，“城内房屋多没河淤中”。黄河之害，使得“中牟、祥符向系膏腴，近已瘠苦不堪。黄河所至，附近百余里内，浮沙增积，不能生物”。

熟悉岭南农事的裴景福认为，黄河泛滥形成的沙地“若种果树，枣、梨、杨柳，必易成林”，然而，“中原官民不讲求植物，竟成废弃”。

到开封后，裴景福才知道，与开封相距 100 余里的郑州有火车，两天可达武昌，而武昌与九江之间有轮船。他算了一下，他从九江到开封，耗时 50 多天。如果在九江坐轮船到武昌，再由武昌坐火车到郑州，只需四五天。裴景福说，当初选定路线时，给他建议的人都认为，必须依托驿站，“非驰驿不可”；现在看来，简直“拙哉”，并决定“此后眷口往由，定由此道”——在那个西风东渐的大变革时代，现代化交通工具给一个传统士人带来的震惊和影响，由此可见一斑。

从中原到陇西

地处中原的河南居天下之中，相当于中国的十字路口，交通之便捷与重要，甲于任何一省。自商周起，一条由中原经潼关通往关中的交通要道渐渐形成。几经演变，在唐代成为连接首都长安与东都洛阳并延伸至汴梁以东的大驿路。直到清代，其走向及重要站点仍大体一致，许多地段的驿道，足足沿用了两千年以上。

开封到郑州，裴景福一路向西，沿途行经的，是一个个见证历史的古老之地：楚汉对峙的鸿沟、兵家必争的虎牢关、北宋七帝沉睡的宋陵、伯夷叔齐饿死的首阳山、秦赵会盟的渑池、崤之战发生地崤函古道，以及杜甫住过一夜并写下《石壕吏》的石壕村——2020年夏天我前往探访时，那孔据说杜甫住过的破窑坍塌了一角，但仍基本完整……令人感慨的是，裴景福生活的晚清，中国遭逢千古未有之大变局，当火车、轮船以迅雷不及掩耳之势改变欧美时，东方中国却继续维持着传统的农耕生活方式——这条跨中原入关中的驿道，不仅大多数地段依然是先人开凿的破败土路，甚至一如两千年前那样简陋："沟道有狭者，不容一车。"来往旅人能够依靠的，依然是人力畜力。

自郑州到西安，裴景福历时24天，其中18天赶路，平均每日行程不到40公里。流放之年，裴景福52岁，正是世事洞明、人情练达的中年。从日记可以看出，他深怀悲悯之心，对底层充满同情：在安徽境内的舒城，他雇有田、马二位轿夫，他们随裴景福来到西安。因裴对他们不薄，他们表示愿意抬着裴景福到新疆，裴景福却把他们劝回了家，日记里说，"以天寒路远，彼各有妻子，不便远离……促之趁暖速归"。临别，工钱外，裴景福另赠大钱三千，两位轿夫感动流泪，"余亦凄然"。

在陕州，裴景福注意到了一个10多岁的挑夫，"面有菜色，体无完衣"。和他交流，他自称是四川广元人。三年前灾荒，其父给了他两百铜钱和一个馒头，把他赶出家，让他自谋生路。流落河南三年后，他想回家。裴景福掏钱为他买棉袄棉裤，并把他带到西安，以便他能随同乡返川。

汉唐国力强盛，在今新疆设有都护府，加之绵延千年的丝绸之路，边陲与内地往来频繁，渐渐形成了南北两条驿道：北道，从西安经今咸阳、乾县、彬州、泾川、平凉、泾源、会宁、定西抵兰州，此后沿河西走廊进疆；南道，从西安经咸阳、宝鸡、凤翔、陇县、清水、天水、陇西、临洮抵兰州，此后与北路重合。

两条驿道，南路开辟较早，汉朝时成为丝路干线；唐朝经营西北，南道达到鼎盛，杜甫的“驿道出流沙”，岑参的“一驿过一驿，驿骑如星流”均系南道行旅之作。宋以后，疆土渐狭，南道为吐蕃所占据，唯有北道通行，一直沿袭到清末民初——不仅裴景福走过这条路，林则徐被流放伊犁，方希孟入幕新疆，也走的是这条路。

南道北道，均须翻越六盘山。

陕甘宁边界的六盘山，平均海拔2500米以上，是内地通往新疆要穿过的第一座大山。六盘山南部又称陇山，陇山高峻迂回，“其坂九回，欲上者七日乃得越”。七日固是夸张之词，山路曲折难行却是不争的事实。登上陇山高处，回望关中，帝京已远；遥望前程，山峦环堵，其情其景，便是古人所谓“陇头流水，流离山下。念吾一身，飘然旷野……陇头流水，鸣声呜咽。遥望秦川，心肝断绝。”

南道要从固关下的陇山垭口穿过，才能由陕入甘；至于北道，则必须翻越六盘山脉中的六盘山——也就是地理学上狭义的六盘山。它因山路曲折，须经六重盘道才能抵达峰顶而得名，海拔近3000米。如今，由平凉至静宁的公路即从山中穿过——裴景福行走的驿道，一些路段与公路重合，一些路段与公路遥相呼应。

十月初五晚，裴景福在六盘山东麓的瓦亭过夜，这里距秦汉时代的重要关塞萧关近在咫尺。初六，裴景福早起，喝粥后行 15 里来到山脚一家小店休息片刻，尔后爬山。行李车太重，不得不将两辆车的骡马牵到一起，一次拉一辆车上山。随着山路越爬越高，裴景福看到的是一片苍凉景象：“路极陡峻，盘纡而上，路旁卧乱石，开道时所移也。流泉呜咽，阴风怒号，深涧积雪皑皑，石恶土劣，植柳不能成行。东望日色惨薄，云雾混茫……忽闻来车有婴儿啼，惨于四声猿矣。”

中午，行至山巅，上有牌楼，额书：“陇干锁钥”。两边是对联：“峰高华岳三千丈，险据秦关百二重。”牌楼附近，一家茅店，卖酒面，“行人涌集，无立足处”，裴景福好不容易买到一碗面充饥。一家旅店，主人是湘籍，因随左宗棠西征流落在此。“筑室三楹，缭以短垣”，朝北的店铺迎客，朝南的居室自住。在这高寒而偏僻的大山绝顶，“四无居邻，豹鹿接迹，飞鸟不至”，大多时候，除了中午时分有客人光顾，其余时间就只有主人和他的一妻一子一婢。裴景福疑心主人是不问尘事的隐者，可惜行旅匆匆，未及深谈。

翻过六盘山进入甘肃后，生存条件变得十分艰难。不仅物质不丰，就连饮水都成问题——“静宁以西，土咸水苦”，当地老百姓，家家挖水窖，秋冬储水，以备来年之用，甚至“官廨亦如之”。入住旅店，第一件事就是买水，“小壶亦须数钱，几于水二石入绢一匹”。和油一样贵的水，水质很差，同行数人，全患腹泻。

安定虽是州府所在，然最好的旅店，也只有一盘土炕，凳子也没一张。至于食物，当地人几乎都用盐下饭，豆腐每隔三天才能买到。“入甘境后，米面、青菜、豆腐、麻油、醯醢，皆不可得。”

与之相比，最贵重的还是清洁的水——木炭一斤15文，面粉一斤10文，一担甘甜的山泉水，却要100文，能买十斤面粉，按此比例，相当于自来水上千元一立方。就连省会兰州这样的“大都市”，旅店也是“门前土阜，羊豕杂蹂，尘秽堆积。屋后一池，混浊更甚，涤器生臭”。

去过兰州的人都知道，兰州城区沿黄河布局，东西长而南北狭。今天的兰州市区，仍以南岸为主，一个多世纪前，黄河南岸更是重中之重。为了连接两岸，黄河上建有浮桥。

浮桥名为镇远桥。到兰州后，裴景福专程前往参观。镇远桥由24条船拼接而成，上铺木板，长370步，宽10步，设有栏杆，两岸各铸大铁柱两根，系以手臂粗的铁索，“夹而束之，以防桥之崩移”。铁柱上的铭文，表明该桥建于洪武九年（1376）。

早在唐朝时，兰州黄河上就开始架设浮桥，不过均系临时的军用性质，事毕即拆。洪武九年所造浮桥却长期保留，并不时加以整修。浮桥建成后，原本荒凉的黄河北岸渐渐有了生气，黄河之滨，建起一座座酒楼茶肆。政府安排30名水手，“昼夜巡视，以防不虞”。我看过一张一百多年前的镇远桥老照片。高大的城楼下，低矮的民居临河而建，一株大树枝繁叶茂，掩映着浮桥，构建浮桥的船只次第铺向北岸，略呈弧形。冬季，黄河结冰前，须将浮桥拆除，开春解冻后再次铺设——其间，人们踏冰过河。冰层是否足以承受行人，当地人都有经验，一旦冰面上有狐狸足迹，“人乃渡”。

裴景福参观四年后，兰州黄河铁桥（后改名中山桥）竣工，使用了五百多年的镇远桥退出历史舞台。而今，昔日浮桥旧址上，还有一根锈迹斑斑的铁柱直指蓝天。

在兰州，裴景福停留了三个月，并在那里过了春节。其间，变故频繁。

他的仆人来和死了。来和跟随裴景福已有七八年——裴在南海任知县时，破获一起贩卖幼童案，救出的幼童中，即有来和。来和太小，“里贯全忘”，仅记得家在河岸小山下，父母双亡，依兄嫂为生。裴景福无奈，只好把他带在身边，做了侍应童子。来和“性孤愤而讷于口”，品行很好，“未尝窃一钱、漏一言也”。在兰州期间，来和染上天花——这种由天花病毒引起的烈性传染病，如今可通过接种疫苗防止感染，且天花病毒已被人类消灭。但一百多年前，天花却是令人谈虎色变的恶疾。来和患病二十余日，于正月初三去世，年仅十四五岁。裴景福伤感不已，作两诗纪念，称赞来和“三年形影真吾子”，伤心来和“万里风霜碎汝身”，并表示有朝一日返回家乡，一定把他的遗骸带回去：“圣恩若下金鸡诏，定遣归魂到海滨。”

来和死后，另一仆人李才生病，裴景福便又雇了李芬。李芬系四川南部人，他从兰州陪伴裴景福，直到三年后在乌鲁木齐病逝。裴景福的多个仆人中，李芬最独特——会作诗。裴的日记里记录了李芬三首诗，其水平不在裴景福之下，如其中两首绝句云：

忆别乡关塞外游，茫茫瀚海度春秋。
一轮明月天山顶，分照峨眉最上头。

大木城头望故乡，雪光烂漫路苍苍。
万重云树三更月，不忆梅花不断肠。

诗才俊逸的李芬很可能也是读书人，可惜沦落底层为仆。晚清的堕落，不仅在于政治腐败，经济萧条，还在于对人才的扼杀。

另一桩烦心事也发生在此期间。

裴景福有一个同乡兼好友李芬三，和裴景福一样，也热衷于文物收藏。在兰期间，李芬三曾陪同裴景福参观镇远桥，并与甘肃提学叶昌炽等人相互鉴赏藏品。在叶处，裴景福看到了敦煌藏经洞的唐代经卷；到新疆后，他向法国人伯希和说及此事，才有了以后伯希和盗走经卷并成为汉学大家的后话。

来和病中，裴景福心情不佳，李芬三邀他小酌。席间，李芬三展示了他的一件珍贵藏品：朱元璋封李文忠为曹国公的圣旨。裴景福爱不释手，并将其借回寓所，打算抄下来。当日已晚，未及抄写。次日白天有事，也未抄写。深夜准备抄写时，圣旨却不翼而飞。同时，一个姓周的仆人不见了。

之前，在裴景福从泾州到兰州的路上，有一个年轻人一直跟随他们，与裴的仆人们相识。年轻人说他姓周，要到乌鲁木齐寻兄。裴景福很同情他，还给过他几百个铜钱。到了兰州，周某又上门，请求搭裴景福的车去新疆。此时，来和与李才生病，急需人手，周某便留在了裴景福身边。

周某盗走圣旨后，裴景福立即报官，然而，一个萍水相逢之人，要想找到他，无异于大海捞针。最终，圣旨和周某均人间蒸发。

兰州三个月，烦心事不少，开心事也是有的。最开心的无疑是与同年王树枏相聚。王树枏系河北新城人，曾在我老家富顺任知县。他与裴不仅是同年，且意趣相投，用今天的话说，三观相同。在兰州期间，两人聚会十余次，彼此唱和多首。裴称之为“西来第一乐事”。令裴景福惊喜的是，当他离开兰州，行至奇台时得知，王树枏升任新疆布政使。此后，在新疆三年，两人声气相通，时相往来。后来，裴景福的《河海昆仑录》付梓，作序者即为王树枏。

河西，河西以西

1906年正月二十，裴景福离开小住三月的兰州，继续流放路。

兰州以西一百多公里，翻越乌鞘岭后，就进入狭长的河西走廊。即便今天，地处大陆腹地群山间的河西走廊依然荒凉，一百余年前更甚。裴景福看到“石子被地，如拳如卵……碎石弥望，覆以冰雪，崎岖纵横，愈行愈难。途次间有墩店，空垣破屋，不见一人”。“近塞极冷，而古浪峡、乌鞘岭尤为阴惨，四时皆雪。”“惟见枯柳数丛，荒坟三四，残雪斜阳，半明不灭。”

多年后，我行经这里时，平坦的高速公路代替了古老的驿道。公路之外的原野，依旧遍布沙石，风吹铮然有声。七月，更远的山峰山体青黑，露出锋利的山脊。雪线后退，直到接近山顶的地方，才披着薄薄的雪，像冬天捎给夏天的珍贵礼物。

河西走廊南北雪山林立，走廊却缺水，居住的人家，全靠一窖污水过活。兰州以西，愈西愈荒，“雪埋沙碛行人断，日落荒坟故鬼多”。原野上，野鸽成群，在来往驴马的粪便中啄个不停，寻找未被消化的食物。偶有民居，都是一水平房，破旧肮脏。除凉州、甘州和肃州较繁盛，“余荒凉，无肉，无蔬，无鸡卵，无饭，无面，县城稍好”。——县城稍好，也好不了多少。比如古浪县城，不过两百户人家，“地方极苦，衙门亦简陋”，知县李某，也是不得已而来此任职。此前他在京选缺时，同人听说有古浪知县一职，“皆不愿”。

甘肃的名字，由境内的甘州与肃州而来。甘州即今张掖。张掖地处河西走廊中段，北依合黎山，南望祁连山，中间是黑河滋养的绿洲。鉴于河西走廊的战略意义，汉武帝于公元前 111 年设张掖郡，下辖十县中，有一个叫屋兰。今天，屋兰是张掖市东郊的一个景区。一个多世纪前，裴景福由东乐（今民乐）出发，沿两山之间的驿路抵达屋兰古城，那时政府在此设了驿站，叫仁寿驿。

入住仁寿驿那晚为农历初十，月亮半圆，清冷的空中星斗相映，皎如白昼。饭后，裴景福登上城楼，月色下，南边的祁连山是一片朦胧的深青色。小城人口很少，才入夜便阒无人声，天地间万籁俱寂。就在这时，他突然听到北山传来一阵阵嗥叫，“远近相和，而哀以疾”，当地人告诉他，这是虎狼在捕食野鹿。

常看地图且足够细心的话，你会在我国西部地区，诸如甘肃、新疆、宁夏等地，发现许多地方叫盐池。从盐池县到盐池镇、盐池乡、盐池村、盐池驿、盐池湾，都有。盐池地名的来源，和当地分布的大大小小的盐湖有关。盐湖里的卤水，晒干后便是盐，称为湖盐或池盐。

清代盐池驿是通往新疆的必经之地，其故址在今甘肃高台盐池村。盐池驿附近，当地人从盐湖开了一条小渠引水，“有水即盐”，地上到处是雪白的盐巴，更远处的盐湖，“远望明河一片”。池盐味道不如海盐或井盐，因含有较多杂质，“沙未净，味不厚”。贩盐商人赶着骆驼运盐，每年销售收入约两万贯——查有关档案，裴景福被流放新疆的 1905 年，湖南猪肉每斤 100 文，两万贯能买猪肉 20 万斤，相当于今天三四百万元。

出嘉峪关后，人烟愈加稀少，大地更加荒凉。戈壁连天，看不到一棵树、一丛草，到处都是沙石，时常毫无征兆地刮风。大风吹起沙石，遮天蔽日，昏晦不能辨物，裴景福称之为盲风。更要命的是，风来后，大雪往往随之而降，“数十步之间，人畜即僵仆”。裴景福听人讲，前年九月，有七位湖南商人，雇佣三辆马车运货到玉门。途中遭遇大风，马夫是当地人，知道风雪厉害，劝商人赶紧把马解下来，快速返回旅店。商人们舍不得货物，守住马车不走。车夫只得独自离开。“须臾，雪至。夜半，仅二客伏地蛇行至店，其五人毙车中。”

清朝末年，西北边疆不靖，清政府只得在漫长的驿路上星星点点地设兵布防。戈壁深处，有一个叫高见滩的小地方，裴景福借宿于驻军营房。该处仅有三名兵丁和一头驴子。干旱的戈壁上，寸草不生，给养得从玉门送来；就连饮水，也“由玉门负至”。

兰州以西的客店，“高档”者有桌凳；出了玉门，“则绝无矣”；安西（今瓜州）乃直隶州，州城客店，竟然也没有一桌一凳。向附近居民求借，问了好多家，“不得”。又向州府求助，好不容易才送来一张小几，“犹旧足装以破板”。客店里，土炕破席，地有牛粪马尿，室内臭气熏天，“挟以王公之贵，督抚之威，求青菜、豆腐未必果得”。

裴景福西行次年，方希孟由郑州赴乌鲁木齐，走的路线与裴一致，所见景象，也大体相同。方在他的日记里，同样震惊于甘肃西部的极端贫困，比如盐池驿附近的花墙子，“民约二百余家，泥衢污秽。小儿多不着裤，上衣亦不蔽体，鸠形鹄状，老幼皆然。边氓穷窘可怜之状，不有郑侠图绘，无人知亦无人问也”。

由于干旱缺水，“竟有数月不洗面，终身不浴者”。另有一事更让裴景福惊诧：大便后竟不拭秽。裴景福认为，“此虽细事，亦民智不开，教化不行之一端”。

哈密是东疆重镇，丝路咽喉。从安西至哈密，今日路程300多公里，车行四五小时。裴景福时代，驿路迂回，较今为远，耗时11日。

沿途，“皆粗沙杂石，无田土，无草树，无人烟，禽兽亦少”。灰白的天空中，悬挂着一枚仿佛奄奄一息的昏黄太阳，偶尔看到三两只鸟雀。日头刚落，月亮升起，更添了一分寒冷与孤独。

从安西起，四通八达的驿站消失了，只有供军方军情往来的军塘。军塘里，马匹少，用驴代替。费用不足，加之主事者偷减草料，服务于军塘的驴马，一匹匹都瘦得皮包骨头，有的整个脊背都是伤，无精打采地睡在地上，无论如何抽打都不起来。遇有官差，军塘驿卒“拉民马以供役”。被拉了马的人家，还得派一个人跟随，人的食物和马的草料都得自备，“民极苦之”。裴景福叹息：“安得贤大吏一整饬，为众牲造福？”

天山横亘，哈密被分为南北两部。其中，南部是哈密盆地。抵达哈密时，春天已到，裴景福见到了久违的春色与绿意——与之前从兰州出发后的景象无异霄壤之别：“青榆碧柳，绯桃红杏，倚天照海，春色盎然。”自哈密城外几十里的地方起，醉人的春色一直铺到哈密城下，秾艳掩映，令人如行万花谷中，“江南惠麓、虎阜，尚无此艳阳也”。

对此春风杨柳，裴景福欣然作诗，题目就叫《哈密》：

天山积雪冻初融，哈密双城夕照红。

十里桃花万杨柳，中原无此好春风。

过了哈密，离目的地乌鲁木齐不到1000里了。又是十几天风雨兼程后，1906年四月初八，裴景福终于走进了乌鲁木齐市区。此时，距离开广州已一年有余，行程超过11700里。

在新疆，裴景福生活了三年。赖巡抚联魁和同年王树枏等人关照，他先被聘入幕府，旋被请去修志。案牍之余，吟诗作赋；杯盏之间，赏画鉴宝。日子过得平静而有诗意。

两年多后，给事中李灼华为裴景福鸣冤，裴案得以复查并平反。于是，裴景福离开新疆，返回老家安徽。

西行最大的收获，无疑就是这部名为《河海昆仑录》的日记。当初，裴景福万里迢迢前往新疆时，专门缝制了一只布袋，“凡道途之所经历，耳目之遭逢，心思之所接斗，逐日为记，悉纳之囊中”。

就像蜜蜂采蜜，没想到采来一个声势浩大的春天一样，以罪犯身份西行的裴景福，原本为打发长路时光在逆旅孤馆中写就的日记，百余年后，因内容丰富而成为了解研究那个逝去时代的重要一手资料。这些生动的文字，打开了一扇眺望晚清的窗口。逝者如斯，前人的悲欢早已消失，唯大地不改，山河永固。

山河入梦：黄楙材的横断山之行

大清光绪五年（1879）早春，位于成都石犀寺的川中最高学府尊经书院，迎来了它的新一任山长（校长），即闻名海内的湘中大儒王闿运。王闿运是应四川总督丁宝桢力邀而来的。晚清封疆大吏中，丁宝桢素以开明干练著称。对王闿运，他优礼有加，时常一起坐论国是。一次，王闿运郑重提醒丁宝桢：要防备对西藏觊觎已久的英国人。

王闿运不知道的是，对英国人的企图，丁宝桢早就有所准备。当王闿运溯江而上奔赴川中时，丁宝桢派出的一支小队伍，正行进于成都西南的崇山峻岭中。王闿运到书院上任时，小队伍已经出发了七个多月，抵达了历来被视作烟瘴之地的云南边陲，行将走出国境……

小队伍的负责人叫黄楙材。论功名，他远逊于丁宝桢；论学术，他难望王闿运之项背。然而，因缘际会，这位生逢板荡的读书人，却以跨越千山万水的矫健之姿，成为当时深具国际眼光的观察者和思想者。他不仅留下了第一部穿越横断山的日记，还是横断山的定义者之一。更为重要的是，在他万里壮行的背后，一个大变革时代的知识分子应有的责任心、担当跃然纸上。

向西：目标印度

出发那天，恰逢七夕，天气潮湿闷热。六个人组成的小队伍从成都南门出发，折向西南。这一天，他们只走了短短40里，夜宿成都双流。

小队伍行进的路线，就是多年来形成的自成都通往西藏的官道。人烟稠密的成都平原，苍翠的原野如同一张绿色巨毯，上面点缀着星星点点的村落和小镇。黄土铺就的官道，仿佛一条细细的丝线，时而穿过河流，时而绕过村镇，时而钻进林子。那些与小队伍擦肩而过的人不可能想象得到，就是这几个面色平静的旅人，他们竟然要远行万里。在100多年前，这样的行程，尤其是考虑到行程的绝大部分路段都是人迹罕至的高山和原始森林，其危险和带给人的震撼，并不亚于传说中前往西天取经的唐僧所要遭遇的九九八十一难。

小队伍里，除了一名打杂的仆人和一名厨师没留下姓名，其余四人分别为：章鸿钧、聂振声、裘祖荫、黄楙材。时年36岁的黄楙材，是小队伍的负责人。他奉川督丁宝桢之命前往印度，执行一项特殊任务。

仿佛是对黄楙材命运的暗喻，1843 年，也就是他出生这一年，中英签订了《五口通商章程》，近代启蒙思想家魏源出版了《海国图志》。自从鸦片战争以来，天朝国门被迫打开，庞大的市场吸引了西方资本，列强纷纷染指中国，大清面临被豆剖瓜分的窘境。与此同时，各种和中国传统迥然不同的理念、科学、技术也纷至沓来，为那个时代和那个时代的知识分子提供了从来没有过的多重选择。黄楙材原本是江西上高县的读书人，16 岁即中秀才，却在 24 岁时抛弃了四书五经，前往华洋杂处的上海，认真研究时务，学习数理、外文、测绘。

列强之中，英国率先发动侵华战争，对中国野心极大。地大物博的我国西藏地区与英殖民地印度相邻，长期以来，英国人对西藏觊觎已久，屡屡派员探险，甚至企图以边境冲突而蚕食之。1875 年的马嘉理事件，导致双方于 1876 年签订了《烟台条约》，其中一条就是允许英国人进入西藏。

其时，四川总督丁宝桢敏锐地意识到，中英之间很可能会在西藏发生严重冲突，而四川向来是西藏的大后方。因此，当务之急是防患于未然，提前做好准备。准备之一就是派人前往印度考察，以便了解英印情况，据此谋划对策。他认为，只有“先将其山川形势之险易，径途道里之曲折以及人民性情之强弱，了然心目”，才能“以后遇事区处较有定见”。

委派人员时，丁宝桢相中了黄楙材。在他眼中，黄楙材“于地图、仪器、算学各项深得泰西秘妙，且耐劳吃苦亦异常人”，是不可多得的理想人选。

渴望学以致用并建功立业的黄楙材接受了丁宝桢下达的任务，就此拉开了万里之行的序幕。

在现代交通工具付诸阙如的晚清，从成都前往印度，有水陆两途。水路即先经岷江、长江抵达上海，再由上海坐轮船到加尔各答；陆路即由成都向西，经康定、巴塘入藏，此后经拉萨、亚东到大吉岭。两相比较，水路的舒适性与安全性均远胜陆路。然而，黄楙材背负着了解与西藏毗邻地区山川形势的任务，他只能走危机四伏的陆路。

后来，黄楙材抵达川藏交界的巴塘，却因西藏民众的疑虑而无法西行，不得不由巴塘折而南下，经中甸、大理、腾冲等地后进入缅甸，再从缅甸坐船前往加尔各答。这样，黄楙材的行踪，先是自东向西跨越了横断山北部，再从横断山北部，顺着横断山的走向南下，穿越了横断山南部，从而在横断山中走出了一个反写的“7”字。

大地抬升：从成都到巴塘

“窗含西岭千秋雪”，寓居成都时，杜甫从位于西郊的草堂极目远眺，能看到天际线上负雪的苍山。千百年后，如果天气足够好、位置足够高，仍然能从成都市区眺望到隐约的雪峰。这一线远在100多公里外的雪峰就是著名的四姑娘山，它属于更著名的横断山脉中的邛崃山。

关于横断山名字的来源，众说纷纭。一种说法是黄楙材前往印度途中，天天面对那些横亘于前的大山，感叹它们仿佛阻断了道路，因而称之为横断山。但翻检他留下的几种著作，我没找到相应出处。另一种说法则认为，横断山概念最早出自京师大学堂的《中国地理讲义》。这部百年前刊印的地理教材，旧书网上有售，价格高达 2800 元，因而我也没有机会参阅。

不过，不管谁第一个提出横断山之名，横断山脉都已是一个广为人知的地理名词。当然，如果更准确一些的话，横断山脉应该称为横断山系，因为它不是一列山脉，而是多列山脉的总称。至于横断山系的范围，历来也有多种说法，我倾向于中科院成都山地所陈富斌先生的定义："横断山系是川西、滇西和藏东一带，岷江和雅鲁藏布江南北向河谷之间，南北走向山脉的总称。自东向西包括邛崃山—大凉山脉、大雪山脉、沙鲁里山脉、宁静山—云岭山脉、他念他翁山—怒山山脉、伯舒拉岭—高黎贡山脉和色隆拉岭七大山脉及其支（余）脉。区内有大渡河、雅砻江、金沙江、澜沧江和怒江五大河流。这些山川骈列组成东西最宽 800 公里，南北（我国境内）长约 1300 公里的区域，面积约 70 万平方公里。"

离开烟柳繁华的成都三天后，黄楙材一行渐渐走进横断山余脉。只是，那里的横断山还很低缓。那是邛崃到雅安之间，起伏的山岭上种植着茶树，山原上或山谷里分布着大片大片的庄稼地。黄楙材注意到了西方天际隐隐可见的雪山，烈日下闪射出遥远的寒光。他知道即将进入山区，却不知道大山将如同一个永不醒来的噩梦，占据了他的大部分旅途。

大相岭第一次让黄楙材领教了什么是横断山路难行。1994 年秋，我平生第一次远行，其中一段路，是从雅安到康定。早晨出发不久，便进入了连绵的大山。山路时而飞旋而上，时而低垂而下。单是翻越这座山，就耗费了两个多小时。当我们从山北经垭口下到山南时，原本雨雾迷茫的阴天变成了艳阳高照的晴天。20 多年后，如果经雅西高速从成都前往西昌，必将穿越一个长达 11 千米的隧道。隧道两端，天气也是迥然不同。这座地理与气候的界山，就是大相岭。

大相岭又称泥巴山，虽然在横断山大家族里，它并不算高，却以险峻著称。黄楙材在日记中说，“鸟道崎岖，乱石狼藉”，“万山罗列于足底，危峰耸入于云霄”。其间，一些地方的坡度达到了70度。山路宽不过两尺，一侧危岩高耸，一侧深渊万丈。稍不留神，就可能失足坠亡。他们只能牵着马，屏住呼吸，小心翼翼地通过。到了山顶——我估计，应该就是高速公路修通前国道经过的垭口，海拔不算高，大约3000米——遥看四周，原本青郁的草木消失了，四野弥望，都是灰色的石头。山下还是暑气蒸腾的盛夏，山上居民却身裹皮衣。

横断山北部东区是四川通往西藏和云南的要道，因此曾经形成过不少聚落。这些聚落，大则为城，小则为镇，但因政治、军事或经济形势的变化，随之或衰败或废弃。清溪就是其中最典型的一座。

今天的清溪是群山环绕的一座小镇，街巷依山就势，层层叠叠修筑于大相岭西南麓一块相对平缓的坡地上。镇子里，房屋古旧，人烟稀少。森严的文庙和残存的城墙与城门，却暗示它曾有过辉煌的过往。历史上，由于清溪地处通往西昌等地的牦牛道（南丝路的一段）、通往西藏的沈黎道（茶马古道的一段）和通往嘉定的古盐道交会处，因此从隋朝开始，就一直作为州县治所，时间长达1300多年。直到1950年，县治才迁往九襄。更重要的是，随着通往西藏和西昌的公路相继贯通，在喧哗与骚动中送走了千载岁月的清溪日趋冷寂，直到荒草铺满古道……

不过，100多年前，黄楙材翻越了高寒的大相岭，下到山谷中的清溪时，清溪虽不算繁华，却还有一线生机：“山城如斗，居民无多，四山壁立，双溪倒悬。”让他惊讶的是，清溪城外，居然有数百亩水稻。稻田如同房屋一样，一级一级地从谷底向上延伸，形成了层次分明的梯田。这些水稻是上苍对山区难得的恩赐，让当地居民不必像周边邻居那样，必须以玉米为主食。

黄楙材从大相岭垭口下行到清溪之前，经过了一段“迂回百折，陡峻绝伦”的山路后，路过一个叫羊圈门的地方。对此，黄楙材只记下了一个地名。黄楙材不知道的是，这里曾经是重兵驻守的关隘。由于大相岭地处夷汉之交，多年以来都是兵家必争之地。从三国时诸葛亮在此驻军，到唐代设置堡垒，再到王建割据蜀中，将唐代的堡垒扩建为关城，民间俗称王建城。后来，驻军撤走，城池被废弃，久而久之，就连王建城也被讹传为羊圈门。现在的王建城遗址，位于一片荒坡上。风吹云动，草木摇落，仔细寻找，还能依稀辨识出旧时的台基和城垣。

黄楙材所走的沈黎道上，活跃着大量背夫。关于这些生活于底层的民众，黄楙材的日记鲜有记载。此前一年，英国探险家吉尔恰好也有一次横断山之行，其中，自成都到理塘，两人的路线几乎完全一致。在清溪，吉尔注意到了这些背夫，并用充满同情的笔调写道：“我们不断地与长长的苦力队伍相遇，他们背着茶，神色悲哀，步履整齐地沿着危险的、台阶般的道路上行。看着这些人，我觉得非常悲哀；他们仿佛是身负重物的牲口而不是人，从来不笑，很少说话。”

大渡河畔的泸定是黄楙材进入西藏前的最后一座汉人城镇。如同大多数横断山中的城镇一样，泸定城也沿河而建，几百户人家散漫地分布于两岸的台地上。很多年来，泸定都是一座边城。相传宋朝初年，宋太祖与吐蕃定界，他手挥玉斧，指着地图上的大渡河说：

“自此以西，吾不有也。”

泸定城的地标就是横跨大渡河的铁索桥。大渡河发源于青海玉树，其流向与横断山脉走向一致，两岸均是高峻的山峰，水流汹涌。多年以来，两岸只能在一些山势相对低缓、水流相对平静的地方用小船来往，或是溜索过江。1796年，康熙下旨修建了大渡河第一桥。因大渡河旧名泸水，取边境安定之意，康熙御笔书写了桥名：泸定桥。

踏过晃晃悠悠的泸定桥后第三天，黄楙材走进了一座他称之为“西南之锁钥，藏卫之喉吭”的城市，那就是打箭炉，即今康定。三山环绕的康定，雅拉河与折多河在城边交汇。黄楙材描写道：“二水夹流，三山紧抱，晨夕多风，终年积雪，盛夏犹服重裘。”

我犹记得，20余年前第一次到康定，时值十月，站在宾馆的阳台上，迎面便是高高的郭达山，山顶雪光明亮，山腰烟岚游荡，寒凉中有一种难以言说的肃穆。及至爬上跑马山——就是因《康定情歌》而世界闻名的山——鸟瞰，小小的康定城沿着折多河的走向分布，怕冷似的蜷缩在河畔，如同色彩斑斓的积木。

康定城西，铁色云低，山路急促抬升，这便是素有康巴第一关之称的折多山。按康巴习惯，折多以东，称为关内，折多以西，称为关外。关内藏汉杂处，关外纯为藏族聚居区。黄楙材注意到，自折多山开始，在道路两旁总是不时出现雪峰，“雪山屹如银屏，夕照掩映，真奇观”。

离开打箭炉20多天后，黄楙材翻越了他万里之行中的第一座雪山，那就是沙鲁里山脉的剪子弯山。如今翻越剪子弯山，因为隧道贯通，已经不能充分感受到雪山的高峻与险要。在318国道的一处垭口，立着一方石碑，上书：“天路十八弯”。站在碑前回望，山路曲曲折折，形成了一个又一个形如剪刀的急弯。该山海拔将近4000 米，为 318 线康巴地区路段的最高峰。

黄楙材走过的驿路早就渺不可寻。但与 318 线相比，那条路必然会因条件所限而更加难行、危险。他在这一天的日记里说，为了翻越剪子弯山，他们一大早就上路了。坡陡路滑，只得牵挽着牦牛行走。到了垭口，“雪子迸飞，寒飙刺骨”，气温骤降至零度。这一天，从早到晚，他们行进了 90 里。晚上，入住于驻军的碉房。在疲惫不堪地进入睡梦之前，他们还必须完成一项工作：测量经度和纬度。由于缺少现代工具，他们只能通过北极星的高度来计算。这天正好是农历十五，一轮清冷的圆月从雪山上升起，月光下是悄无声息的广袤大地。黄楙材和裘祖荫一道，喘息着爬上高高的碉楼，遥望星空，细心测算。

顺着流水，走向南方

在沙鲁里山脉和宁静山脉之间，金沙江浩荡奔流，不舍昼夜。地处川、藏、滇三省区接合部的巴塘，便位于金沙江畔。从县城下行 30 公里，在一个叫竹巴笼的地方，金沙江大桥成为入藏咽喉。

只是，黄楙材到达巴塘时，金沙江上还没有大桥，他只能坐船或是通过溜索过江。令他意外的是，他的西行之路将在巴塘转个 90 度的弯，由西进变成南下。

原来，当地人不理解他们的考察行动，甚至认为他们别有图谋，因而群起阻止。为了不别生事端，黄楙材决定改变路线，绕过西藏。

这就意味着，他们只能南下云南，从云南经缅甸再由海路至印度。巴塘的地方官员赵光燮告诉黄楙材，前往云南有两条路：第一条是经竹巴笼过河到阿墩子，再经维西抵中甸（今香格里拉）。这条路比较好走，也是上一年英国人吉尔走过的。赵光燮曾护送过吉尔，熟悉路途。第二条是由巴塘南行，经六玉、奏堆到中甸，路程较近，但所经之地多是荒凉的无人区，必须自带饮食，并且还得防备土匪。

经过与赵光燮等人商量，黄楙材决定走第二条路。一则路程短，省时；二则不必进入西藏，可以避免纠纷。

黄楙材在巴塘停留了22天。这是一座有300余户人家的小城，天气和暖，土地丰腴，盛产青稞和蔬菜。但是，几年前这里发生过一系列强烈地震，房屋几乎全部倒塌。上一年，吉尔在这里看到："在这不幸城镇周边几英里，还依稀能见这场骇人灾难的痕迹，山坡断裂撕开，山上滚下的碎石形成斜坡，掩埋毁坏不少古道。""但目前这座城市是崭新的，房子全是新盖的。"

吉尔还注意到，在巴塘及大多数藏族聚居区，民众贫困不堪，寺庙却极为富有。僧人们拥有大部分河谷平原上的土地，其财富更多的却来自放高利贷。只有300户人家的巴塘，竟有1300多名喇嘛。

从黄楙材和吉尔留下的文字来看，吉尔的观察和了解更为深刻。这其实也不奇怪，因为黄楙材的任务在远方，这里只是他的途经之地。当他决定从巴塘折向南方时，意味着路途将比想象过的还要艰难。

宁静山—云岭拔地而起，将金沙江和澜沧江分隔于东西两侧。从巴塘到中甸，黄楙材大体就沿着金沙江的流向，顺着宁静山—云岭东麓而下，经过今天的乡城、得荣和德钦一带——即便在旅游经济兴旺发达的今天，上述地区因风景壮美而闻名天下，其交通仍然相当不便，遑论一个多世纪前的晚清。

黄楙材日记里，时时可见他对行路难的描述：“鸟道崎岖，枯木虬僵，乱石狼藉，兼之冰凌弥漫，滑溜难行”；“深林邃谷，冷冽异常”；“攀岩陟磴，无异猿猱”。茫茫无尽的大山中渺无人迹，他们时而向上攀缘，时而向下缓行。除了路途艰险，还有更多困难让他们痛苦不堪：一是高原反应，“头痛目眩，气息喘息”；二是沿途大多数地方荒无人烟，只能支着帐篷露宿，晚上寒凉透骨，众人冷得睡不着，只好围着火堆打盹；三是这些地区已属“生番”之地，不要说朝廷，就连土司也无力管束，因而匪盗横行，幸赖巴塘土司派出一支队伍护送，否则，以黄楙材区区六人，早就横死横断山中了。

从巴塘县城到中甸，公路约 360 公里，开车约十个小时，黄楙材一行晓行夜宿，历时达 18 天之久。

在中甸休整五天后，黄楙材继续南行，并于腊月二十六——到处都能感受到春节将至的喜庆气氛了——到达剑川。之前几天，经过一个叫冷渡江的村庄时，他业已看惯雪山林莽的双眼，终于看到一片流水环绕的山间坝子。那里，房屋连绵，阡陌纵横，颇像他的故乡江南。尤其让这个远离家乡的游子感慨万千的是，在那里，他看到了迎寒怒放的梅花。一种淡淡的喜悦涌上心头，“如良朋胜友，邂逅天涯”。

在剑川草草过完春节，大年初二，黄楙材又迫不及待地上路了。

剑川到大理一带，地势平坦，属于云南这个山地省份不可多得的精耕细作农业区。大理历来是滇西最重要的城市，“商贾辐辏，阛阓稠密”，“衣冠文物，为滇省之冠”。然而，不幸的是，这座城市刚遭受了长达十多年的杜文秀之乱，以至“灰烬之余，十只一二而已”。吉尔记录了更多关于这一劫难的细节：“我们从东门进入，城市内部比四周村庄更加荒凉可悲。街道宽敞，但大半毁损，处处显现出贫穷。”

从大理开始，南行又转为西行。黄楙材也就由顺着江水的流向，变成了横渡江河，横跨大山。他将次第翻越云岭、怒山、高黎贡山，渡过澜沧江、怒江、大盈江，一直西行到帝国边境。

南北走向的高大山脉，固然是阻止东西交流的巨大屏障，而流淌其间的大江大河，更让这种阻碍变本加厉。在澜沧江和怒江上，分布着一些极为重要的桥梁，这些桥梁，在和平年代，是商贾行人的必经之地；在战争年代，则成为控扼一方的天险。霁虹桥和潞江桥就是具有代表性的两座桥。

余生也晚，十多年前，当我来到位于保山与永平交界处的澜沧江边时，据称曾为中国最古老铁索桥的霁虹桥已在20世纪80年代被大水冲毁。唯有桥头石壁上，还残留着一些岁月沧桑的摩崖石刻。

早在汉朝，霁虹桥所在地就是南丝路上的要津，称为兰津古渡，当时流传着“汉德广，开不宾；渡博南，越兰津”的民谣。那时来往所恃，乃是船只或藤桥。到了元朝，一座木桥如虹横跨，得名霁虹桥。明朝成化年间，木桥改为铁索桥。到两百多年后的康熙时期，又加以重修。

黄楙材发现，与此前经过的泸定桥相比，霁虹桥更为平稳。这座桥长75步，两边有高大的石基，16根铁索上铺着平整的木板。两岸都是千仞绝壁，一条小路从桥的两端斗折蛇行，钻入林莽。距黄楙材之行20多年后，英国人戴维斯也走过这条古道，并留下详细记载：“路石大小、形状不一，空隙很多，似乎使行走和骑马都特别难，尖石伤脚，而在平滑的石头上马很容易摔跤。更糟的是来了一两场阵雨，这使骡子都很难站稳。”

如同澜沧江是一条国际河流一样，怒江亦如是。潞江坝便得名于怒江的别称潞江。

与高黎贡山并行的怒江在云南西北部形成了长达数百公里的大峡谷，当它咆哮着流入保山境内时，峡谷结束了，一片低海拔的台地成为理想的人居之地，这就是潞江坝。潞江桥就修建在潞江坝上，和霁虹桥一样，均为南丝路上的重要节点。

潞江桥也是铁索桥，就在黄楙材抵达该桥的前一月，一场狂风竟吹断了三根铁索，五天后又吹断了五根，铁索桥成为危桥。当地人只得编竹为筏，作为摆渡之用。

从海拔只有几百米的潞江坝遥望，三四千米的高黎贡山巅，覆盖着晶莹的冰雪。巨大的高差，形成了山地立体气候。黄楙材吃惊地发现，才农历二月初，潞江坝竟已“炎蒸如内地仲夏矣”。我两次前往滇西均是隆冬，此前身着冬衣，但到了怒江东岸的蒲缥，已脱得只余衬衫；及至怒江边，则必须打开冷空调。

潞江桥头，形成了一个小小的集市，到了四月，瘴气大作，所有经营者都会准时离开。这一点，几百年前行经此地的马可·波罗写道：“地处蛮野之地，入境不易；遍布高山大林，颇难通行。空气不洁，外人之入境者，必有丧命之忧。”

腾冲曾被徐霞客誉为极边第一城，这里距边境已不远，由于土地肥美，加之当地人有到南洋经商的传统，故而十分富庶，“人户稠密，鸡犬相闻”。长期行走于荒凉山区的黄楙材，此时变得对人间烟火极为敏感、眷恋。但他也明白，腾冲，将是此行路上在国内停歇的最后一片繁华之地。因为，自腾冲折向西南，便进入了土司地盘。

今天的梁河县城，众多民居之间，保存着一座清朝咸丰年间修建的官署，那就是曾经的南甸土司衙门。南甸土司在滇西诸土司中势力较强。土司姓龚，系明朝初年进军云南的明军将领，后来成为世袭土司，到清末，已传承了20多代。

黄楙材在土司衙门住了一夜，次日，龚土司派出10名士兵护送。自南甸开始，此后的路线，大多穿行于热带丛林，并多次渡过大盈江和槟榔江等河流。黄楙材发现，这几个土司的地盘，森林之外，“皆平畴腴壤，颇有富饶之象，非滇省内地州县所及也”。土司所辖之民，都是摆夷（傣族）。

当地平民大多身着青色布衣，几乎无人穿丝绸。但是，数百里行程中，黄楙材竟没看到哪怕一个鹑衣百结者。这让黄楙材感觉到，在大山这一边，还残存着一方小小的世外桃源。

从盈江县城顺着大盈江西南行约30公里，便到了一个叫芒允的小地方。如今，它是盈江县下辖的一个乡。在黄楙材时代，这里已是“中国之极边”，黄楙材把它写作“蛮允”。这里“既无汉官，亦无土司”，是一片权力的真空地带。但由于地处边境，这里有繁荣的市场。早一年，吉尔路过此地时看到，市场上有大量英国商品，包括针线和纽扣这样的小东西。20余年后，戴维斯发现，通往芒允的路“很繁忙”，“我们见到约有500头骡子，主要运输的是胡桃、栗子、梨、无花果干，以及少量的丝和烟草”。

一旦出了芒允，就进入了更加凶险难测的“化外野人境”。

这片地处边地的野人境，民风剽悍，不知王法，抢劫乃是生活的重要组成部分。为了获取财物，他们六亲不认。比如父亲受雇保护某商人，儿子照样去抢。所谓“父之所保，子或从而劫之”。为了绝对安全，黄楙材雇用了多达40名警卫，并等待多日，与另外300多位客商及上千匹骡马同行，甚至还换上了普通商人的衣服，这才敢出发。三天后，他们终于走出了令人恐惧的野人境。七天后，抵达新街，也就是缅甸八莫。

边防之慎重，岂在闭关

“却顾所来径，苍苍横翠微。”千山万壑组成的横断山已被黄楙材甩在了身后，他甚至已经走出了大清帝国的版图。

但就他肩负的重任来说，万里长征才完成第一步。

此后，他在八莫乘船，顺着伊洛瓦底江南下，抵达仰光，再从仰光搭乘海轮，在印度洋上颠簸了六天六夜后，于光绪五年闰三月二十六日到达加尔各答。此时，距他走出成都南门踏上西行之路，已经过去了九个多月。

在印期间，黄楙材访问英国官员，了解英印情况，先后考察了大吉岭、阿萨姆、德里、孟买、达卡等地。可以说，游历印度的半年间，他的足迹踏遍了大半个印度。光绪五年九月十三，黄楙材结束考察，踏上归途，并于当年十一月三日回到香港。

之后，黄楙材写出了《西輶日记》《游历刍言》《西徼水道》《印度札记》，并绘制了印度地图和四川至西藏、云南至缅甸路程图，作为考察成果。更为重要的是，他完成了丁宝桢交付的了解英印当局意图的任务。

举例而言，当时，英国在阿萨姆大量种植茶树，招揽了不少闽浙茶人，模仿川滇边茶制法，所产之茶就近输往西藏。丁宝桢曾担忧，英国人对阿萨姆的开发会导致其从当地出兵蚕食西藏。黄楙材经过实地考察，结合他的横断山之行得出结论，认为阿萨姆与西藏之间高山阻隔，根本无法通行。如果绕行腾冲，则“崇岗垒巘，崎岖难行”；如果绕行滇藏之交，则“尤为险阻，人迹罕到”。

此外，黄楙材大概是第一个认识到修筑东南亚铁路有利于中国的人。他在书中提出，如果由缅甸修筑铁路，延伸至云南，“水陆程途不逾一旬之外，较之迂道南洋至粤东，仅三之一而已”。因此，“此路不独英人之利，亦华人之利也”。并且，他实地考察后发现，缅甸华人甚多，建议清政府添设领事，“外以保护商旅，内以联络藩卫”。针对有人认为通商后会招来洋人侵略的担忧，黄楙材回击说，这种说法其实是“不知商货之流通，足以裕国。边防之慎重，岂在闭关”。

回首晚清，五味杂陈。其时，既有船坚炮利进逼下的城下之盟，也有西风东渐的开眼看世界。与魏源、严复这些大人物相比，黄楙材显得微不足道。然而，当这个曾梦想学而优则仕，曾在寒窗下苦读圣贤书的读书人，面对千年未有的大变局，毅然奔赴上海学习新学，并听从丁宝桢的指派，带着小队伍踏上西行的遥迢路途时，我们才会发现，时代的巨变，也带来了更多的人生选择。而黄楙材的选择，恰好回应了那个时代最刻骨铭心的主题：山河入梦，救亡图存。